矮大紧指北

高晓松 {著}

3

指北排行榜

长江出版传媒
长江文艺出版社

北京长江新世纪文化传媒有限公司
www.cjxinshiji.com
出品

目 录

名人与宠物

曾经的省会城市

古代十大名曲

四大家族

十大美男

传奇爱侣

十大美人

> 我这一辈子，假如我的心是一口十米深的井，曾经潜到我内心深处八米以上的美人，就算进入排行榜了。

胡慧中

无论任何人或事物，在大家心里总是有个排名。我当然也一样，我从小到大喜欢把各种各样的人物、事物进行排名，包括球星、导演、美女、美食，漂亮的或丑陋的各种东西等。除非你成了佛，对任何事物等量齐观，心里才会没有自己的排行榜。只要是人，心里就会有各种各样的关于美、丑、心魔、热爱等的感受，自然就会有各种各样的排行榜。所以这篇文章跟大家聊聊关于什么的排行榜呢？

先从“俗”开始，从本能开始。我经常在各种节目里大谈本能、情感、哲学、审美这四个概念，到现在我都一直认为本能是最重要的。本能是什么呢？本能就是“食色性也”，所以当然要讲一讲“吃”，还有就是“美色”“美人”也要讲一讲。

可能现在的年轻人觉得“美人”听起来好肉麻，那就“女神”吧，跟大家聊聊我心里的十大女神，在我心里其实叫“美人”更好一点，“渺渺兮予怀，望美人兮天一方”。排名当然是有先后的，不过也没有什么固定的标准，总而言之，就是我这一辈子，假如我的心是一口十米深的井，曾经潜到我内心深处八米以上的美人，就算进入排行榜了。惊鸿一瞥的美人自然不算，我指的是那些真的在我心里掀起过波澜的，沉到足够深的井底的十位美人。

先从第十名开始说，当然很多人可能会很吃惊，因为我的审美也发生过变化，现在只如实说从小到大，曾经深入我心里那么深的美人。

第十名是胡慧中。

“只有你的欢颜，只有你的欢颜。”

那首歌是不是这么唱的，说实在的，我已经想不起来了。但是当时，伴着这首歌的她的样子，至今都在我的脑海里荡漾。少年时候的我，看到胡慧中第一次出现在银幕上的时候，那个脑失血的状态，我到现在都记得很清楚。以至于《欢颜》这部电影，我压根儿不知道讲的是什么。

我其实没有看过她几部电影。因为她最开始那个形象给我的印象太深太深了。《欢颜》我看了两遍，第二遍看的时候，依然不知道电影讲的是什么，因为依然还是她一出场弹着吉他唱歌，我就再次脑失血了。所以到现在，你问我《欢颜》这部电影讲的是什么，除了她的一颦一笑，别的我一点也想不起来。那之后，我就开始像所有的少年一样，到处收集女神的照片，满满贴了一墙。在看了她后来的两部电影之后，我就决定不再看她的电影了。我心里觉得好难过，我那么喜欢她的长相、她的神态，但是她怎么就没赶上中国台湾电影最好的时代？那个清纯的、琼瑶电影的、言情片的时代，那个被林青霞、林凤娇、胡因梦赶上的时代。20 世纪 70 到 80 年代，台湾有四大美女“二胡二林”：“二胡”就是胡因梦和胡慧中，“二林”是林青霞和林凤娇。“二林”出道最早，胡慧中出道最晚，导致她只赶上台湾电影黄金时代的一个小尾巴。在演了《欢颜》以及几部走下坡路的电影之后，胡慧中就去香港当打星了。所以后来我在看了她演的《霸王花》之后，就再也没看过她的任何电影。因为我不想破坏我脑海中她那个长发的清纯的形象，就这样把她那个最初的样子一直记在脑海里。以至于我上大一的时候，找的女朋友都是以她的长相为模板。

胡慧中本人的生活经历其实很有意思，她虽然没有赶上参演很多伟大的、优秀的电影，但是作为一个艺人，她自己的生活很像一部电影。尤其是她情史里面最重要的一段，我觉得非常有意思，跟大家分享一下。

胡慧中成长于台湾眷村，家里是大陆来的军人和军属。当然，眷村生活的人还有一部分不是军人军属，但也是大陆来的一些“军公教”人员，搭的违建住宅。总之，在眷村生活的还是以军属为主，我认识的很多台湾朋友都是在眷村里长大的。比如伊能静、大S（徐熙媛）等，都是大陆来的移民的后代。胡慧中的父母来台湾的时候，还把她的一个姐姐留在了大陆，她的姐姐就是著名影星孙俪的奶奶。所以胡慧中就是孙俪的姨奶奶。看来，胡慧中她们家有美貌和演戏的基因。

大家看台湾老电影就会有所了解，那个时候的眷村充满了滚滚红尘的气息，男孩子特别能打，女孩子特别能爱。胡慧中在同一个眷村里有一个青梅竹马的相好唐先生，这位唐先生后来成为台湾一位黑帮老大。当然，是自创的一个黑帮，叫“北联帮”，不是“竹联帮”“四海帮”之类的大黑帮组织。大概他们生活的那个眷村有一点黑帮背景，总之唐先生就自创了一个帮派。青梅竹马的俩人，在高中时候就互相喜欢，但最后还是走上了完全不同的两条道路。唐先生去创立黑帮，在江湖上打打杀杀。胡慧中则上了台大历史系，之后被星探选中，演了《欢颜》，于是一夜成名，成了大女神，再后来就到香港发展。直到过了好几年，胡慧中有次回台湾，在机场突然碰见唐先生的哥哥，才知道唐先生原来没结婚，一直在等她。

唐先生比她大一岁，那时候她已经三十好几了，虽然自己其实是有男朋友的，而且也准备谈婚论嫁了，但是听到青梅竹马的初恋还没结婚，就像很多电影里讲述的那样，胡慧中一下子就回到了当年的时光，非常感动。之后俩人见面，第二天唐先生就抱了五百万元台币向她求婚。其实那时候钱都不重要了，胡慧中也是大明星，也不缺钱。唐先生当场就表明自己要改邪归正、金盆洗手。于是，唐先生的求婚成功了。俩人重逢的第二天就去领证，但是你想一个黑帮老大和一个大明星去领结婚证，尽管那时候还没有那么疯狂的狗仔队，可还是一下子就被媒体大肆报道出来。经过这么一闹，媒体棒打鸳鸯，导致胡慧中彻底怒了。因为胡慧中的母亲也气炸了，她父亲那时候已经去世了。最后“忠孝不能两全”，俩人只好分手。

分手以后的故事也很让人感动。唐先生后来真的金盆洗手，带领兄弟们向政府自首，然后改邪归正，做起了正经的白道生意。但是毕竟曾经混过黑道，所以欠下了很多债，改邪归正没两年，就在台北街头被当年的仇家杀死了。

这个发生在胡慧中生活中的故事听起来可能比胡慧中演过的那些警匪片还要精彩。其实一直到现在，每当我看到媒体有关她的报道，说她老了；说她嫁了香港一个眼科医生，后来眼科医生还从政成了香港的高官，说她已为人母，等等，我都不看她照片。每次看她的新闻，一看到照片我就赶快略过去，因为她曾经潜到我心里这口井八米之深，我不想我心中她最初的那个形象被其他的东西抹掉。所以，在我心里她一直都是当年那个胡慧中，在《欢颜》的开头抱着吉他唱歌，头发被风吹起。

苏联女演员

排第九名的这位，挺有意思的，到现在我都不知道她叫什么。在这个排行榜里，我不知道姓名的有两位，另一位比这个更邪乎，我认识人家，但不知道人家叫什么。咱们先说这一位，这位是我在电影里看见的。一部伟大的苏联电影《这里的黎明静悄悄》。大家可以去看看这部电影，不怀任何政治心态地去看，电影就是电影，《这里的黎明静悄悄》是全世界电影学校的教材，东西方共同承认的一部伟大电影。这部电影的导演参加过“二战”，而且被打残了一条腿，架着拐杖，一边哭一边拍的这部电影。电影故事情节非常简单：准尉带领五位女高射机枪手驻扎在一个小车站旁的村子里，因为男的都上前方去了，所以要在后方防守。没想到的是，德国空降兵空降在了后面，因此本来位于后方的他们突然间就到了第一线，双方在广袤的森林中展开了激烈残酷的阻击战，最终，他们英勇地战胜了数倍于己的德寇，而他们这边也一个一个牺牲掉。这部电影拍得很美，拍战前几位女兵每个人的幸福生活，都用那种极高的乳白色高调拍，整个战争场景则都用黑白拍。

五位女战士长得都挺好看的，当然了，苏联姑娘本来就长得很好看，其中最好看的一个女兵的扮演者，就是我排行榜的第九名。这个角色战前就是一名团长的情妇，因此被各种人戳脊梁骨骂。她天生丽质，充满魅力，而且梳着金发波浪头，身材也非常好。这部电影拍摄的年代，裸体镜头是很少见的，但苏联尽管是社会主义国家，而且在政治审查上非常严，可是他们在性方面很开放，所以裸体镜头之类的倒不成问题。那是我在小时候很少能看到的裸体镜头，所以印象也极深刻。

最后德军把他们包围了，她为了掩护战友们，脱掉衣服，跳进了湖水，唱歌吸引德国的空降兵们，然后德国兵就围过来了。于是她掩护了战友，当然自己也牺牲掉了。但是她的美、她的身材，以及她在这个电影中的人设，让我难以忘怀。当然了，这个演员我也不认识。

总之，在我年少的时候，这个最终牺牲的女性，深深地打动了我，深深地印在了我年少的心里，让我在无数个夜晚想起她的歌声、她的身体、她的美貌、她的牺牲，然后心痛得不得了。心痛啊，那种少年时候的心痛！

这就是“十大美人”第九名，曾经深入我这口心井的八米处。

林徽因

这篇文章接着聊十大美人排行榜的第八名。

第八名，林徽因。林徽因大家都太熟悉了，我在自己的《如丧》一书中，还专门为她写过一个剧本。剧本就叫“林徽因”，当时是作为母校清华大学一百周年校庆的献礼。因为大家当时都献礼，有钱的出钱，有力的出力，我没啥钱，所以就出个力吧，当时就想我能干什么呢？后来母校提议让我写一个关于林徽因的剧本，我于是便答应了下来。写的过程中也很感动，包括我在之前别的节目里也讲过林徽因，所以就不再赘述她的生平细节了，大家有机会可以去翻翻看看。

为什么林徽因会成为我心中的美人？我觉得美人分不同的类别，有的美人确实只是长得美，而长得美肯定不是最重要的，因为这世界上长得美的人太多了，所以要成为真正的美人，还得附加其他的东西。当然，咱们美人榜里的美人，首先肯定得长得美，其次她们身上还附加了你从少年起，直至成年，再到中年，对美人的不同的想象。少年时候，你想象中的美人极为清纯，有一双清澈的眼睛，在夕阳里长发飘飘，是你遥不可及的一个梦想，你甚至都没有想过去拥抱她；后来你长大了一点，你心中的美人又成为一个性感的、热情似火的形象；然后等你再大一点，你会觉得，其实能拥有一个soulmate（灵魂伴侣），能拥有一个红颜知己，俩人一起吟诗作赋，一起踏遍天涯，心有灵犀，那岂不是更好吗？所以，到那个年龄阶段再看林徽因，会觉得这样的一个红颜知己确实是比较难找。说实在的，一个人就算找一个普通的心灵伴侣或者红颜知己都已经很难了。

林徽因算得上是一位超级红颜知己，同时给好几个人当红颜知己。那个年代，他们几个在李庄为祖国尽忠，正是最穷困潦倒的时候。李庄连电都没有，他们很长时间在一间小屋里，只有一块大木板、一块小木板，梁思成在大木板上编写《中国建筑史》，金岳霖蹲在墙角用小木板写哲学著作《知识论》。在那么艰苦的环境中，林徽因一个人，可以同时给他俩做research（研究），既帮金岳霖查哲学资料，又帮梁思成查建筑资料，一个人同时给他俩当红颜知己。如果时间再倒退几年，在北总布胡同的时候，林徽因同时还给徐志摩当红颜知己。跟徐志摩一起吟诗作赋，跟梁思成一起考察古建筑、登梯爬高，跟金岳霖一起说外语、谈哲学等。

所以，谁不渴望能拥有这样一个红颜知己、心灵伴侣呢？林徽因长得也确实很美，但可能那会儿照相技术有点问题吧，民国时候的照片，说实在的，看来看去说这美吗？结果好多人看了，说这大美女仔细看也没看出有多美。当然，从小到大，林徽因确实留下了一些很好看的照片，包括四十多岁时的一些照片，看上去依然风姿绰约，充满魅力。而且我们家里人也给我讲过很多她的故事，我们两家一直都是世交，我外公外婆当年带着我妈从德国回国，回到清华，我外公做了土木工程系的系主任，那时候梁思成先生是建筑系系主任。大家想想盖房子的学问，其实主要就在这俩系，建筑系设计，土木工程系修建，所以这两位系主任当然私交也很好。而且我母亲后来读清华建筑系也师从梁先生，我们两家都住在清华胜因院里，不但门对门，俩房子都是一张图纸盖的，一模一样。那时候金岳霖先生不住在胜因院，住在后面的新林院。我妈跟我讲，她小的时候，每天下午能看到金岳霖先生夹着一本诗集，路过我们家，走进梁先生家门，去给卧病在床的林徽因读诗。都不用看表，一定是每天下午 4 点。

大家想想，当时中国最优秀的几位知识分子，共同拥有一位红颜知已，这样的美人自然是非常少见的。林徽因不同于旧时代那些知识女性，古代的知识分子找红颜知已，得跑到青楼里去找，因为外面是肯定找不着的，外面只有哥们儿，大家一起吟诗作赋，只能跑到青楼里找找“秦淮八艳”“李师师”们，大家弹弹琴。那是完全不一样的，那跟平等相待的心灵伴侣完全不一样，那只不过是一个有着高级智能的玩具而已。林徽因不是玩具，她是一个和男性有着平等地位的女性，她是一个能跟大家纵谈世界的女性。

当然，每一位女性也都有各自的问题，对男性来说，林徽因当然是那么美好的美人，但是对女性来说可能就没那么美好了。林徽因一生就没几个女性朋友，费正清先生的夫人费慰梅如果不是唯一，也是她极少数女朋友之一。两个人哪怕相隔千山万水，也互相写信，林徽因有什么事儿都写信跟费慰梅倾诉，包括后来抗战的艰苦，包括她和母亲的关系等，多年来怎么折磨大家。当然，她母亲自己的命运也很悲惨。

在当时民国的女知识分子圈里，所有人几乎全是恨她的。冰心恨她，专门写了一篇《我们太太的客厅》讽刺她；凌叔华恨她，徐志摩去世后，林徽因拼了命想看徐志摩的那本“康桥日记”，那是徐志摩在英伦和她相恋时写的日记，凌叔华就是不给，胡适去说，最后尽管给了，还是裁掉了最关键的几页。一直到最后在加拿大去世的时候，凌叔华依旧表示就是不让林徽因看那部分日记。

所以，对于美人来说，这可能就是宿命吧，男人都爱的美人，必为女人所恨。林徽因就是这样的一个美人。

林徽因是那种知性的心灵伴侣式的美人。

扫码听林徽因
诗《你是人间的四月天》朗诵

莫妮卡·贝鲁奇

第七名这位美人最开始完全是出于本能的喜欢，莫妮卡·贝鲁奇，演过特别主流的好电影里面的角色，而且是这类型电影中少有的那种性感演员。性感女演员有很多，但是她们通常演不了那种艺术片，好像大家有一种偏见，女演员如果长得性感，就不太能演艺术电影，或者让人觉得她们的演技不会特别好。我十几年前刚去好莱坞的时候，拍过一部所谓的艺术片，制片人也跟我讲，女演员一定要用平胸的，说如果你要用性感的，大家就不认为这是个艺术电影，而认为这是个色情电影。因为同样是演床戏，女演员如果是平胸的，长得没那么好看，大家就认为这是生活；如果是一大美女，长得丰满性感，大家就认为这是一个色情电影。

莫妮卡·贝鲁奇这样的女演员确实性感，但她演的电影也非常好。我从《非常公寓》这部电影开始，就觉得她的演技非常好，那是一部非常优秀的艺术电影，后来也被翻拍过，但是任何一个翻拍的版本都无法跟原版相比。原版是一部法语片，莫妮卡·贝鲁奇虽然是一名意大利演员，但是法语说得也非常好。她嫁给了法国电影大明星文森特·卡索。《非常公寓》就是这夫妻俩和另外一位性感的大美女演员仨人主演的，这是一部至少需要看两到三遍，才能彻底明白要讲什么的电影。但是，即使只看一遍，你也会被那种深深的、迷幻的色彩所吸引。这部电影里面有很多激情戏的场景，拍得非常美，但是你一点都不会觉得色情。相反，这是一部非常优秀的电影。所以，莫妮卡·贝鲁奇演的电影，我推荐的，其实大家也都看过的，主要就是《非常公寓》和《西西里的美丽传说》。《西西里的美丽传说》看过的人就太多了，那是我最爱的大导演吉赛贝·托纳多雷的“时空三部曲”之一，另外两部是《天堂电影院》和《海上钢琴师》，或者叫《1900 传说》吧。《西西里的美丽传说》我就不多说了，大家都看过这部电影，我只说一个幕后的故事，这部电影拍了十个月之久！通常一部电影拍三个月就已经够久了，拍半年简直就是严重超支，所以，一部电影拍十个月，这在好莱坞的话是绝对不被允许的。但欧洲大导演，尤其是托纳多雷这样的大艺术片导演，他就有这种创作的自由。其中有一场大家印象最深的戏，就是德国人走后，全镇的人来惩罚跟德国军官睡过觉的荡妇，然后殴打女主角，脱光了衣服折磨她，等等。那场戏据说拍了十天之久，而且前几天拍的导演心里都不满意，就是为了连续很多天折磨她，每天都演同样的戏，挨打，被泼屎，被剪头发等，直到她彻底精神崩溃了，最后完全进入那个状态，才有了被所有影迷深深铭刻在心里的那一幕。

贝鲁奇后来和她丈夫演过一部特别有争议的电影《不可撤销》，反正我看的时候引起了很大的不适。即使在以艺术电影见长的戛纳国际电影节上，也引起了很大的争议，因为里面有一个长达九分钟的长镜头，是贝鲁奇扮演的女主角在地下通道遭歹徒强暴的戏。这部电影大家也可以看一眼。她客串过很多好莱坞大片，就不一一说了，但是她演得最好的电影，还是《非常公寓》和《西西里的美丽传说》这两部。

莫妮卡·贝鲁奇虽然出道晚，二十六岁才第一次在荧屏上露面，演这些电影的时候都三四十岁了，但我依然觉得她的美，一点儿都没被她的年龄消磨掉。所以，她也是我心中的美人。

清纯女孩

接着聊十大美人榜第六名。说个挺有意思的现象，第十名和第九名分别是清纯的胡慧中和性感的苏联女演员，第八名和第七名，则分别是清纯的林徽因和性感的莫妮卡·贝鲁奇。现在来到第六名，又是一位清纯的美人。

看来在一个男人的成长道路中，清纯的和性感的，分列两侧，所以才让他左顾右盼。

这次聊的这位清纯的美人是谁呢？我不知道她叫什么，而且我也查不到，不像第九名的苏联女演员，真要查，去查查电影史，查查《这里的黎明静悄悄》的演员信息，肯定能查到是谁。但这次聊的这位永远也查不到，除非有一天科技发展到有了时光机，或者我拥有了一个机器猫，穿越回去问一问她。

我中学六年都是在北京四中上的，这也让我感到很自豪。应该说，一直以来，四中都是北京最好的中学之一。从李敖就读时期的“南四中时代”起，就是北京最好的中学之一，也是北京历史最悠久的中学之一。算起来，北京四中创建于清末时期的 1907 年，居然比清华大学的年龄还要老。我读高中的时候，我家住在德胜门外，学校是在厂桥，城里。我们那时候管二环路以内叫城里，不像现在五环路甚至六环路以内都叫城里了，那时候出二环路就叫出城。我家住的地方刚刚出二环路，我每天都要从德胜门外骑车经过德胜门，然后沿着一条从德胜门到厂桥的窄窄的路一直骑，我也不知道那条路叫什么名字。说起来，北京人的坐标系和上海人的坐标系非常不同，上海人表达某个地方的位置，习惯用两条路的交叉点来指示，比较国际化，就像在纽约问路，人说这是四十二街七大道，那你就知道这俩交叉点在哪儿。上海人说四川中路南京东路，或者说华山路延安西路，等等，你也就知道交叉点在哪儿。北京人比较怪，北京人是以点坐标来指示位置，比如德胜门往北五百米，或者厂桥往西一里地等，所以导致大家根本就不知道某条街叫什么名字，不知道它是叫德胜门内大街还是叫厂桥北大街之类的。我当时骑车经过的这条德胜门到厂桥的小路，也是北京少有的几十年没发生变化的路，如今依然是一条长长的窄窄的路，也许比曾经稍微宽了一点点。而且两边也没有什么大的交叉路口，一直到广桥才有一条路，现在叫平安大道，跟它有交叉，中间除了小胡同以外就是一条笔直的路。

那时候，不论冬夏，每天我都跟着人潮一起，早晨的时候往南去，下午的时候往北去。尤其是冬天的时候，早上还黑咕隆咚，我就出门骑车上学。那位姑娘永远跟我反方向骑行，我每天从德胜门往厂桥骑，她则从厂桥往德胜门骑。那时候我十五六岁，她看起来跟我年纪差不多，也许要比我大一岁，可能十六七岁，梳着一个长长的马尾辫儿，前面留着那种空气刘海，当然我那时候不知道那叫空气刘海，我们北京话管它叫“屁帘儿”，比较土，但是风吹动起来的时候，非常美。因为骑车的时候自然有风吹来，年轻的心自由飞扬，年轻的领口也被风吹开，整个画面让我一直难以忘怀。那时候我几乎每天都能看到她，少年的内心是特别特别干净的，一点儿都没有别的想法，就是单纯觉得姑娘很好看。所以不论是上课的时候，还是回到家的时候，我就经常想起她的样子，揣摩她的故事，幻想她的过往，猜测她的各种东西。开始其实就没有想过跟她说说话，因为那个时候自己从来没有怎么跟女生聊过天，更没有真正谈过恋爱，不像今天，十五六岁的孩子都早熟。

我初中唯一一次喜欢过一个女孩，那是初三快毕业的时候，我们班一个长得很好看的姑娘跟我做过同桌。后来她考到另一个市重点中学去了，没留在四中，因为要留在四中也不太容易，中考过后，我们班大概有一小半人都去了别的学校。我们有过唯一的一次约会，她家在玉渊潭旁边，我跑到她家去把她约出来，然后站在玉渊潭的湖边，跟她说：“我们谈恋爱吧！”她说：“你等我爸下班我问问我爸。”我也就没有任何招数，只好听她的，说：“好吧，咱等你爸。”她也不爱说话，当时两个人就站在湖边的柳树下，看着风吹过，静默地等待着。她爸下班回来后一小会，她就去问她爸的意见，我则在外面等着。过了一会儿，她出来跟我说："我爸说了，你要再来他就打断你的腿！"我只好带着"少年维特的烦恼"悻悻而归。当然，少年维特比我那时候年龄大多了，少年维特都毕业了，工作了，我那时候只有十几岁，所以也没什么经验，脑子里一度陷入胡思乱想。后来读高中的时候，也试着谈了一次恋爱，但没谈好，不是那么有意思。总之，我不是一个很早熟的人，尽管比起大多数同龄人，也没比他们晚熟，但总是比同龄中那个最能折腾的孩子要稚拙一点。所以就比较笨，自己也没自信，尤其是谈恋爱的自信。当然了，对自己别的方面的一些小才华还是有点自信的，因为我在高中的时候，做过校刊的主编。说起来，前一阵子还有一个朋友给了我一份当年我主编的油印校刊，叫"年轮"，上面有我写的诗和散文，还有小说，居然叫"夕阳山外山"，不忍卒读！反正就是那种特别"鸳鸯蝴蝶派"的玩意儿。

总之，自己就慢慢觉得是不是可以认识一下那位骑车的姑娘，有一天想了很久后，终于下定决心要在路上把她拦下来，跟她说几句话。怎么开始呢？学习王朔好榜样。王朔小说里面有很多怎么在街上逗女孩之类的小招儿，我便学了半天，结果第二天早上骑车出去，路上却没碰见她。通常情况，我如果早一点儿出门，得快到厂桥才能碰见她，如果晚一点出门，刚出德胜门她就过来了。从那天开始，我就时而早一点出门，时而晚一点出门，可再也没有遇见她！我想，这大概就是老天的安排吧，也从此给我留了一个念想。

很多时候就是这样，如果恋爱最后谈了，尤其给谈完整了，那份念想就没那么多了。因为大家都谈过恋爱，都有过相似的恋爱过程，从开始的热烈，到后来彻底燃烧，最终都会归于平静。我们那时候所谓的燃烧，其实也没干什么，也没地儿开房去，甚至没想过那事儿，最多就是接个吻。我在接吻方面都很笨，我到现在都记得高中时候跟人接吻，只会从人家右边接吻，从左边接吻我就不会了，笨得要命。

总之，那位骑车的姑娘一直让我难以忘怀，尤其是后来再也没见着她，让少年的我辗转反侧难以成眠，就那么每天想啊想，结果她就下到我心中八米深的井里去了。到如今，她的样子依然清晰地停留在我的脑海中，一个完美的、朴素的、素颜的、扎着马尾辫梳着刘海儿的，那样一个美人。

玛丽莲·梦露

其实我排美女名次的时候，一点儿也没有想把它分成清纯的和性感的两种，只是根据脑子里真实所想写的。结果现在看这名次，排下来才发现，还真的就是清纯、性感交替上榜。第五名是整个电影史上最性感的大明星之一，可能在很多很多人比如我外公心目中，她就是最性感的，没有之一。她就是玛丽莲·梦露。

关于玛丽莲·梦露，我就不多说了，我在自己的节目《晓松奇谈》里曾经讲了三期，用了大量的篇幅来讲玛丽莲·梦露，包括她所处的那个时代，她周围的那些男人们，那些大作家、大明星，甚至肯尼迪兄弟俩跟她的错综复杂的关系。关于她短短的一生，我已经讲了很多很多，因此就不在此赘述，大家去找视频看看就好了。我在这里只讲两个事儿，一个就是，在全球影迷、文艺青年聚集的 IMDb 上，20 世纪 100 部喜剧排第一名的居然是玛丽莲·梦露主演的 *Some Like It Hot*（《热情似火》）。这是一部很有意思的电影，我也一直想把它翻拍成中国版，甚至已经写了剧本。这部电影的故事非常简单而有趣，实际上它算是玛丽莲·梦露后期的电影作品了，而且她当时拍的时候状态其实不太好，酗酒成瘾等，大概一共演了十来天。

跟咱们讲的《西西里的美丽传说》拍十个月的情况简直是两个极端，《热情似火》整部电影在一个酒店里和一个沙滩上就完成了拍摄，非常好玩的一部喜剧电影。另外，在那个前一百名的榜单里，还有玛丽莲·梦露的其他作品，比如《七年之痒》等，这也说明她的知名不光是因为自己是个性感的女人，不光是因为自己传奇的一生，她在电影方面做出的贡献也得到了广大影迷的承认。

另一件事儿就是，当中国刚刚有互联网的时候，国家给大院士、校长之类职业身份的人的家庭优先安装，我们家就有幸先装了互联网，当时大家对互联网都感到非常新奇。那时候我因为父母都在国外，我外婆去世得又比较早，所以很长时间内一直跟我外公生活在一起，相依为命。有一天，外公突然跟我说："晓松，你会用互联网吗？"我说："我会呀。"他说："你能帮我干件事儿吗？"我说："什么事？"心里想外公会让我帮他做什么重要的正事儿，结果他说："我想看看玛丽莲·梦露，你帮我搜一下她的照片什么的。"

当时听完外公的话，我非常吃惊，虽然我曾经在书房里看到过玛丽莲·梦露的画册，以及看到过有玛丽莲·梦露照片的一些美国的杂志，比如*People*（《人物》）或者*Life*（《生活》）之类的，但是我没有想到，这位一直被人叫"张老"的德高望重的大科学家、大院士、大学校长，突然提出这么一要求。我于是就给他搜了一大堆玛丽莲·梦露的照片，然后他就在当时那台286电脑前面，定睛看着。一个八十多岁的老人，脸上露出了那种少年般的羞涩，非常可爱。每个人年轻的时候都有自己的女神，玛丽莲·梦露可能就是外公以前的偶像，以前的女神，就在那儿一直看了很久，脸上泛起非常可爱的少年的红晕，我在旁边看得特别感动。

所以，玛丽莲·梦露不仅是我的女神，也是我外公的女神，更是全世界广大男人的女神之一。

巩　俐

第四名美人，也是我们这一代人少年时期的共同偶像之一——大美人巩俐。

实际上，除了当时中国的年轻人们，包括很多很多外国人，都视巩俐为偶像，因为巩俐的很多电影在全世界范围内都相当有影响力。她也是中国唯一一个在欧洲最重要的三大电影节上个人或者参演的电影获过奖的女演员。先是主演的《红高粱》在柏林得了金熊奖，然后主演的《秋菊打官司》不但得了威尼斯金狮奖，她也获封威尼斯电影节影后。再后来，她主演的《霸王别姬》又获得了最重要的戛纳电影节金棕榈奖。《霸王别姬》也是中国大陆到今天为止唯一获得戛纳电影节金棕榈奖的电影。所以，巩俐绝对是毫无争议的国际影后，“国际巩”。

我妹夫是一个德国人，我曾经问过他：“你们对东方女性的审美跟我们有什么不同吗？”他说：“没什么不同呀，我也觉得巩俐特别美。巩俐就是我的一个大偶像。”我也因此知道，巩俐的美是东西方共同认同的一种美。巩俐长了一张清纯的脸，以及一副魔鬼身材。这种偶像级的长相，在那个时代是天然的，不像现在的网红，那时候的巩俐属于凤毛麟角，所以才成为大偶像。我大概只见过巩俐一次，当年有一阵子我老在中戏泡着，还曾经跟巩俐她们年级其他专业的一位女生“挺好”，我觉得用这个词挺好的。那个时代的人们很浪漫，那种浪漫超过了各种各样的物质需求。所以我们当时也就浪漫了一小阵子。那个时代的中戏充满了那种戏剧化的氛围，因此那位女生也饱受那种氛围的熏陶。我作为一名木讷的清华理工男，所以可能有点匹配不了。我还记得“挺好”

的时候，突然有一天，那位女生把我叫到中戏篮球场一个篮球架子底下，跟我说：“这是我另外一个也‘挺好’的男生，咱们仨一起好好谈谈吧。”那位男生因为也是中戏的，也充满了那种“戏剧感”，准备跟我独白还是怎么的，然后我这种理工男就特别无聊，一点都没配合。我就说：“那就这样吧，你们俩好好聊聊吧，我就不参与这种戏剧性活动了。”于是我就骑车回清华了。

我就在那个时候见过一次巩俐，好像见她从教室还是哪儿走出来。总而言之，当时脑失血，感觉她身上充满了那种光辉。咱们讲这个美人排行榜的时候，会经常讲到脑失血这个问题，其实这十大美人都曾经让我脑失血过。其实都在同一行里，但是也不知道为什么，后来再也没见过。那个时候我看了她几乎所有作品，她最早拍的还是一个特别短的电视剧，我现在都忘了叫什么，她演一个家庭教师还是什么，穿着白衬衫、蓝裤子，就只记得形象，大概一集还是两集。那时候还有那么短的电视剧，我也都看了。巩俐和她们班的史可、金丽丽、伍宇娟、陈炜，被称为中戏 85 级的“五朵金花”。中戏很神奇，85 级出了一群“金花”，96 级又出了一群影后、影帝。后来我跟史可关系很好，因为我的师父是黄小茂嘛，他跟史可曾经是夫妻，所以我经常在师父家里跟史可聊天，当然也聊到当年的《红高粱》，张艺谋年轻时候拍的处女作，去中戏选角的时候，一开始定了史可，那个时候巩俐好像就在拍那个小电视剧，后来回来以后，一来二去就改巩俐演了。

但是巩俐确实塑造了极为成功的一个角色，后来就跟张艺谋好了。

我要说的第四名跟第三名，有一个共同点，就是都跟一位导演有过一段很长时间的恋情，最终却没有结果。巩俐跟张艺谋长达八年的著名的恋情我就不多说了，大家都耳熟能详。总之，拍完《摇啊摇，摇到外婆桥》之后两个人分手，当时大家还长叹说：“哎呀，可惜了，影坛这么一对男才女貌。”他们确实代表了当时中国影坛最高水平的合作。“金风玉露一相逢，便胜却人间无数”，其实比排行榜第三名的苏菲·玛索跟祖拉斯基的结合绽放出来的艺术光芒要更大。当然了，艺术是艺术，生活是生活。很多人在艺术上合作得特别好，但是生活是另外一回事。我就不讲其中的细节了。总而言之，分开了。巩俐后来单身了好多年，中间有过一段婚姻，让所有人扼腕，说：“哎呀，怎么嫁给了一个商人？”那个时候大家还重文轻商，有那种文艺青年的感觉。

我曾经把巩俐所有的片子甚至照片全都收集起来，我觉得很有意思的就是，以巩俐为代表的那一代大美女，有一个共同点就是，年轻的时候特别特别保守，你看巩俐年轻时的照片，恨不能连脖子都没露过，穿得严严实实，只露出一张清纯的脸。后来越来越成熟，成熟以后反倒放得开了。后来大家再看到各种电影节上，她当评委会主席，或者出席各种活动的时候，越来越把她性感的那一面展露出来了。到今天为止，中国影坛最美的女演员，我依然认为巩俐当之无愧。当年考中戏的时候，她已经连续高考好几年了，大家想想她上中戏 85 级的时候，已经 20 岁了，最终可能还差几分，也是因为人家实在是没办法拒绝她的容颜。中戏当时还要上舞台，所以身材要很好，最后被破格录取。那时候的破格录取可不是后来的什么走后门，纯粹就是因为条件实在是太好。

所以，巩俐是我的“十大美人”榜第四名。

扫码听巩俐获奖
电影选段

苏菲·玛索

第三名上文已经透露了，苏菲·玛索，她代表了那种欧洲式的、法国式的清纯优雅。她倒不性感。但是她那双幽深的蓝眼睛实在是太动人了。她演过很多著名的电影，比如《勇敢的心》等等等等那种大片，但是我是通过一部很小的爱情电影《芳芳》，被她深深吸引了的。到今天为止，我都认为《芳芳》是苏菲·玛索演得最好看的电影，其实就是个浪漫的轻喜剧。当然了，法国浪漫的轻喜剧一直都不俗，《芳芳》也是一部我特别喜欢的电影。到现在我都记得里边有一个镜头，她演的那个角色跟那个小伙子在乡下度假，还有一家人吧，然后逆光的她，头发后面是那种光芒，然后她转过头的侧脸好像有泪水盈眶，当时把我年少的那口心井，又一下刺穿了八米，深深地印在我脑海里。以致我后来又看了她各种各样的电影，但总觉得《芳芳》是她演得最好的，或者是她在里面演的角色最美的一部电影吧。

苏菲·玛索 18 岁的时候爱上一个波兰导演。在法国，有很多波兰裔的导演非常优秀，有的甚至堪称伟大，比如我非常热爱的波兰裔法国导演基耶斯洛夫斯基，拍过《红蓝白》三部曲。波兰裔导演有很多，包括在美国的波兰斯基等等。苏菲·玛索爱上了祖拉斯基，这波兰的同志们都是“司机”，基耶斯洛夫斯基、祖拉斯基、波兰斯基，都是“老司机”。总之，苏菲·玛索爱上一个比她大 26 岁的“老司机”。18 岁的时候就跟他在一起，跟他拍了很多很多电影。两个人一起生活了 16 年，然后分开了。

“法兰西玫瑰”苏菲·玛索现在还是单身，当然了，和祖拉斯基分开以后也有过几段感情。前几年，她来中国访问，接待方找到我，说：“你要不要来采访苏菲·玛索？你俩对对话聊聊天？”当时你想我都那么大了，四十几岁了，但心里还是怦怦跳动了几分钟。当然最后我还是拒绝了，我不知道面对她的时候还会不会说话——尽管我是那么会说话的一个人。因为那是我的女神哪！

苏菲·玛索比我还大几岁，当然了，我的这些女神们应该都比我大，有的比我还大好多，比我大上百岁的都有。苏菲·玛索算跟我年龄差距不太大的。她成名非常早，14 岁就成名了，所以年少的时候就是我的偶像。我想来想去没敢去见她，担心自己完全不知道说什么，怕自己完全露出那种花痴样子，露出那种小粉丝的激动的样子。但是我的一位好朋友，大学学法语的刘欢老师，不但见了苏菲·玛索，而且还跟她一起录音，一起登台演出，使我非常非常吃醋。我的法语只能说那么几句，刘欢在国际关系学院就是学法语的，但是他其实很多年都没用过了。我们两个关系特别好，年轻的时候我们经常在他家一起喝酒、聊天到天亮。他有一个特别可爱的毛病，先是说中文，天津人嘛，爱聊天，喝到一定程度，喝美了就改成说英文了，而且用各种各样的口音说英文。刘欢是一个语言天才，通常到后半夜，到了非常非常好的状态，他就开始说法语，然后说："我得到这时候才能说法语，因为我已经很多年没用过了。"你想他上学的时候，那都多少年前的事了，他比我大好多级。然后说："我现在去法国，我得想半天，组织一堆句子，跟人'嘟噜嘟噜'说一通，然后等人家'哇啦哇啦'回完一通的时候，我就晕了。"可是，他自称法语已经荒了那么多年，结果一见到苏菲·玛索，也没喝酒，也没到后半夜，他就全想起来了，"哇啦哇啦"跟人说了那么多，而且还搂腰、头靠头，还在录音棚里跳起了舞，俩人一起录了那首《玫瑰人生》。这说明苏菲·玛索比美酒还要厉害，让刘欢同学一下就把遗忘多年的法语给彻底想起来了，让我非常吃醋。好多网友评论说，刘欢老师学了那些法语，一辈子就是为了这一天，最美好的一天，到苏菲·玛索那儿全用上了。还有人像我一样吃醋，说刘欢老师是世界著名女歌手接待家，还说他俩一起唱《玫瑰人生》，一半是玫瑰，一半是"人生"。

本来德艺双馨、很受欢迎的刘欢老师，因为跟苏菲·玛索这样亲密地交流，导致大家都醋意大发，包括我本人在内。跟他绝交！哈哈。

赵雅芝

“十大美人”第二名，赵雅芝。

赵雅芝的影视作品我只看过一部，后来再也不想看任何她的其他作品，主要原因是她在我心里已经不是一个女演员赵雅芝了，她就是冯程程。我完全不能接受冯程程再变成别的什么李程程、张程程。在我心里，永远只有一个冯程程。

改革开放初期，《上海滩》引进内地，一时间简直是万人空巷。我是在上海长大的，那时候也经常回上海，记得非常清晰，上海当时放《上海滩》的时候，街上一个人都没有。所有人都在家里看《上海滩》，都在唏嘘，都在感叹，都在流泪。那首同名主题曲更是风靡内地所有地方，北京因为文化审查更严格一点，所以当时来自香港的两部最重头的电视剧《上海滩》和《射雕英雄传》，都没有在北京的电视台播出。

当时为了看《上海滩》，我简直要疯掉了。我当时在平安里的北京四中上学，离那最近的录像厅在新街口的一个工人俱乐部里，骑车要骑十几分钟。录像厅是我们那个时代的美好回忆，韩寒导演的电影《乘风破浪》里，彭于晏扮演的徐正太，当年的梦想就是开一个最大的录像厅。所以我在看《乘风破浪》的时候还深有感触。那个时候我其实不是经常去录像厅，《上海滩》是我唯一一次在录像厅看完的电视剧。那期间，每天上课的时候我简直魂不守舍，满脑子都是冯程程。下午下了课，就急急忙忙地赶到新街口工人俱乐部去。每一集《上海滩》放完以后，画面定格——那个时代的电视剧、电影都很传统，最后总是定格在一个画面上，当“浪奔浪流”的音乐一起，字幕出现，如果最后定格的画面是冯程程，而不是许文强，不是丁力，不是冯敬尧，我就不走了。所有的观众都离开之后，我依然一个人坐在那里把这首歌全听完，死死盯着定格在录像厅模糊屏幕上的她，迟迟不肯起身。有一天下大雨，我记得特别清楚，我因为怕迟到所以冒着大雨急急忙忙地赶到那个工人俱乐部，到了才发现身上没带钱。当时那个录像厅的票还挺贵的，每天下午放两集《上海滩》，收一块钱。那个时候的一块钱是非常珍贵的，没带钱怎么办呢？我特别痛苦，想来想去说不行，为了冯程程我今天拼了，我绝不能漏掉这两集。于是，刚上初中的年少的我，就在大雨里乞求所有的过路人，乞求所有的大哥、大姐、大叔、大伯，施舍我点钱。我也表现得特别实在，想不出那种“流浪到北京身上没钱了，给个馒头钱”之类的理由，而且我也说不出口。我就实话实说：“我太爱冯程程了，我要看《上海滩》，我又没带钱，大家能不能帮我一下。”那个时代的人真的很有意思，我的诚恳的乞求，居然打动了不少人。于是，这个给五分，那个给一毛，最后还真的凑出了一块钱。冒着大雨凑足了一块钱，我顾不得浑身早已浸湿，冲进了录像厅，继续去看《上海滩》。

可能有一些年轻的读者没有看过《上海滩》，我可以简短地讲一下《上海滩》说的是什么，实际上它就是我最喜欢的俩电影《美国往事》和《教父》的结合版。因为它长嘛，电视剧嘛。它有《美国往事》里面的兄弟情，哥俩都爱上同一个女人，最后这个女的嫁给了不是自己最爱的那个。悲剧就是这么来的。说它像《教父》，是因为它同时讲了整个上海法租界大教父冯敬尧一家的起起落落。这两个电影往一起结合的时候，它处理得非常好。到今天为止，我都觉得《上海滩》是华语影视作品里面，故事编得最有意思的，整个起承转合，丝丝入扣。《上海滩》里面那哥俩就是许文强和丁力，在这个戏里，周润发饰演的许文强和吕良伟饰演的丁力，共同爱上的那个女人，就是教父的女儿，教父就是冯敬尧。许文强原来是革命青年，北大的革命学生，革命失败后坐了牢，出来以后心灰意冷，到上海滩来闯世界。然后遇上草根丁力，俩人建立了兄弟感情，然后他俩闯着闯着，最后闯到法租界老大冯敬尧怀里去了。冯程程从北京读书回来，爱上了许文强，本来爱情还挺好，但是有家国情怀进来了。就是冯敬尧和日本人合作，但许文强还是有着那一份北大学生的爱国情，所以破坏了合作。破坏以后兄弟就要分开了，丁力受命追杀许文强，但是只要他一根手指头，然后把他放去香港。到香港后，许文强和茶楼里的一个女服务员结婚生子，冯程程到香港来找许文强，结果这下可坏了，她爸爸派的杀手就追踪她，等她见到许文强，知道许文强结了婚，伤心欲绝，走了。杀手因此也就知道了许文强住在哪儿，趁许文强不在家的时候，把他全家都杀了，包括他的妻子、他的孩子。最后许文强回上海复仇，后半段的复仇故事也很精彩，丁力安排冯敬尧跟许文强两人对决——俄罗斯轮盘赌，许文强最后报了仇。对于冯程程来说，自己最爱的人杀了自己父亲，最后也是因为绝望，嫁给丁力，彻底心灰意冷，远走法国。于是许文强跟丁力成了上海滩的新教父。但是许文强其实兴趣也不大了，他想去法国找冯程程，结果临走之前的晚上，法租界的法国人为了扑灭他们，就把他打死了。

基本上就是这样一个悲剧故事，非常精彩。过了很多很多年，有一天我说是不是小的时候什么都不懂，才觉得这个戏很好，我得再看看。于是我就用了大概两个晚上，很长的时间，把它又看了一遍，依然觉得很好，依然能一口气熬着夜看完，很精彩的一个故事。我也经常感叹，为什么到今天，大家反而编不出这样有意思的好故事？

《上海滩》是香港人投票 80 年代最好的电视剧。那个时候风靡到什么程度呢？总之，延续了很多年。先是所有的男孩儿学许文强，许文强有个招牌动作——用食指吸鼻子，所以满大街的小伙子都用食指吸鼻子，觉得自己那样特别酷。一直到很多年之后，大概 90 年代，三里屯刚有酒吧的时候，一群年轻人在酒吧里玩儿，每个人依然身着一件黑呢子大衣，就差戴许文强那样一顶礼帽和一双白手套了。许文强那种黑呢子大衣，那个酷，那个劲儿，让冯程程那么爱他，而且是飞蛾扑火似的爱他，无怨无悔地爱他，让大家觉得今生今世能当一次许文强，那我就不枉为七尺男儿！

所以冯程程在我心里进入了非常非常深的位置，都不止八米深了，大概到了九米深的地步。很长时间，冯程程的清纯的样子一直印在我脑子里。其实那时候赵雅芝已经结婚了，好像都有孩子了。但是我也不想知道这些事。后来我入行以后到香港，还有香港人给我讲："哎呀，赵雅芝当年的那些事……"我都不听，拒绝听。我说："不听不听不听，我不听你们香港演艺圈里的那些'烂事'。"在我心中，冯程程永远就是最美、最清纯的。赵雅芝确实也很清纯。她的人生也确实过得很单纯，不像香港娱乐圈里很多其他人。她就像"海的女儿"那样一个形象，永远留在我心里。到现在我想起她，她都是《上海滩》结尾时候的那个定格画面中的样子。

"海的女儿"

最后我们来讲第一名。

在我心中，曾经真的触到我内心那口井最底部——十米深的这位美人，就是"海的女儿"。因为安徒生写这个童话的时候还没有"女权主义"。所以在"女权主义"之前，"海的女儿"大概代表了旧时代的男人对女性的最美好的向往：美丽、清纯、充满爱、飞蛾扑火，等等等等，总之，这一系列的美好都集于一身。《海的女儿》也差不多是童话里面，不知道是不是第一个，但一定是最重要的悲剧童话。它把童话从比较浅的，给小孩儿看的读物，变成所有的成人都能看，都能为之掬一捧泪的伟大的文学作品，影响了一代又一代的人。以至于现在到丹麦哥本哈根旅行，最热的旅游点也是港口里的那个“海的女儿”——小美人鱼的那个雕像。挤满了排队的游客，在那拍照。

我到现在都记得，小的时候看《海的女儿》，包括那本童话书里的钢笔素描插图，黑白的“海的女儿”的样子，我自己愁肠百结，抱着那本书哭得不行不行的。那种爱情，太阳升起的时候自己成了泡沫，自己忍受委屈，把最美好的歌喉献给了巫婆，然后换取一双美丽的，但是让自己无比疼痛的腿，去给王子和他的新娘跳舞。

我猜大多数的男孩儿，年少时候看到《海的女儿》，可能都是那种心情。甚至有种梦想，虽然我们不是王子，但是长大以后，如果遇见这样一个女孩儿，一定不会辜负她，一定不会和她擦肩而过，一定不会去娶别人，一定会和她永远在一起。《海的女儿》其实是可以写成长篇小说的一个东西，但是写成了这样一个短篇的童话。它的那种能量密度是巨大的。我不知道今天的少年们，还看不看安徒生童话，读不读《海的女儿》，如果没有读过，那一定要读一读。那是历史上最伟大的十篇童话之一。

所以从刚读到的时候，“海的女儿”就直击我心底，一直到现在。

聊完这十大美人，最后可以稍微总结两句。越是年少时分的那种情愫，越挥之不去；越是年少时分的那些惆怅，越长留心底。我自己歌里也写过，“相信爱的年纪，没能唱给你的歌曲，让我一生中常常追忆。”都是那些年少的时光，都是那些懵懂的时光，都是那些在夕阳下，希望有一个长发女孩，在你对面无比懂你的那些成长。那年九月开学的时候风吹开领口，就觉得一定会有爱情在等着我。虽然不知道是什么，但是因为这个等待，因为觉得有人在等自己，就充满了惆怅和喜悦地成长。

最奇葩总统竞选口号
（上）

> “0 字尾年份当选的总统，任上死于非命”的传统，这在美国一直就是一个诅咒，每隔 20 年就有一次。

讲了那么多美人之后，咱们来点有关历史的吧，历史上的排行榜有很多很多可以聊的，我想了一个有点意思的，叫作“最奇葩总统竞选口号”排行榜，因为这个东西对于我们来说不太熟悉，就是大家竞选中间如何如何抹黑对方，如何如何吹嘘自己，如何如何讨好选民等等，各种各样有意思的事。民主制度虽然时间不长，两百多年，但是发生过很多好玩的事，所以跟大家聊聊这些奇葩的竞选口号。当然了，咱们首先围绕美国，因为美国是世界上第一个号称民主的国家，所以竞选的历史等于就是这国家的历史，虽然美国的国家历史在全世界都排不上号，但它玩这个东西是全世界最资深的。所以咱们从美国开始聊一聊这些奇葩的总统竞选口号。

首先说一个有意思的人。谁呢？就是 1884 年竞选失败的候选人白兰内，这位白兰内跟谁竞选呢？就是唯一的一位，不连任当过两次美国总统的克利夫兰。克利夫兰总统有点意思，他是到今天为止美国唯一一个中间隔了一任，就是他当了一任总统以后，竞选连任失败了，失败以后他又去竞选了一次，四年以后他又当选了。所以美国到现在为止一共有过 45 任总统，但是有44位，就是把连任两届的或者连任四届的，像富兰克林·罗斯福总统，就当作一任。这个事奥巴马曾经还闹过笑话，奥巴马当时提到44位美国总统如何如何，可能奥巴马不是特别了解美国历史，或者他当时忘了，是44任美国总统，包括他一共43位。当然了，现在加上特朗普是44位，45任。导致这么复杂的原因就在于这位克利夫兰总统，他隔了一任，然后又当选了，所以他当过两回总统。

克利夫兰总统创造了几个小纪录。第一，他大概是美国历史上第一个没服过兵役，没打过仗的总统。因为美国是马上立国的，所以一直以来都是各种各样的英雄当总统，从独立战争的统帅华盛顿当总统，后边几任都在内战中出过力。在印第安战争中成名的将领当总统，在美墨战争中成名的将领当总统，然后又是内战中的将领当总统，格兰特就是内战中联邦军北军总司令。美国是个尚武的国家，尚武的国家就是，你连兵役都没服过，那你爱这个国家吗？所以美国到今天为止，这44位总统里，大部分都曾经当过兵，剩下那些人，大量的是律师。林肯总统就是律师出身，他虽然没有当过兵，但是他领导了美国最重要的内战，所以他当然算是打过仗的总统。克利夫兰总统也是律师出身，但是他不但没有服过兵役，而且还逃过服兵役，他是在该服兵役的时候花钱给同村的人，说你来替我服兵役吧。所以他花钱让别人替他服了兵役，自己就逃服了兵役。大概在他之后，美国那么多任总统里，克林顿是第二个逃服兵役的，当然克林顿总统逃服兵役的时候是正义的，因为那时候是大批年轻学生反越战，口号“要做爱，不要作战”，所以克林顿跟那时候的年轻学生们一样，烧掉了兵役证。后来他竞选的时候也被攻击过，但是他当时的回答也很好，他说我那个时候烧兵役证是爱国。很多其他时候，当然服兵役是爱国。

但是克利夫兰最终还是当选了，当然也跟他这位对手有点笨有关，这位对手提出了一个非常奇葩的竞选口号，叫作“Ma,Ma,Where's My

Pa?”，就是“妈妈，我爸爸在哪儿？”。

什么意思呢？在1884年竞选的时候，克利夫兰还没有结婚，但是传说他有个私生子，那个时候的美国人，宗教、上帝很重要，即使现在，美国对总统的私生活还是有比较严格的要求的。克林顿总统当时在白宫出了那个事，于是被折腾成那样。包括特朗普总统，虽然之前私生活有各种问题，但是在竞选的时候，他确实是跟妻子生活了很多年，把自己也包装成一个好丈夫的形象。总之，那时候白兰内说你有私生子，所以我要攻击你。在民主制度刚刚开始没多久的时候，攻击私生活是重要的武器。大家看过马克·吐温的《竞选州长》，我不知道现在课本里还有没有，我们上学的时候那是课文，揭露资产阶级的腐朽，揭露资本主义的虚伪。《竞选州长》写的就是，在竞选时，这位绅士被抹黑成九个孩子的父亲，演讲的时候还有一堆不同肤色的孩子冲上台去，管他叫爸爸。民主制度刚开始的时候，这是不可避免的，幼稚病。即使到今天，大家看到一些刚开始实行民主制度的国家，大家竞选的时候，互相扔鞋子、吐唾沫，互相抹黑私生活，等等，也很正常。大家看到刚刚民主没多久的蒙古国，竞选也是，说你是间谍、叛徒，说那个时候你爷爷如何如何，大家就把私生活拿出来使劲攻击对方。美国现在好多了，大家通常是说你有“邮件门”，你有“通俄门”，但是攻击私生活方面大家还是比较克制。但在那个时代，简直无所不用其极。

最后克利夫兰还是选上了。选上以后，他在白宫还结婚了，娶了一位比他小20多岁的姑娘，生了一堆孩子，所以还是一个正派人。但是美国历史上对克利夫兰总统，尤其第二任期间的执政能力，有很多诟病，导致他后来第二任卸任以后很痛苦，因为美国人民讨厌他。他第二任的时候正赶上美国大萧条，美国时不时就大萧条一回，他没能处理好。但是他的人品还是一直被承认很诚实、很正直。所以他当选以后很有意思，他的支持者还续了一段话，在“Ma,Ma,Where's My Pa?”后面加了一句，“Gone to the White House,Ha,Ha,Ha.”就是“去白宫了，哈哈哈。”

接下来讲1920年竞选总统的沃伦·哈定，他的对手的名字有点意思啊，叫James Cox，在英文里听起来就不太雅，有点男人“那话儿”的意思。然后就被他给抓住了，抓住了干什么用呢？因为1920年那个时候的竞选，到后来罗斯福竞选，最主要的一个话题就是禁酒令。禁酒令时代大家从美国电影、电视剧中看过很多，那是民主制度的一次失败的尝试。就是为了更多的选票嘛，1920年妇女在美国有了投票权，候选人就想怎么样让那些妇女投我的票呢？想了一个办法，禁酒。你说你老公喝酒又花钱，然后变得暴躁，喝醉了还打你。所以我支持禁酒令，你们就选我吧。刚刚有了选举权的妇女们那个时候还不太成熟，不像后来对政客呀，对选举口号呀都有了各种免疫力。所以当时都说好，让老公都喝不着酒多好！那就支持禁酒令吧。

所以哈定就是因为支持禁酒令而当选，他那个口号特别逗，叫“Cox and Cocktails”，Cox就是对手的名字嘛，同时也是男人的那个玩意儿的意思。Cocktails就是鸡尾酒的意思，就是让大家联想到他就是那种粗鲁的下里巴人的代表。确实也因为他支持禁酒令，最后赢了。但是禁酒令给美国带来的伤害是巨大的，导致黑帮横行，导致警匪一家，导致私酒泛滥，大家不但还在喝酒，反而还要花更多的钱在黑市上买酒，导致妇女后来发现，其实并没有改善家庭生活，反而更要命了。黑社会反倒发了财，警匪一家的警察发了财，老公们回来压力更大，更打老婆。直到罗斯福当选以后，才把禁酒令废除了。所以这是史上最能操纵民意的口号，操纵了妇女们的大部分选票。

沃伦·哈定也是美国历史上风评最差的总统之一。1923年的时候在镇上突发心脏病就去世了，他延续了这个“0字尾年份当选的总统，任上死于非命”的传统，这在美国一直就是一个诅咒，每隔20年就有一次，在任上的总统不是被刺杀了，就是病死了，包括1940年当选的罗斯福，1960年当选的肯尼迪，1980年当选的里根，里根遇刺，但是没死，所以才终结了这个魔咒。所以2000年当选的小布什，就安全地一直活到现在。

然后是1928年的时候，著名的胡佛总统，他的竞选口号这回没攻击对手，但是许了一个大大的诺言，叫“A chicken in every pot and a car in every garage”，就是“每个锅里都有鸡，每个车库里都有车”。这说明美国那时候还挺繁荣发达的，大家还有车库。胡佛许的这种愿，听起来有点儿像现在我国台湾竞选的那种乡土风，你要去台湾转一圈，全是这种诺言，就是我当选了，大家就吃得更好啦，如何如何。希特勒竞选的时候也说过这种话，“每家都有一辆大众汽车，每家都可以去海滩度假”，等等，大家一听，马上都选他。

1928年胡佛总统当选，而美国历史上最大的一次大萧条，就是1929年黑色星期五股市崩盘，大萧条导致整个美国崩溃掉，一直到罗斯福当选，花了很多时间才慢慢恢复过来，而且那个大萧条影响到了全世界。其实“二战”的一个重要的诱因就是那次大萧条。

所以大萧条使劲儿打了胡佛总统的脸，不但每个锅里没有鸡，每个车库里没有车，大家甚至都失业了，连饭都没得吃了。所以这个叫作史上最打脸的口号，应该没有第二名了。他也够倒霉的，刚上台就遇上了大萧条。

然后咱们来说著名的、伟大的富兰克林·罗斯福（FDR）。罗斯福总统是美国历史上唯一连任四届的总统，一直到他死在任上。美国长时间没有法律规定总统能连任几届，在这之前大家都连任两届，因为伟大的开国国父乔治·华盛顿也只做了两届总统，所以大家都自动地表现出了高风亮节，也都做两届。而且这个国家也没遇到什么特别大的危机。其实林肯如果没被刺杀，是不是也能连任呢？也有点可能，因为那个时候他威望极高，极受爱戴，可惜 0 字尾年份当选的林肯总统还是没能逃脱诅咒。

罗斯福总统因为太受美国人民爱戴，再加上美国又面临重大危机，需要他领导战争。随后两届，1940 年当选，1944 年当选，他领导美国人民奋战的时候，国家空前团结，所以虽然也有竞选，但是没那么激烈。他一直都是很受美国人民爱戴的总统，到今天美国人民回想起来，他们最爱戴的总统中，罗斯福总统也能排在至少前几名吧，我猜前三名。

美国人民叫他 FDR，就像叫肯尼迪总统 JFK，这都属于很受爱戴的人，给他一个简单的代号。然而，直到战后，美国人民才发现总统连任有点问题，可以让罗斯福当选四届，可万一未来出现一个有独裁倾向的人，像希特勒那样想当元首的，如果连任很多届，岂不是很危险？

所以到了 1948 年，美国通过了宪法修正案，规定总统最多连任两届，一直到现在。罗斯福 1936 年竞选的时候，支持度本来也远超对手，所以他没什么特别神奇的口号，不过倒也有点意思，叫“Sunflowers Die in November”，就是“向日葵死于 11 月”。为什么呢？这个挺绕的，其实不太符合美国人民直来直去的那种性格。他当时的竞选对手——阿尔夫·朗顿是堪萨斯州人，堪萨斯州是美国中部一个农业大州，州花就是向日葵，美国总统大选投票日都在 11 月，所以他说“Sunflowers Die in November”，大意就是“你死定了”。因为罗斯福总统没什么对手，所以就轻描淡写给他一句“你死定了”，然后他就真的“死”了。所以这是史上最诗意的口号吧，美国竞选口号很少这么诗意，通常都是直来直去的。

当然了，这也是一个很酸的口号。

罗斯福是美国历史上伟大的总统。但这个人还是有一些性格缺陷的，他本人就比较酸，心胸没那么宽广。当然了，对于世界，他的心胸是很宽广，包括他对中国也很好，但他自己本身因为身体有残疾的问题，导致内心还是比较刻薄，他的妻子后来跟他之所以一直有很大的问题，也是因为这个。

有机会咱们可以好好讲一讲这位伟大的FDR——罗斯福总统。

最奇葩总统竞选口号
（下）

> 在网上传播的时候，民主党的战斗力、进攻性相当强，因为他们代表了年轻人嘛，共和党反堕胎、反同性恋，这都和年轻人息息相关。

大家还记得1963年的时候，JFK——肯尼迪总统在达拉斯被刺杀了，当时他该竞选了嘛，就提前到处去跑一跑，结果到了达拉斯被刺，成为美国历史上最大的疑案、悬案，到现在也没有公布机密的材料，也不知道到底是谁杀的。虽然大家内心深处都在怀疑好多人，其中包括林登·约翰逊总统，林登·约翰逊总统是重要的怀疑对象之一。

肯尼迪总统去世了，他就继任了总统，然后紧接着1964年的时候，他就去竞选了。他的竞选对手叫作高华德，高华德的口号也不知道是谁替他想的，叫"In Your Heart, You Know He Is Right"，就是"你心里知道他是对的"。一般说这种话的人心里都比较虚，就是吵架我虽然吵不赢他，但是你内心深处知道我是对的。林登·约翰逊的支持者马上就回击了一句，而且还很押韵，叫"In Your Guts, You Know He Is Nuts"，就是"在你的直觉里，他是一白痴"。"Nuts"这个词在英文里用的地方特别多，你也可以翻成"傻×"，也可以翻成"牛×"，比如有段时间阿里巴巴股票涨得特厉害，我一堆美国哥们儿给我发短信说"Alibaba stock price going nuts"，就是"阿里巴巴股票疯了"。

著名的一个“Nuts”是在“二战”期间的Battle of the Bulge，就是突出部战役，或者叫阿登森林战役，是“二战”后期德军在欧洲最大的一次反击战吧，也是德军最后一次大规模的进攻，大家在好多电影里都看到过这个战役的事情，包括《兄弟连》。《兄弟连》里就专门有这个情节，跟历史上一模一样，就是德军包围了美军，那时候德军大规模反击，在阿登森林包围了美军101空降师——美军最精锐的师之一。当时的代理师长叫麦考利夫，德军就去劝降，拿了劝降书说你们被包围了，投降吧。然后麦考利夫就只回了一个词儿“Nuts”。你可以翻译成“傻×”或者“滚蛋”等。总之，极大地振奋了军心，麦考利夫毕竟是主帅嘛，坚决不投降，战斗到底，全军特别振奋，于是在包围圈里坚守到巴顿将军等率领美军来支援。《兄弟连》里关于这个情节还有一个特别有意思的对话，前线的陆军下来的时候，他们向前线开进，人家说你们再往前走就被包围了，然后101师的这帮人特别骄傲，说我们是空降兵，我们天生就是被包围的。因为空降兵最主要的任务就是空降到敌后去被包围。我看到那的时候就觉得好有意思。

“In Your Heart, You Know He Is Right”可以称作史上最快被还击的口号。

接着讲吉米·卡特。吉米·卡特大概是美国历史上最平庸的总统，但是对于中国来说，卡特总统是一个重要的总统，因为他恢复了跟中国的外交关系，但实际上只是顺水推舟，捡了个桃子，因为打破坚冰，访问中国的是基辛格以及尼克松总统。于是卡特当选的时候，美国顺利地跟中国建交了。他的竞选口号特别逗，叫“Not Just Peanuts”，就是“不只是花生”。因为什么呢？卡特是南方人，佐治亚州人，大家通常会觉得南方比较土，尤其是这个州说英文的口音，让北方人觉得挺土。但南方人自己觉得很优雅。美国南北方互相看不上一直持续到现在，卡特1950年退伍之后就一直在家种花生，种得还不错，所以他跑来竞选的口号就特别朴实，说其实我不只是一个种花生的，我还有点儿别的本事。当然他也当选了，70年代是美国最衰落而平庸的年代，刚刚遭受了越战重创，经过了革命，风起云涌。美国人民第一次对政府、对军队产生了极大的不信任，所以70年代美国国力迅速衰落，而苏联则迅速崛起。

70年代末，苏联入侵阿富汗，那是苏联最巅峰的时代。美国当时觉得快不行了，幸亏卡特当了四年总统就下台了，然后美国迎来了历史上另一位重要的总统——里根，在里根的带领下，美国重新强大起来，那是真的强大，不是今天这个简单的口号说“Make America Great Again”，大家都可以这么说，但是你真的做到了吗？

里根在0字尾年份当选总统，曾遇刺，被击中右胸，死了一个保镖，但是他活下来了，终结了美国历史上那个可怕的诅咒。

然后讲大家都熟悉的，1992年当选总统的克林顿。那个时候希拉里就已经很风光了，希拉里我觉得挺倒霉的，从1992年风光到现在，纵横美国政界二十多年，最后还是没能修成正果。毕业于名校的希拉里，那时候又漂亮，又非常干练，克林顿本人当然也还不错，经济上很有两下，他是战胜了美国英雄老布什而当选的总统。老布什打赢了海湾战争，但是竞选总统输给了克林顿，因为他搞经济不行，他是一个纯政客。克林顿总统是州长出身，经济上很有一套，在他的领导下，美国才出现了硅谷、互联网经济等繁荣景象，整个美国经济走上了大的上坡路。克林顿任期，美国的政府已经没有障碍物了，现在回想起来都觉得不可思议，因为今天的美国政府几乎全靠债务撑着，那债务十几万亿美元，越来越高，美国人民纳的税恨不得都还了那债务的利息。

那个时候克林顿的竞选口号叫作“Buy One, Get One Free”，就是“买一送一”，这是美国大商场里一天到晚都能听见的口号。意思就是你选我，我还有一希拉里，我俩都很能干，一起为你服务。希拉里竞选的时候，口号其实也应该叫“Buy One, Get One Free”，意思是你选我，我还有我老公，我老公八年任期内曾把美国经济搞得那么好！这是一个很有用的口号，当然，克林顿当选以后紧接着就出现了与莱温斯基的性丑闻。希拉里那个时候就开始倒霉了，后来就一直起起落落。在党内败给了奥巴马，最后让全世界人都没想到的是，又败给了特朗普。

“Buy One, Get One Free”，“买一送一”，“送一”的这位，确实是五味杂陈，所以这算是史上回头看最五味杂陈的竞选口号吧。

美国这么多年来，就这两党在这儿厮杀，来回来去的就是两党轮流执政，有的时候民主党占上风，比如说罗斯福时代就多执政了一阵子；有的时候共和党占上风，比如说里根、老布什时代多执政一阵子。但基本上算平衡，这两个党按欧洲的标准看基本上都比较“右”。欧洲那种社会党、工党等相当社会主义的党，美国是没有的，美国两党都比较“右”，但是总的来说，民主党在“右偏中”一点，共和党相当“右”，大概就是这点儿区别。不过两党政策还是有很大区别的，比如说民主党支持堕胎，支持同性恋，支持一些比较有社会因素的政策，包括全民医保、高税收等。共和党则反对堕胎，反对同性恋，支持持枪，又减税，相当于一边支持工会，一边支持资本家吧。各有所长，或者叫各有所短。所以在竞选上的口号也花样不断，尤其到了互联网时代，网民的口号就厉害起来了，但是其实很多口号也是他们党内部弄出来的，假托网民之名传出去。因为有些口号有点过了，不太好让政治家在电视上说出来。在网上传播的时候，民主党的战斗力、进攻性相当强，因为他们代表了年轻人嘛，共和党反堕胎、反同性恋，这都和年轻人息息相关。所以年轻人在网上就猛烈地攻击共和党。好多非常有意思的口号，跟大家说几个。比如“May The Fetus You Save Be Gay”，“fetus”

就是“胎儿”的意思，这是民主党的进攻口号，就是“不让堕胎的胎儿长大以后都变成了同性恋”，这个说实在的有点恶毒，因为共和党反对同性恋，既然你反对，你不喜欢，那你又不让堕胎，所以你生出来的胎儿最后都变成同性恋。这块儿我看了很不舒服，因为你民主党既然声称支持同性恋，认为大家一样有爱的权利，你用这样的口号，等于你自己内心深处也有点歧视同性恋。所以这是互联网上很恶毒的向共和党进攻的口号。

还有“Is That True, Or Did You Hear It On Fox News?”，“Fox News”就是共和党的主力媒体，因为美国的主流媒体基本都支持民主党，CNN（美国有线电视新闻网，“Cable News Network”的英文缩写）也好，《纽约时报》也好，包括《华盛顿邮报》等等。所以你看特朗普每天在跟这些媒体激战。Fox News（福克斯新闻频道）是很“右”的一个媒体，所以特朗普最爱福克斯新闻台。民主党的这个进攻口号就是说：“你确定那是真的吗？还是你从福克斯新闻台听来的？”意思就是福克斯新闻台听来的就不是真的。所以其实两党都差不多，都在利用媒体，你不支持我我就抹黑你，给你泼脏水。党同伐异嘛，永远有这种现象，控制媒体、抹黑媒体，等等。

还有一个我觉得特别聪明的口号，很有意思，而且符合美国人民的文化。美国人民都爱开车，但不爱开手排挡的车子，不像在欧洲，欧洲很多有钱人买奔驰、宝马也要买手排挡的，那让他们觉得有驾驶乐趣。美国人很懒，都开那种大排量的自动挡的车，自动挡的车，前进挡是 D，D 正好就是民主党 Democratic 的第一个字母。倒挡叫 R，R 正好是共和党 Republican 的第一个字母，所以他们就利用这一点，弄了一个特别聪明的口号：“Voting Is Like Driving A Car. Choose （R） To Go Backward. Choose （D） To Go Forward.”就是“投票就像开车，投给共和党就是倒车，投给民主党就是前进”。当然了，这只是“左派”的一厢情愿，民主党当然觉得自己是“进步党”，共和党代表“落后党”，所以就这么说。

还有一句叫“Jesus Was A Hippie”，就是“耶稣本人就是个嬉皮士”。因为民主党没有那么“右”，所以对宗教就没有那么严肃。美国南部、中西部这些宗教气氛很浓的州因为支持共和党，所以民主党就挤对耶稣，耶稣的样子确实很像后来美国嬉皮士一代，穿得“破衣烂衫”，头发又那样。共和党的口号通常都比较老派，因为共和党觉得自己是绅士嘛，不是你们那些年轻的嬉皮士，共和党也有一句特别聪明的口号。奥巴马那时候的口号叫“Change We Can Believe In”，就是“改变，就是我们的信念”。英文里“change”这个词儿，除了“改变”以外，还有一个意思就是“零钱”，所以共和党就老拿这事开玩笑，说你就是要小零钱的人，然后他们的口号特别有意思：“I'll Keep My Freedom, My Guns, And My Money. You Can Keep The Change!”就是“我留着我的自由、枪、财富，你留着零钱”。前面这三个，“自由”“枪”和“财富”，是共和党一贯捍卫的原则，所以我要捍卫我的自由、我的枪和我的财富，你们就留着你们的零钱吧。

细思极恐的美食
（上）

> 美国可能是地大物博，种什么长什么，养什么长什么，导致美国形成了一种超级简约的那种消费，细致程度跟欧洲是完全不能比。

指北排行榜“十大美人”和“最奇葩总统竞选口号”聊完了，咱们可以聊聊美食。美食当然太宽泛了，咱们可以聊很多很多，尤其是我天生一个 foody（美食家），无比爱吃，要不然也不会长成这样。所以关于美食可以聊很多很多个不同的排行榜。先聊聊“五大细思极恐的西方美食”。

为什么要说西方呢？因为中国细思极恐的美食就太多了，有机会咱们也可以聊聊，但是西方这个美食要先聊，为什么呢？我在全世界到处跑的过程中，发现了两个很大的误解，一个误解是中国人对西方的误解，经常认为西方人不吃内脏之类的东西，只吃牛排，只吃那种很健康的肉，比如鸡胸，其实完全不是这么回事儿，这是一个很大的误解。因为美国实在是太强盛了，美国的文化通过美国的电影、电视剧、音乐等等，传播到全世界去，所以给人一种感觉，好像美国代表了西方。

应该这么说，美国在很多地方可以代表西方，比如科技、经济、金融等方面，甚至它是西方第一个民主国家，包括它的民主制度等等，都可以说具有代表性。但是，吃这个事，美国人真的没啥代表性，因为美国人的祖先就是西方那些吃不上什么东西的人。大家想想当年西方都什么人跑美国去，当然不是贵族，不是生活得很好的人，而是大量那种底层的人民，坐着五月花号漂洋过海。当然了，也有点宗教原因，但是宗教原因不是最重要的原因，因为欧洲也有很多信奉新教的国家，英国就是新教国家，德国也是新教国家，不是说不信天主教信新教的就都跑美国来了，那留在欧洲的也有很多，信新教只是一个原因。主要还是为生活所迫。

所以，这些人从基因里就是，没吃过什么好东西。再加上美国可能是地大物博，种什么长什么，养什么长什么，导致美国形成了一种超级简约的那种消费，细致程度跟欧洲是完全不能比。不光是吃的，穿的、用的各方面，大家看看美国人跟欧洲那些老贵族国家，那还是有很大的差距。

所以说西方人不吃内脏，其实主要说的是美国人，但是再说细点，美国人也不都是这样，美国也有一些州吃各种奇奇怪怪的东西，比如得州，得州每年有一个Rattlesnake Festival（响尾蛇节），就是大家全跑那儿吃蛇去，各种各样的方式，但主要是他们美国人最喜欢的方式——烧烤蛇肉。鳄鱼就更不用说了，美国南部好几个州，尤其是路易斯安那州，大家如果去新奥尔良，随便一个菜市场、饭馆里，到处都写着“gator head（鳄鱼头）”，“gator”就是他们简略说的鳄鱼，因为美国那种鳄鱼叫alligator（短吻鳄），跟crocodile还不一样，crocodile鼻子比那长很多，前边那也不叫鼻子，或者叫嘴。美国密西西比河上那种鳄鱼——alligator，前边那玩意儿短很多。总之，美国人吃那种鳄鱼的吃法太多了，做成肉丸的，做成各种各样东西的，尤其是超市里、饭馆里也卖鳄鱼头。

但是美国大部分的地区，当然了，因为太过繁荣了，就不做那些精细的东西了，有那么多东西可供选择，那就吃肉，剩下的东西就弄成饲料，弄成各种各样的肥料，或者干脆就扔了。所以说不乱吃也不是跟保护动物什么的有关，因为你已经把牛排都给吃了，你把牛脑袋扔了那叫保护动物吗？所以没什么大的关系，只是美国粗放惯了。美国这国家以后有机会咱再细细讲讲，一个超级浪费的国家。

所以美国人就吃他们喜欢吃的鸡胸、牛排，等等。其实全世界很多国家，尤其是西方大量的国家是什么都吃的，比如法国，大家去法国，法国什么都吃，南部还吃猪脑子，烤猪脑是名菜，还有小牛头皮等各种各样的东西。

再有一个奇怪的就是，美国人由于不太了解这个世界，老觉得美国就是世界，老觉得美国得了冠军就是世界冠军。咱们讲波特兰的时候专门讲过，他们认为美国最大的书店就是世界最大的书店，其实它比西单图书大厦小很多。

美国人觉得中国人好可怕，什么都吃。有一次我开车听着电台节目，给我乐得都开不下去了，赶紧停路边乐去。几个美国人在电台里说中国人吃鸭血（duck blood）这个事，简直疯了，都说不可能，这世界上怎么可能有人吃鸭子的血？对于美国人来说，吃鸭子血简直不可思议。然后还说，他们怎么吃鸭子血呀？说中国人把鸭子血做成 jelly（果冻），就是那个鸭血的冻，其实就是咱们吃火锅呗，或者吃冒菜之类的玩意儿。美国人就疯了，在电台里大家就“Oh no”，接着又笑，说这肯定是开玩笑的，不可能，世界上怎么会有人把血做成 jelly 那种东西去吃，绝对不相信！

我在美国的很多朋友，只要看上去有那种知识分子劲儿的，都会特别小心翼翼地问我，中国人是不是直接吃活猴的脑？每次都带着恐怖的神情，仿佛在问一个从食人族里逃出来的人。我觉得好奇怪。在美国人心目中，中国人什么都吃，这是另一个偏见。每次美国人跟我说完这事，我就老挤对他们，我说你们去过法国吗？去过西班牙吗？西班牙的好几道名菜就是猪肚、牛肚之类的，意大利也是，内脏吃得很多，而且做得非常好。美国人说真的吗？西方人也吃吗？我说当然了，我说你要多出去，你要多见识一下世界你就不会这么说。

言归正传，先说说“五大细思极恐的西方美食”第五名。第五名其实是俩东西，但是正好都是澳大利亚的东西，而且就画在他们自己的国徽上。澳大利亚是一块神奇的土地，它那里有的东西，别的国家没有；别的国家有的，它没有。

澳大利亚最重要的动物就是袋鼠，画在自己国徽上。还有鸸鹋，鸸鹋其实就是澳洲大陆上的鸵鸟，但是由于没有天敌，长得比鸵鸟要萌多了，脖子比鸵鸟短，屁股比鸵鸟大，腿比鸵鸟短，而且没那么大劲。只有蛋和鸵鸟差不多，就是一巨大的蛋，如果你拿来炒一只蛋，够一家子人吃一天的。

大家一想，人家肯定把这动物保护得特好，毕竟是人家放到国徽上的动物。其实真不是。我小的时候，我们家的沙发上有两张皮，我一直也没问过这是什么皮，一直以为是狗皮。后来等我稍微长大一点，才问起家人那是什么皮，家人跟我说是两张袋鼠皮。我当时很惊讶，我说你们从哪儿弄来的袋鼠皮呀？他们说澳大利亚。那时候我已经有点地理知识了，我小的时候酷爱各种地理，天天拿一世界地图，拿一地球仪在那儿看，研究各种东西，连每个国家的钢产量、煤产量我都背。当然也知道这些动物了，我说这不是人家澳大利亚的国宝吗？你们怎么把袋鼠皮给弄来了？就跟咱们沙发上铺两张熊猫皮似的。结果他们说，没有啊，袋鼠在澳大利亚不是受保护动物，这只是访问澳大利亚的时候，人家政府送的礼物，所以就铺到家里沙发上了。这时我才知道，原来袋鼠不是像熊猫似的这种国家保护动物。

后来我去澳大利亚，发现还有吃袋鼠肉的，也有吃鸸鹋的，只是做法很粗糙。澳大利亚、新西兰、加拿大、美国这些英国曾经的殖民地，都不太会吃。刚才光说美国人不会吃，在英国的富人也不太会吃，英国人做饭是被全欧洲挤对的，每当欧洲人想挤对英国人不会干什么事的时候，经常就说，就像他不会做饭一样。所以他们做的也都很粗糙，比如英国人做的

fish and chips（炸鱼薯条），或者苏格兰人做的 haggis（哈吉斯）——一个大羊肉丸子。

澳大利亚人关于袋鼠、鸸鹋的做法有很多，但是主流的也是做成什么香肠、meat ball（肉丸）等等，吃起来其实倒没觉得有什么特别的地方，尤其是这袋鼠肉。袋鼠实在太强健了，能蹦跶，能打架。我还曾经在澳大利亚的时候看到一新闻，给我乐坏了，说他们国家一部长还是市长来着，反正是一高官，晨跑的时候遇见袋鼠，被袋鼠胖揍一顿。袋鼠还分好几种，大袋鼠（kangaroo）长得最高的有两米多高。给你一顿拳击的时候，不但拳击，还自由搏击，袋鼠那尾巴特别硬，它可以用尾巴支到地上，然后上面打你两拳，下面还给你两脚，俩脚一块儿踹你。所以袋鼠肉特别的精。

咱中国人吃东西太讲究了，很少吃那种纯瘦肉、纯精肉，所以就不理解美国人为什么那么爱吃鸡胸，因为那肉是最没味的。总之，袋鼠肉吃来吃去也没吃出什么太好吃的。

鸸鹋也一样，也没觉得有什么特别的地方，我还曾经吃过鸵鸟掌，因为鸵鸟也不是什么受保护动物，鸵鸟掌还是不错的，当然要做好。我还经常想，什么时候吃吃鸵鸟脖子，因为我特别爱吃鸭脖子、鸡脖子这种东西，估计鸵鸟一脖子够我吃一礼拜。

总而言之，到澳大利亚去，吃了袋鼠和鸸鹋——他们的国宝。后来在美国的餐馆里也曾经吃到过袋鼠和鸸鹋的肉丸子跟香肠，基本上没什么特别的。

世界各地的人民，愿意吃自己国家这种标志性动物的，可不只是澳大利亚，比如说秘鲁，秘鲁的标志当然就是羊驼，大航海时代，美洲大陆驯服的最大的牲畜就是羊驼，虽然有野牛，但是没法驯服。南美洲玻利维亚、秘鲁那儿开发银矿的时候，就用羊驼驮白银，包括秘鲁波多西银矿，也是羊驼从山里把白银驮出来。到现在全世界银的标准的锭重，还是从这儿来的，因为当时羊驼最多就驮这么几十磅，所以就成了银锭的一个标准单位。

讲着讲着我开始咽唾沫了，羊驼还是很好吃的，秘鲁人民爱吃羊驼，尤其爱吃羊驼的心，他们还吃一种豚鼠，就是咱们国内当宠物养的荷兰猪，也是源自他们那个安第斯山脉。想想吃荷兰猪这事，我就感觉有点恐怖，就跟咱们中国有些地方吃那种小老鼠似的，想起来就……

下边说说第四名。

其实我在《闲情偶寄》里跟大家聊过我们一帮朋友去北加州打猎的事，但是没有展开说，我们用弓箭去打野猪，当然是合法的，有指标的，野猪肉在美国也不算什么，大量的好餐馆里都有。大家到美国去，吃饭的时候打开菜单，看到 pork，就是家猪肉，看到 boar，就是野猪肉。野猪肉倒没什么特别的，但是野猪的脑子是真的非常好吃。我们当时第一天打了一只野猪，拿弓箭射，弓箭都得特讲究，因为弓箭得根据每一个人的情况定制，每一个人的臂力不一样，能拉开的弓，中国过去叫拉“一石弓”，拉多少多少弓，它得看你的臂力，然后把那弓定制成按照你的臂力正好能拉满。因为要是大家都用一样的弓，有的人臂力小，弓只拉到一半，那也没法瞄准，力也使不上。而且射箭的时候，从一侧的胳肢窝下边射到心脏就能射死，而且还专门给你讲说，你如果没射死，你一定要翻山越岭去追，因为你把人家射伤了，没射死，只会让它很痛苦地死去，这个不太人道。

第一天射伤了一只，然后追了半天也没追着，觉得很不人道，很抱歉。后来大家在追那只野猪的过程中，说咱们怎么也得人道地把它杀死，结果又发现了一只野猪（又吞唾沫了，因为野猪肉确实很好吃），然后射死了。射死带回来以后，找来一大冰柜，然后把野猪放进去。当天晚上就说先把这脑子吃了吧，因为我是那种酷爱吃各种各样的动物脑子的，比如兔头，成都卖那兔头，我也就爱吃里边那脑子，连鸡的脑子我都爱吃，鸡脑子我不知道南方怎么称呼，北方人管那鸡脑子叫秦桧，说鸡脑子打开后里边长得像秦桧。总之，各种各样的动物脑子我都爱吃，包括鸭头，我主要也就吃鸭头里的脑子。所以我要尝一尝野猪的脑子。最后拿出一大盘脑子来，特别新鲜，还热乎着呢，刚打的野猪。我一看，说果然野猪比家猪聪明。大家想想吃四川火锅的时候，不经常吃脑子吗？所以大家对家猪那个脑子的沟回是有非常深刻的印象的，那个沟回很少，说明家猪很笨。脑子里沟回越多，说明心眼儿越多，当然不一定是坏心眼儿啊，就是脑袋比较好使。越聪明的动物，拿出来的脑子沟回越多。野猪脑子里边那沟回比家猪多太多了，密密麻麻，说明它非常聪明。

最后，大家都只尝了一口，只有我一个人把那么大一坨野猪脑子给吃了，太好吃了，太新鲜了。这是一次特别神奇的经历，吃了野猪脑子，而且是我自己打的野猪！

细思极恐的美食

（下）

> 你在美国跟在欧洲不一样，欧洲、中国都是那种有悠久历史的地区、国家，大家对各种奇怪的东西就没有那么多“友邦惊诧”。

“细思极恐的美食”第三名，说了大家别骂我啊，鲸鱼肉。

鲸鱼是世界上最聪明的动物之一，而且特别可爱，我也很爱鲸鱼，我还曾经在夏威夷的一条船上近距离看到过鲸鱼。大概离我的脸只有不到两米，我在船尾，然后就看见那个鲸鱼在后面潜着，潜着潜着就没了，我还以为它游哪儿了，结果突然几乎贴着船尾那舵，一下就跳出来了！我正好站在船尾，给我的感觉简直有点像外星生物，或者像一个外星飞船。很巨大的鲸鱼，非常漂亮，皮色斑驳，跳出来的时候带出了大量的水，幸亏我们坐的那条船比较大。实际上我看到过好多次鲸鱼，还在圣地亚哥的海洋世界里看过 Shamu 的很多次表演，Shamu 就是虎鲸，我听说现在好像取消了这个表演，我已经很久没去过了，但是看表演的时候也觉得好可爱，黑白两色，然后不停地用尾巴拍水，溅你一身。

但是我就没想过在美国还能吃着鲸鱼这种事。

洛杉矶当然很大了，海岸线绵长，在 Santa Monica（圣莫尼卡）海边的 Ocean Avenue（海洋大道）上，有一家餐馆，现在已经没有了。我早年在洛杉矶的时候（又咽唾沫，真没出息），跟里面的服务员混得比较熟，洛杉矶大量的那种好饭馆里的服务员，女的特漂亮，男的特帅，其实都是想当演员的。这儿的好莱坞管他们叫 wannabes，就是 wanna be，变成一名词，wanna be actor，wanna be actress。这些服务员特别逗，只要听见你在饭桌上聊电影，聊娱乐业，就猜到你是好莱坞来的，干这行的，就对你特别好，给你讲他的故事，不停地讲。我经常就特别尴尬地，饭吃到一半之后停下来，听人讲故事。或者是人家偷偷给你一张卡，上面有他的简历、照片等，说“我就是演员，我只是没演很多戏，所以在这里当服务员”。女服务员通常就给你一张卡，然后说“你可以给我打电话”等等。我当然没干过，但是我碰见过。男服务员没办法说“你晚上给我打电话”，那就在现场站到桌前跟你聊。我还碰见过更神奇的，我在另一家日餐馆里吃饭的时候，一个服务员跟我说他是钢琴家，然后多么爱弹钢琴，从小就学，在各种各样的学院里学。我还问他：“你知道中国的钢琴家吗？”他说他知道郎朗跟李云迪。他居然连李云迪也知道，因为知道郎朗很正常，郎朗在美国还是很火的。

有个服务员长得特别帅，会说西语、法语、英语，大概是哥伦比亚人，在法国学的表演，然后来美国好莱坞闯，但是闯了很多年没闯出来，已经三十好几岁了。他每次都跟我说，有什么电影要想着他，他高学历，又是双硕士，如何如何。然后就偷偷跟我说，说餐馆里有菜单上没有的东西，但是愿意给我专门提供。我问是什么东西，他说鲸鱼。我表示诧异。美国是一个特别标榜自己如何如何的国家，我后来就推辞了。我其实在洛杉矶的另外一个饭馆里，还碰见过菜单上没有熊肉但有卖的，也是服务员跟我讲，然后我说还是算了，因为你在美国跟在欧洲不一样，欧洲、亚洲的中国都是那种有悠久历史的地方，大家对各种奇怪的东西就没有那么多“友邦惊诧”。但是在美国，你跟一帮美国朋友坐桌边，你说我点一鲸鱼或者熊，这帮人当时就得跑，就算不跑，以后你再找他他也不来了。因为美国人有一种特别奇怪的“政治正确”，就觉得这事简直不可思议，不光是“政治正确”，他们从小长大那种习惯，吃鲸鱼、吃熊是不可以的。所以尽管他跟我说了几次，我也没点。

后来去日本倒吃到过。大家知道日本捕鲸在全世界一直是被诟病的，总是以科学考察等为名，到处捕鲸，大家经常看到新闻里有那种绿色和平组织的船，追踪日本的捕鲸船。我曾经差点参加绿色和平组织，去南太平洋拦截捕鲸船，后来因为实在是没办法腾出那么多时间，就没去。绿色和平组织发展我做志愿者的时候，说我可以选择做两个事，我问都干些什么。人家说一个是去欧洲的街头发放传单，保护中国青藏高原的藏羚羊；另一个就是参加他们的船队，去南太平洋截日本捕鲸船，但是要求会说日语，因为得在船上冲着日本捕鲸船去广播，说不要捕鲸如何如何。后来我说我不会说日语，我是中国人，那我就去欧洲发传单吧，保护中国藏羚羊。但是后来要签的时候一看，发现得去一个月的时间做志愿者，大家知道我是那种忙得不得了的人，“狗揽八堆屎”，什么都干，实在是抽不出一个月时间，后来就没去成。

日本捕鲸这个事确实是比较严重。大家看过那种特别残酷的纪录片，比如《海豚湾》，他们的民族风俗是杀海豚，导致满湾都是血，触目惊心。我在日本的时候确实碰见过超市有卖的，鲸鱼肉的生鱼片就和其他东西放在一起，我也没仔细看，就买了，吃了几口，旁边的人才告诉我，这是鲸鱼肉，我吓得连什么味道都忘了。后来又有人说，也许是海豚肉冒充的，那我就更不敢吃了。所以我唯一一次吃了也不知道是鲸鱼肉还是海豚肉，也没法跟大家汇报到底是好吃还是不好吃，什么味，我是完全想不起来，当时就是非常惊诧。

排行榜第二名是我特别特别爱吃的一样东西。我特别爱吃内脏，我还经常跟人讲，我爱吃平滑肌，而不是骨骼肌。咱们小时候学生物，附着在骨头上的那叫骨骼肌，自己直接就会动换的那叫平滑肌。还有一种叫心肌，但是我好像不太爱吃心脏，每次烤串的时候人家吃鸡心，我都不吃，所有的平滑肌那些东西，肝、肚、肺，我都很爱吃。但是有一种东西，其实我到现在也不能明确它是什么，它叫 sweet bread，是法国非常著名的一道菜，在法国的高级餐馆里，尤其是米其林餐馆里，经常会看到菜单上有 sweet bread，大家看菜单的时候一定要注意，如果你看到 sweet bread，一定不要理解成甜面包，因为字面理解 sweet bread，就是甜面包，但它不是甜面包，它是一种内脏还是腺体，说实在的，我到现在都没搞清楚。我曾经上 Google（谷歌）查了半天，说这个东西是三个月到六个月大的小牛或者小羊身上的胸腺，其实我生物特别不好，到现在也不知道胸腺到底是什么东西，虽然我吃过一种药叫胸腺肽，但是我也不知道那具体是什么玩意儿。我没见过生的 sweet bread 什么样，我只见过烤出来的样子，确实有点像很白很白的面包，上头用刀拉出很多纹路，为了进味。吃起来非常非常筋道。很嫩，又很筋道，尤其下面还有一层膜，特别美味，特别耐嚼。

除了在法国的餐厅里吃过 sweet bread，我在阿根廷也吃过，但是好像没有那个大，阿根廷那次不知道是把它切开了，还是它本身长得小。大家知道世界上最好吃最好吃的牛肉，就是来自阿根廷潘帕斯草原养出来的那种牛，在阿根廷吃完牛肉以后回到美国再吃牛肉，觉得像是在吃橡皮（口水已经不能抑制了）。

我在阿根廷还吃过另外一种有意思的东西，当然了，不在咱们的排行榜里，多跟大家说一句，它是牛肉，但是它是腌过的牛肉，怎么做呢？特别有意思。因为潘帕斯草原是一望无尽的大草原，早晨起来放牛放羊，中午要吃饭，但是你又没地儿热，那怎么办呢？阿根廷人想出一种特别神奇的加热牛肉的方法。其实你在全世界到处吃东西，最常见的加热方法无非就是这么两种：从外边加热和从里边加热。你搁到锅里、盘子里、灶上，包括烤箱里，都是从外边加热。从里边加热比较神奇，比如你扔两个热石头进去。但是摩擦加热我还是第一次见，就是不用火，不用热源，所以是没有热源的加热，仅在阿根廷见过。大家知道马蹄子下面不是有马蹄铁嘛，不然的话那马跑不远。阿根廷牧民把马蹄铁做成中空的，外边有那种小机关，能够闭锁住，然后前一天晚上把牛肉腌好，第二天早晨就塞到那马蹄铁里，然后就跑马。反正你放牛放羊，这马一跑起来，大家想想这肉就在里面颠，相当于硬把那肉用摩擦的方式，用颠的方式给它颠熟了，加热了。我们当时在阿根廷都看傻了，说那以后点菜的时候，不用说什么“well done（全熟）”“medium well（七分熟）”“medium（五分熟）”“Medium rare（三分熟）”，就说“跑 100 里的”“跑 200 里的”，跑 200 里的就全熟，100 里的就半熟。阿根廷有很多美食，别的先不多讲了。

我第一次吃到 sweet bread 是在巴黎的一个米其林餐厅，米其林挺逗，大部分米其林餐厅都只有一个菜单，就是不让你点，你进去今天大厨做什么你就吃什么。少数米其林餐厅，尤其是旅游区的，像巴黎这种会有菜单，但是它有一个 tasting menu（品尝菜单），就是厨师给你配的，大部分人就点那个。但是那天我在那儿一看，我说这 tasting menu 的最后一道主菜怎么是烤鸡胸还是炸鸡排，一看就是给美国人吃的那种东西。我说我不吃这东西。欧洲人没有美国人有钱，所以米其林餐厅里面有大量的美国游客，在那儿大声喧哗，而且都点这种菜。我说我不要这个，你如果不能让我换的话，我就点了打包回家，我要这个 sweet bread。于是在那里第一次吃到了 sweet bread。后来只要看到菜单上有 sweet bread 这种东西，我就一定要点。

大家到欧洲去一定要点这个东西，美国人是绝对不敢吃的，我讲过，美国都是那种大草原、大平原，什么都种，农业集约化，所以做得不精细，美国没有那么多小农场，所以对于内脏之类的东西，美国人实在是没有时间，也没有精力去细分这些东西。当然也没有人力，美国人力又那么贵，所以只吃肉，剩下的不是弄成饲料，就是扔掉。欧洲不是，欧洲有大量的小农场、家庭农场，欧洲大量的红酒、火腿，都是几百年的那种小家庭农场做出来的。所以欧洲的那个精细程度是美国完全没法比的，对内脏的处理应该说跟中国不相上下。中国有那么多种吃内脏的方法，欧洲也有那么多种吃内脏的方法，甚至很多方法中国都没见过。我就曾经在法国南部的蒙特卡洛，吃过一种很粗的大香肠，就是把大量的内脏，各种各样的心、肝、肚、肺全给剁了，剁成那种碎的馅儿，然后把它填在肠里，然后按香肠的做法做。那个香肠外边那个膜，你一切开的时候，天哪！香气扑鼻！一片一片切下来吃的时候，口感非常好，因为它弄得很紧密，有点像我们涮羊肉，涮羊肉的时候其实就是先把那些碎羊肉弄成一个很紧密的东西。所以当它切成片的时候，你也不知道它是哪一块内脏。

做内脏是欧洲人特别大的特长，我在中国吃过的内脏，在欧洲几乎都吃过，包括黄喉这样的东西。欧洲人可能是不太吃黄喉的，但是欧洲的中餐馆里可到处都是黄喉，尤其是火锅店。说到黄喉多说一句，我那么爱吃黄喉，我吃火锅，脑花跟黄喉是我的至爱。但我生物实在太差，大家听我讲了这么多年节目，我从来不讲什么生物、植物、医学，这都是我最不懂的。我一直都以为黄喉是动物的喉咙，因为它叫黄喉嘛！最逗的是，我还跟人假装懂，吃饭的时候我还跟人说，你看这火锅里牛黄喉跟猪黄喉，牛黄喉比猪黄喉厚，所以牛的嗓音就比猪的嗓音厚。现在想起来都想抽自己两下，因为后来我才知道，黄喉其实不是喉咙，而是心管，所以烤串摊上那心管其实就是黄喉，只不过它是给烤了的。欧洲也是，什么样的内脏都吃，而且做得都非常有意思。

所以第二名，一种内脏中的极品，叫作 sweet bread。

最后来讲我们排行榜的第一名。第一名是我在台北吃到的，以前不认识康永哥的时候，我去台北就胡吃海塞，尤其是去士林夜市。了解台北的话就不会去什么夜市，夜市只是吃一气氛，其实那饭没觉得有多好吃。后来有一次我去台北，那时候已经认识康永哥了，我说康永哥，你给我一个单子吧，推荐一下你喜欢的台北的吃的。于是康永哥就给我开了个单子，我就按照他的单子到处去吃。太好吃了。在他推荐的好几家饭馆里，我都吃到了一种东西，也不知道怎么形容它的味道，就是那种糯糯的、新鲜的，甚至有点腥味的一种鱼身上的东西，而且有很多种做法，有椒盐的，有蒸的，等等。这就是我最喜欢的一种东西，我还问人家老板这是什么玩意儿，老板就笑嘻嘻地用闽南口音说："是乌鱼膘啦。"我回去一查才明白，是雄鱼的精囊。

很多人问我："你怎么什么都懂？"其实不是，我为什么一个人做节目？因为我懂什么才说什么，不懂的就不说，不像采访，人家问我我说不出来。

总之，大家去台北的时候，尤其是去台菜馆的时候，因为康永哥给我开的很多都是台菜馆，乌鱼膘一定要点，乌鱼子、乌鱼胗也很好吃。这个东西是在欧洲没见过的，在美国就更不用说了，在欧洲最会做饭的法国等地方，好像也都没见到过。

这是台北给我留下的，除了诚品书店之外最美好的回忆了。

名人与宠物

> 养宠物很能说明人的性格，也很能说明时代的变迁。

帕丽斯·希尔顿和她的蜜熊

我突然间看到一个有意思的报道，说特朗普是150年来美国第一个没有养宠物的总统，我就随手查了一下，发现挺有意思，美国总统养宠物居然养了那么多！美国到现在一共有过44个总统，白宫里先后住过300多只动物，当然最开始的几个总统还不住在白宫里。最多的养过50几只宠物，上一个没有养宠物的总统还是林肯总统被刺杀以后，继任的那个副总统。那已经是150年前了，所以特朗普又创下一个新纪录：150年来美国第一个没有养宠物的总统。

其实我觉得特朗普先生还是有宠物的，他的宠物的名字叫Twitter（美国社交网站，音译为“推特”），别人玩宠物的时间他玩“推特”。于是想到一个有意思的问题，养宠物很能说明人的性格，也很能说明时代的变迁。这个话题很有趣，所以咱们先把吃的往旁边放一放，说一说古今中外的名人与宠物排行榜。也不知道排的是名人还是宠物，总而言之，就按我自己内心觉得什么人养什么宠物最有趣，来排这个排行榜。

首先是美国著名的富二代帕丽斯·希尔顿（Paris Hilton）。中国著名的“国民老公”，人人都想嫁他；美国著名的帕丽斯·希尔顿——希尔顿家族的大小姐，估计不是谁都想娶她。男人跟女人，不管是在东方还是西方，都是不一样的。但是想约会她的男的估计有很多，因为她有钱，长得也还可以。其实跟好莱坞那些明星比起来，她不算多么好看，但她确实特别风骚。她也来过中国，当时把中国的媒体以及周围围观的都看傻了，说这姐们儿一走路婷婷袅袅，一回头百媚丛生，就是特别媚的那样一个大小姐。

希尔顿家族曾经拥有那么庞大的希尔顿酒店集团，也曾被我们中国的一个大集团——海航集团持有了大股。2017 年海航集团好像出了各种新闻，希尔顿集团的 CEO 还出来说，海航只是他们的大股东之一，希尔顿酒店的经营不受影响，等等。咱们之前讲过好莱坞，这回随便讲到一个名媛希尔顿，都能看到背后中国资本的身影。

Paris Hilton，这个名字挺逗，Paris，咱们翻成“帕丽斯”，其实就是“巴黎”，同一个词。以至于好多没什么文化的美国人提到 Paris，首先想到的不是那个伟大的法国的首都，很多美国人连法国在哪儿都不知道。美国人是有文化的很有文化，但是没文化的也特别多，然后就觉得 Paris 我知道，就是那女的，特别风骚的那女的。

她养了一个什么宠物呢？当然了，她肯定是玩腻了那些什么包包、珠宝、车之类的玩意儿，那都是刚刚有点钱的人才玩的东西。像她这种大名媛，从小在蜜罐里泡大的，家里那么有钱，所以估计也就不太玩这些东西。玩什么呢？她手上缠着好几只蜜熊招摇过市。蜜熊是一种非常罕见的浣熊科动物，一般都生活在中美洲、南美洲的雨林里。我也见到我的朋友曾经在家里养过蜜熊，但是很快就养死了，因为加州干旱，它的气候、环境跟热带雨林完全不一样。在美国养这种动物其实是不合法的，不是想养什么宠物就养什么宠物，很多人说，你看美国养狮子、老虎都行，实际上没那么容易。而且美国每个州的州法都不一样，这个州可以养这个，可以吃那个，到那个州可能就是非法行为。加州也有各种各样的规定，而且这些规定都很奇怪，什么吃鹅肝非法，但是吃鸭肝就合法，我也不知道鸭子为什么在那儿低鹅一头，低鹅一等。在加州吃马肉合法，但是杀马是非法的，这个事挺逗，所以只能等马自然死亡后才能吃，或者在外州杀了带进来吃。

养蜜熊非法，但大小姐非要标新立异，非要养，而且还专门买了一栋豪宅给这蜜熊住，还经常带着蜜熊去给记者拍。她特别喜欢面对各种狗仔队、记者，不像有的明星还要揍人家狗仔。她看见狗仔队特高兴，有些时候我甚至觉得那狗仔队都是她自个儿叫去的。比如她跟 C 罗约会，C 罗在美国没那么有名，因为足球运动本来在美国就没那么流行，大家觉得那就是个女子运动。C 罗走在洛杉矶的大街上，估计只有华人、日本人、韩国人以及那些拉美裔的人能认出他来，美国人看见 C 罗根本就不知道他是干吗的。所以跟 C 罗约会，其实没那么多人关注。等 C 罗光着膀子，手里提溜着一T 恤，跟她出来后，突然发现狗仔队在门口拍，C 罗还挺吃惊，哎哟，想不到哥们儿在洛杉矶也有狗仔队追！我估计就是这位希尔顿大小姐自己把狗仔队叫来的。

最逗的是，帕丽斯·希尔顿有一天突然被她的蜜熊咬伤了，半夜三点钟，血流不止，然后还被紧急送到急诊室去打破伤风针……

这就是“名人与宠物”第十名，帕丽斯 · 希尔顿和她的蜜熊。

奥黛丽 · 赫本和她的小鹿

接下来讲咱们的第九名，这位也是富二代，但是这位富二代可就比帕丽斯 · 希尔顿要厉害太多了。谁呢？她是 20 世纪五六十年代全世界男人的大女神，好莱坞历史上清纯玉女最大的代表，被评为好莱坞“百年来最伟大的女演员”第三名，也是奥斯卡奖影后，同时两度获得托尼奖剧后。托尼奖是美国戏剧的最高奖，包括音乐剧、话剧等等，相当于电影界的奥斯卡奖。估计大家都猜出来是谁了，因为一说到清纯玉女，那就是奥黛丽·赫本了。奥黛丽·赫本的爸爸是英国银行家，妈妈是荷兰的贵族，是女男爵。所以这个富二代跟美国的那个暴发户富二代又不太一样了，这位身体里流淌的是贵族的血液。

当然了，她也经历了好多一般富二代经历不了的艰难困苦，她小时候当然有钱，爸爸是银行家，妈妈又是贵族，后来爸妈离婚，她就跟着妈妈在荷兰生活。她是在比利时生的，后来去了英国，然后又回到荷兰。男爵的生活当然是很富足的，但是正好赶上“二战”，他们家被认为有犹太血统，荷兰这些国家本来就对犹太人有点排斥，正经的荷兰人觉得自己好像跟德国人差不多，德国也把荷兰人当成自己人。再加上纳粹一来，犹太人当然就比较惨了。于是他们家就没落了，财产也被没收。据说奥黛丽·赫本童年的时候经常靠吃郁金香球根充饥。荷兰就是郁金香之国，一提到荷兰的国花，荷兰的最大代表就是郁金香。当然了，还有风车。大家想想看，那么美的一个少女，“渴饮朝露兮，饥餐落英”，据记载就是吃花喝水，度过了“二战”的艰难时光。

“二战”以后到英国也是，家里没钱，学芭蕾舞，人家都穿着漂亮的舞鞋，她穿着木头的舞鞋。后来又因为自己长得个儿又特高，比男演员都高，所以“芭蕾梦”也就破碎了。再后来在英国一边打工，一边努力，最后就到美国演上了音乐剧，这么一路奋斗上来。不过从气质来看，她仿佛从来没有受过那些苦难，仿佛一直就是男爵家的大小姐，那样子清纯极了。奥黛丽·赫本在美国先是奋斗在百老汇，得了第一个托尼奖最佳女主角奖，之后就得到了最好的机会，和当时帅成那样的派克一起主演了全世界影迷，应该说不光是影迷，是人人都记得的伟大的电影《罗马假日》——一个美国穷记者和公主的爱情故事。凭借在《罗马假日》里的表演，奥黛丽·赫本又得了奥斯卡最佳女主角奖。而且在成为奥斯卡影后之后的第六天，又得了托尼奖最佳女主角奖，因为她在百老汇同时演的一个音乐剧。

奥黛丽·赫本在美国演艺史上是奇迹般的人物。东海岸的百老汇，西海岸的好莱坞，一周之内，她得了最高荣誉的两个最佳女主角奖，这是无上的荣光。当然她后来也演过很多电影，包括《战争与和平》等，最著名的有两个，一个是《蒂凡尼的早餐》，另一个是《窈窕淑女》。《蒂凡尼的早餐》大概跟《罗马假日》一样有名。我还记得我第一次看《蒂凡尼的早餐》的时候，那时候我很小，我妈妈在德国，德国有一个规定特别逗，所有电影都必须配音，这跟美国完全不一样。美国电影不配音，说什么语就什么语，然后底下打字幕，以至于外国电影在美国的票房老是不怎么好，因为美国人不爱看字幕，美国人就没有那习惯，他不像欧洲人。德国规定必须配音，我妈有次还跟我说，她在德国看了《骆驼祥子》，里面所有角色，包括虎妞都说着德语，特别逗。

我第一次看《蒂凡尼的早餐》这部电影，是我妈从德国带回来还是寄回来一盘录像带。第一次看到赫本简直就晕了。大家想想看，咱们之前讲过十大美人，因为小的时候肯定最喜欢清纯的，于是一看到那么清纯的就疯了。但是整个电影讲的是德语，所以我第一次看《蒂凡尼的早餐》是听着德语看的。

再有就是《窈窕淑女》。《窈窕淑女》里面有一首到现在还一直享誉世界的歌，那首歌也是因为赫本的坚持留下来的，就是*Moon River*（《月亮河》），一首极为美好的歌。因为她坚持用这首歌，这部电影当年得了奥斯卡最佳歌曲奖、最佳配乐奖。她也第四次被提名最佳女主角。

说了这么多赫本的经历，忘了说她的宠物了。她的宠物是一只小鹿。

其实最开始是拍戏的时候，要用到这只鹿，按照剧情，这只鹿要跟她特别好，所以驯鹿师就跟她说她得跟这只鹿多相处，于是她就开始跟这鹿相处。大家知道电影拍摄中，拍动物是特别难的，因为它才不管你导演说什么。我有次拍电影的时候，跟洪金宝大哥合作，他做我的动作导演，然后洪大哥就跟我说，拍电影最难拍的三件事，就是动物、老头跟小孩。因为他们不听你的，你说什么都没用，你只能逮，逮着什么是什么。所以和动物一起拍戏，就需要跟它建立很好的感情。赫本这样的大演员，当然非常敬业了，为了拍摄效果，就把小鹿带回家去了，朝夕相处。最后拍完之后把鹿送了回去，但是那时候她正好出了一连串的事，先是拍另一部戏的时候不小心从马背上摔下来了，尾椎骨骨折了，两个月之后不幸流产，卧病在床，当时情绪非常低落。她当时的丈夫于是就把那小鹿给接了回来，接回来后她一下子就振作了，因为本来她和小鹿已经有了很深的感情。咱们总是说“物似主人形”，赫本长得就像一只特别漂亮的小鹿，虽然个儿不矮，但是气质非常接近。后来就留下了好多赫本跟那只小鹿在一起的特别美好的经典照片。一人一鹿在 Beverly Hills（比弗利山庄）一起逛街，她喂小鹿喝牛奶，小鹿亲吻她头发，等等。鹿本来就是很优雅的动物，眼中饱含那种纯真的情感，加上奥黛丽·赫本本身的美貌跟气质，那画面美得不敢看。

我曾经也养过鹿，但是我这种糙人跟鹿的气质太不搭了，导致那鹿后来就自杀了。真事。让我很难过。为什么呢？我在北京认识一大哥，大哥在北京赫赫有名，也挺罩着我的，他养藏獒，那会儿藏獒一只卖 100 万、200 万的，养了藏獒以后就非请我来，让我给他的藏獒养殖场写一首《藏獒之歌》。可我不敢找大哥要钱，毕竟是大哥的事。所以我说我就白写吧，大哥说：“别，兄弟，别白写，我这藏獒不能让你拿回家去，但我这儿除了藏獒还有鹿啊、荷兰猪什么的，你挑一只吧，算是给你的赏金。”当然了，藏獒也太贵了，而且我们家也没地儿养藏獒那么大的大家伙，养不起。我就说也别荷兰猪了，弄一猪回去多不好，就鹿吧。于是我就把鹿带回清华了，然后在清华我们家那个小院里养着。

结果倒好，第二天早晨那只鹿就骨折了，因为它非要冲出去，最后撞在那个小院边上的铁栏杆那儿。后来我就又给它包扎、又给它养伤，这期间它开始不吃不喝，结果就饿死了，让我特别难过。我后来见着大哥都不好意思说，大哥还问起那鹿怎么样了，我说挺好的，其实我很难过。所以气质接近很重要，我应该养藏獒，不该养鹿。当然了，鹿对院子里花草的破坏力是非常强的，我深有感触。

给大家推荐一首好听的歌，《玫瑰与小鹿》，我谱的曲，是跟优秀的作词人尹约合作的。

扫码听歌
《玫瑰与小鹿》

钱钟书和林徽因两家的猫

“名人与宠物”的这个排行榜我越聊越高兴，因为我特别喜欢这些八卦往事，各种有意思的人的侧面。

现在聊聊第八名，咱们的钱钟书钱先生跟林徽因林先生两家的猫。这俩人都喜欢养猫，但是这两家关系不好。应该这么说，钱先生这辈子关系好的人没几个，大家看《围城》就知道，表面上大知识分子都很谦逊，但是大多数大知识分子内心都很高傲，有实在是绷不住要挤对人、讽刺人的，第一就是钱先生。《围城》里几乎把当时中国知识分子的种种样子给挤对得一塌糊涂，不但挤对土鳖，而且挤对“海归”。其中就有挤对别人克莱登大学毕业，然后什么“我曾经见过罗素，然后罗素先生问了我三个问题，我一一回答了他”，其实罗素先生问他的三个问题是：“您哪位？”“从哪儿来？”“打算啥时候回去？”

总之，他就挤对人家“海归”吹牛，因为他也是“海归”。所以钱钟书是非常尖刻的一个大知识分子。

当然了，钱钟书先生为人比较刻薄，可能有很多原因，很多大知识分子都比较刻薄，尤其是文科的教授们，互相看不上非常正常。因为文科都是我的东西教给大家，你的东西也教给大家，我觉得我就比你强。这跟我们家这种理工科教授不一样，理工科教授大家关系都很好，因为大家觉得教的都是一样的东西，都是宇宙真理，不会说“这是我的东西”，除了爱因斯坦、牛顿等人可以说“这是我的东西”，其他人都是学的他们，所以理工科教授之间的关系要融洽得多。文科教授心里觉得自己才高八斗、满腹诗书，钱先生尤其如此。而且民国时期的大学还分三六九等，当时德国的大学是最好的，美国的大学成为世界顶尖是“二战”以后的事了，德国大量的犹太教授，包括爱因斯坦等等，都跑美国去了。民国时期德国留学回来的博士，就在大学里当大教授，赚好几百块大洋。我的外公、外婆都是留学德国的博士，所以回来就到了清华，然后做系主任等职。留英的也还不错，那个时候留美的稍微差一点。

但是钱先生在海外虽然读的是牛津大学，但是只得了一本科，我估计他的尖刻跟这也有关系，所以在《围城》里你看他那么挤对其他的“海归”。在大学里学士学位做教授是有点遭人家挤对的，因为那个时候非常看重学历，除非是像沈从文先生那样的人，沈从文先生都没上过学！但那是极少数人，大部分都是看学历、看学位的。

钱先生心里对自己的学位自然是不满意的。当然了，梁思成先生也只得了一硕士，但是建筑其实不需要一博士，建筑是比较偏工程学、偏实践的东西。林徽因先生也是一学士，还有胡适先生那博士学位，后来也有很多很多考证，等咱们讲到胡适先生的时候再说。总而言之，杨绛先生，就是钱先生的夫人，后来写东西的时候把钱先生这个学历稍微给模糊了一下，说明他们很在意这个事，没有写钱先生是学士，而是说相当于副博士。这个有点意思，实际上英国、美国等国家应该都没有副博士这头衔，副博士头衔只有苏联有。中华人民共和国成立后，我们全面学习苏联教育制度，就把综合大学都拆开，所以到了 1952 年的时候，院系调整，清华把文科系都拿出去了，以至于清华文学院院长金岳霖先生，也去北大当了哲学系主任。钱先生因为也是文科教授，也离开了清华，去了文学研究所。学习苏联的过程中，苏联是有副博士这个学位的，杨绛先生后来说我们家钱先生那学士其实相当于副博士，其实没必要了，钱先生才高八斗、学富五车，没有学历都没关系。《围城》只是他写着玩的小玩意儿，钱先生在学术上的成就极其浩大。大家可以看看《谈艺录》《管锥编》，《管锥编》是一本让人超级“痛苦”的书，100 多万字的巨著，应该叫中国最巨著型的比较文学著作。其实不光是文学，连音乐也谈到了，不仅谈古代的各种各样的经、史，还谈到大量的外国作家以及外国哲学家、思想家，而且他用古文写，同时用原文引进了各种东西。我那时候被逼着读《管锥编》，读得我天天都想吐血。我猜很难很难有人能把它读完，100 多万字，就翻翻自己感兴趣的部分，当然它主要是谈文艺的。讲音乐的部分，我说这我得认真读一下。钱先生讲音乐，上来就全是古文写的，什么嵇康的《琴赋》，阮籍的《乐论》等等，结果古文刚转两句，突然冒出点德文，德文转了两句又古文，古文完了又改英文。英文我倒是还能看懂，这德文我就只能猜了，偶尔能看懂一两个词，什么“musik”，因为跟英文“music”就差一个字母，所以能看懂。总之，你想这样的东西怎么能读懂啊！我觉得我从小看的书够多的了，看他的东西，简直是吃力得呕血数斗。

所以才高八斗的人通常就比较骄傲，倒不是想出名什么的，钱先生名声已经很大了，主要就是性格所致。

林先生就更不用说了，咱们在《晓说》里讲到过好几次林徽因林先生，我自己还写过剧本《林徽因》，也收录在我出版的那本《如丧》的书里。林先生才貌双全，风华绝代，自己又是大世家出身，林长民的女儿，然后又嫁给了梁启超的儿子。大家想想她当时身边围绕着那么多大才子，大家都爱着她，徐志摩爱着她，金岳霖爱着她，梁思成爱着她，还不止这仨，一堆一堆的人爱着她，宠着她，所以林先生是那种大小姐脾气，也是看不上各种人，还曾经跟冰心有过冲突。因为林徽因家的客厅里经常聚满了各种“海归”，围绕着女皇一样的她，说着外语，讨论各种事，所以冰心写了一篇文章——《我们太太的客厅》，讽刺她。作为回应，她立刻把跟着梁先生从山西考察古建筑后拿回来的老陈醋送了两瓶给冰心，那意思就是你就别“醋”了，你就是土鳖。其实冰心也留过学，这些知识分子之间的故事都特别有意思，有机会可以跟大家好好聊一聊。

钱先生还专门写过一篇叫“猫”的文章，极尽挤对林徽因之能事，在里面骂林徽因全家，说林徽因皮肤黑，又去日本割双眼皮，跟好多男人调情，不但不服从丈夫，并且丈夫一个人来伺候她还嫌不够。当然是指金岳霖了，大家都知道的事。还“黑”梁思成，说梁思成头脑不太好，当学生的时候，梁思成是清华大学钱钟书先生的师兄，说他当时老向同学借抄讲堂笔记，在外国的毕业论文还是花钱雇犹太人包工的。

其实钱先生考清华大学的时候数学只考了 15 分，但当时被罗家伦校长破格录取。后来，钱先生终成一代大师，梁先生当然也是一代大师，谦冲平和，跟谁都很好。

这两家这么不对付，钱先生写篇文章把林徽因沙龙里所有知识分子也一块儿骂了一遍，文章结尾说梁思成和年轻的情人坐火车跑了，写得我都看不下去了。当然了，有点一语成谶，因为林徽因先生去世以后没多久，梁先生就跟林先生老家的一个晚辈的亲戚结婚了。这倒也正常，夫人去世了嘛，续弦我觉得也没什么可说的。钱先生居然早早地就在文章里写了！这两家虽然不对付，但曾经还是邻居。清华大学当时的大教授们住在两个院里，一个叫新林院，一个叫胜因院。我之前讲过，我们家和梁先生、林先生他们家住在胜因院的时候，就住得非常近。我们家是胜因院 23 号，梁先生、林先生家是胜因院 12 号。

在梁先生搬来胜因院之前，这两家人在新林院当过好几年邻居，差不多从 1949 年钱先生回到清华，到 1952 年梁先生搬到胜因院，他们做邻居有三年之久。当邻居的时候就发生了“猫的冲突”，所以钱先生才会写那篇《猫》的文章。两家都酷爱猫，杨绛先生还给她的猫写过各种各样的文章，小猫如何初次上树不敢下来，钱先生怎么把它救下来，然后小猫用爪子轻轻软软地在他腕上一搭，表示感谢，然后钱先生“宝贝”得不行。小猫长大了以后，就要闹，半夜就跟邻居林徽因家的猫打架。他们两家分别住在新林院 7 号和新林院 8 号，挨得不是特别近，因为正好 7 号是这一排的最后一个，8 号是另一排，在另外一边，就是跟胜因院中间有一条小河沟，大家那时候都管它叫臭沟。

总之，不知道怎么回事，两家的猫就打起了架，猫跑得快，声也大。钱先生就专门准备了一支长竹竿倚在门口，不管多冷天，只要听见猫叫，就赶紧从热被窝里钻出来，拿着竹竿赶出去，帮自己的猫打架去。林先生当然也是那个不输人的，猫也是他们家爱的焦点，受不了钱先生替自己猫打架，最后两家的和气就完全伤了。不知道是不是因为这个，梁先生、林先生后来搬来胜因院。胜因院房子要比新林院大。新林院每一栋是两家住，是平房，所以钱先生住在 7 号乙，就是靠西边这边，梁先生他们住在 8 号的一边。到了胜因院就独门独院了，大家都是一个小楼，或者一个平房。当时我外公是清华大学土木工程系的系主任，梁思成先生是建筑系的系主任，两家关系很好。我母亲后来也师从梁先生，上了清华建筑系。后来到1957年的时候，清华专门给校领导在西南那块盖了三栋联排的别墅式的房子，那个时候我外公已经做了清华的副校长，于是就搬了过来。梁先生虽然不是校领导，但是德高望重，是清华国宝级的大教授之一，所以也搬到这边来了。因此我们两家后来还一直是邻居。当然林先生去世比较早，算起来，我们两家做了二十年邻居。

当然了，喜欢猫的大师，包括文学家、艺术家、哲学家等，有很多很多，不光是这两位，现在大家去美国佛罗里达州最南端，也是美国大陆最南端的基维斯特（Key West），去海明威故居依然能看到，楼上、楼下、床上、柜子上，到处都是六指猫，海明威就酷爱六指猫。

还有萨特、约翰·列侬、马克·吐温、老舍、季羡林，包括革命导师列宁同志，看来喜欢猫的同志还挺多，当然没有喜欢狗的人多，后边我们会讲到喜欢狗的人。

这就是咱们的排行榜第八名，两位声名赫赫的猫爱好者——钱先生跟林先生。

萨尔瓦多·达利和他的豹猫

当年有人真的是为了出名，极尽折腾，就像今天的大网红一样折腾自己、炒作自己，其中就包括咱们要说的这第七名，一位大画家。画家嘛，肯定爱各种各样的动物，因为不能光画人体，各种动物也得画！

所以画家喜欢宠物的非常多，把宠物都画到画里去，比如毕加索就经常把他的狗画到画里去，还有著名的弗里达自画像里的猴子、鹦鹉。弗里达是墨西哥大女画家，长得也挺好看，而且还传奇般地跟苏联革命大导师之一——托洛茨基谈过恋爱。当时托洛茨基被斯大林追杀，逃到墨西哥去，不过最后还是在墨西哥被斯大林派的人拿斧子砍死了。

咱们要讲的这位第七名是超现实主义大师萨尔瓦多·达利。达利太著名了，反正看到各种恶俗的标榜自己艺术的地儿，全都有他的作品搁在上头。最著名的就是他画的那个熔化成一摊的钟。他是一个特别能“博出位”的艺术家，不光是一个画家。他特别能炒作，特别能折腾自己，非常懂得如何迎合大众心目中对艺术家的想象。所以大家看达利的照片，一点都不是那种不修边幅，他留着标志性的胡子，还曾经穿着全副的深海潜水服演讲，过度炒作，结果演讲到 半差点窒息而亡。还在一辆劳斯莱斯里塞满了1000斤菜花，在巴黎招摇过市。他非常喜欢画小龙虾，有一次办派对，满地爬着500多只活的小龙虾，要是我早就吓跑了。达利还曾经要求梵蒂冈把他粘在西斯廷教堂的地板上，大家知道西斯廷教堂顶上那些画，那可是大师米开朗琪罗画的，所以他要把自己粘在地板上，跟他对着。

总而言之，怎么“博出位”怎么来。他养的宠物跟别人特别不一样，别人遛狗，他在巴黎的街头遛一只巨大的食蚁兽，还经常带着一只豹猫出入各种上流社会，豹猫就是像豹子一样的大猫，把人家餐厅里的各种古董弄得乱七八糟。猫科动物通常都比较凶猛，你就养一家猫也够把人家家具给弄毁的，更别说来一豹猫，这尖牙利爪，把人家艺术品都给挠了。挠完以后，达利说你应该感谢我的豹猫，它给你的破烂艺术品增添了价值。你还别说，被达利的豹猫挠过的艺术品，价格果然就翻了一倍，而且全卖掉了。

估计后来人得排着队，说：“达利，把你家猫带过来，挠我两下，挠我的作品两下！”

总之，达利就是画家里的营销大师，就连他的宠物都能点石成金！

迈克尔·杰克逊和“泡泡”

咱们的“名人与宠物”排行榜来到了第六位，这应该是在全球乐迷心中最著名的宠物，或者叫动物，Bubbles，翻成中文叫泡泡。泡泡本来是一只普通的黑猩猩，但是因为它的主人，它变得非常不普通。它的主人是迈克尔·杰克逊。我不知道未来会不会变，反正到今天五十岁的我的心里，我听欧美音乐到现在，迈克尔·杰克逊是我最最热爱的不光是音乐大师，应该叫音乐艺术家，因为他的身份已经超出了一个普通的著名音乐人、歌手等，他是伟大的音乐家，而且是伟大的舞蹈家，以及伟大的全面的艺术家。

应该说全世界还没有一个人同时进入这三个名人堂。大家知道在美国进入任何一个名人堂都不容易，姚明前两年才刚刚进入篮球名人堂，摇滚名人堂也非常不容易进。但迈克尔·杰克逊不但两次入选摇滚名人堂，同时还入选了作曲家的名人堂，也是唯一一位进入舞蹈名人堂的流行艺人。他开创的这些东西，包括他开创的那个曲风，其实也不能完全叫它摇滚，它是一个很难命名的音乐，它只能叫迈克尔·杰克逊音乐。他开创的那种舞蹈也很难命名，那些舞蹈只能叫迈克尔·杰克逊舞蹈。他开创的 Music Video（MV，音乐短片），更是一个大的艺术类型，到今天已经风靡全世界，每个人出唱片都要拍MV。他还开创了各种各样的流行文化，甚至包括时尚。他得的奖简直不计其数，得了 13 个格莱美奖，以及格莱美的传奇奖、终身成就奖，得了 25 个 AMA（全美音乐奖），这是所有艺人之最，包括世纪艺术家。

他在四十年的艺术生涯里，准确地说，是五十年的艺术生涯里，因为他去世以后，在 2014 年居然还有他的遗作发表，叫“爱情从未如此美好”。

那时候他已经去世五年了，依然登上了 *Billboard*（《公告牌》）排行榜单曲的前十名。他也是唯一的一位在五个不同的十年中，都有单曲登上 *Billboard* 排行榜的最伟大的艺术家。咱们就不说他其他的人道主义了，他资助过 39 个慈善机构，包括他的遗产，今天依然是全世界最重要的慈善机构之一——迈克尔·杰克逊遗产管理委员会（Michael Jackson's Estate）。

他是一个神。神是什么意思呢？他去世的时候有媒体采访我，我就是这么说的，我说他是一个神，因为神有几个标准他都符合。第一个叫“万众信仰”，迈克尔·杰克逊的信仰者，包括我在内，持续了这么多年，持续了半个世纪，持续了两三代人，到今天依然有无数他的迷。所以信仰者无数，这是神的第一个标准。

第二个标准叫“遗世独立”。神没有师父，神也没有徒弟，神就是独来独往。他在音乐上的、舞蹈上的以及各方面的艺术成就，包括他的穿衣风格，都没有师从，而且也没有人继承。所以今天看到只有模仿他的人，没有真的继承他的人。包括翻唱方面，Beatles 的歌被那么多人翻唱，大量的经典歌曲被人翻唱，但能真正翻唱迈克尔·杰克逊的歌的人是极少的，因为你做不出什么新意来，他的那些东西已经登峰造极了。所以这就是神迹。这是神的第二个标志。

第三个标准就是“孤独”。他不是“人”，因为他没有享受到人间的那些欢乐，比如家庭的欢乐，本来兄弟姐妹一共十个，其中有一个是他的双胞胎弟弟，夭折了，所以九个孩子，五个兄弟从小出去卖艺，还有三个姐妹，当然也包括 Janet Jackson（珍妮·杰克逊），他的妹妹。他从小被父亲逼着去赚钱，被父亲鞭打，被父亲侮辱，他自己后来在采访中特别沉重地说过这些事情。包括他的感情生活，也非常不幸福。我认识他的经纪人很长时间了，他和他的经纪人也不能叫作朋友，因为很少有人能跟他做朋友，他就是这样一个孤独的神，在他的不长不短的一生里，人间的欢乐他都没享受过。

所以我说神的三个标准他都有。

我们这一代人小的时候差不多只听过苏联、罗马尼亚、南斯拉夫、古巴等社会主义国家的歌曲。第一次打开国门的时候，20 世纪 80 年代初，汹涌进来的所有的所谓西方文化里，最令人震撼的就是迈克尔·杰克逊。大家看到说，天哪，世界上还有这样的东西！还有这样的人！音乐还可以这样！舞蹈还可以这样！那个时候，中国大街小巷到处都有模仿他的人，你走在每一个城市的街上，大家都在那儿跳他的那些舞蹈，那种震撼一辈子都不会忘记。

80 年代到 90 年代，是迈克尔·杰克逊最辉煌的时期，80 年代就是那个大型摇滚乐演唱会 *Live Aid*（《拯救生命》），1993 年他去参加 Super Bowl 的中场秀，那是 Super Bowl 中场秀有史以来最辉煌的时刻，大家有机会可以搜来看看，太伟大了，天神降临。最逗的是，到现在大家看当年的录像，有一个狂热的粉丝，看起来长得有点像一个胖胖的菲律宾人，但是好多好多我的粉丝截图下来，经常在我的微博下边发给我说，你是不是 1993 年就参加超级碗了？那是不是你？我说那时候我才 110 斤，真的没那么胖！总之，那次超级碗中场秀非常推荐大家去看一看。

哪怕后来听得多了，听过各种各样的西方的东西，依然没有人能替代他在我们心中的地位。包括我最热爱的 U2，也只能排到他后面。U2 那样的东西其实有很多，只不过 U2 是最优秀的，但是还没有达到迈克尔·杰克逊那样的唯一性。以至于他去世的那天，2009 年，我正在长沙，湖南卫视当时直播《快乐女声》，我去当评委，那好像也是我最初去当评委。我跟宋柯在那儿吃饭，准备吃完饭就上台直播去，结果突然传来他去世的消息，然后我俩抱头痛哭。宋柯同志这一辈子也没哭过几回，大概我见过他哭，一次就是迈克尔·杰克逊去世，痛哭流涕；一次是朴树给我们唱他新写的那首《那些花儿》，他也哭了一回；再有就是我们后来一起去看 U2 的演唱会，

U2 一唱起《耶和华树》里那些伟大的歌曲，大家又抱头痛哭一回。三次都是因为音乐，因为他这个无情的家伙不会为了什么感情而抱头痛哭。

后来我还在凤凰卫视直播他葬礼的时候去解说，因为我说我一定要做这个事，平时别人请我干这种事我都不去，但这个我一定要去。他的那个最终的巡演，*This Is It*（《就是这样》），卖出了 100 场，百万级的门票，但因为他去世了，没演成。当然了，他的粉丝很少有人去退票，因为大家都觉得这是最后一次，虽然没有看到，但是保存他最后一张演唱会的票，作为永远的对他的纪念。演出的主办方当然发了，后来把他的排练剪成一部电影，就叫“This Is It”。这部电影在中国上映的时候我去看，一边哭一边看，从他第一个镜头出来就开始哭，以至于出来后媒体采访我的时候，我眼睛、鼻子全红着肿着。后来我把一个纪念他的音乐剧 *Thriller*，也是他一张唱片的名字，一首金曲的名字，引进中国，在中国巡演。太阳马戏团做的纪念他的一个重要的秀——*Micheal Jackson Immortal*，我也去看了。总之，有关他的各种活动我都会去，包括在那边安排他的梦幻庄园，等等。

本来是要说他的宠物的，却说了这么久他本人。他的宠物大家很早就知道，因为他的宠物跟着他到处去跑，跟着他巡演，跟着他上镜，在 MV 里也能看到那个猩猩。他特别疼这个宠物，你想他那种神一样的人，在人间很少有真正的朋友。所以他平时就跟泡泡睡在一个卧室里，在他的床边专门弄一个婴儿床让它睡。泡泡是个黑猩猩，不大，不是那种大猩猩，迈克尔·杰克逊还给它穿尿布，而且共用一个洗手间，经常一起一边吃甜食，一边看电视。巡演的时候带着它周游世界，泡泡就挂他脖子上。所以大家经常看到，他和大阪市长一起喝茶的时候，也带着泡泡，去其他明星家玩的时候，比如伊丽莎白·泰勒，他少数的朋友之一，也带着它，一起喝茶。他还给泡泡专门配了保镖。泡泡大概是 1983 年生的，岁数已经不小了，已经有三十六岁，老猩猩了。猩猩当然能活得比较长，到现在泡泡还会躲狗仔队，如果有人对着它掏出相机，它就立刻转过身去，如果有人依然不依不饶地拍照，它还会冲人家吐口水，或者冲人家扔沙子，每次都百发百中。猩猩的智商本来就很高，以前猫王家也养过一只猩猩，听说还替猫王去偷窥女人的裙底。

迈克尔·杰克逊最后的遗嘱里，有 200 万美元是给了泡泡，泡泡其实自己就可以养活自己，不但以前就上镜等等，迈克尔·杰克逊去世以后，泡泡因为孤独就迷上了画画（看来画家都是孤独的），现在每幅画可以卖到 2000 美元。有次看新闻，泡泡又要拍卖它的作品了。当然了，200 万美元听起来很多，但泡泡并不是最有钱的宠物。有很多特别有钱的那种贵族，以及那种遗产继承者，经常也是因为孤独，就把遗产全留给宠物。世界上比泡泡有钱的宠物还是有很多的。目前最有钱的好像是一只叫岗瑟的狗，它的主人——一位伯爵夫人，当时给它留了差不多就有 6000 万英镑之多，留给它的一个基金会，结果基金会运作得还挺好，后来增值到了两亿多英镑，就是差不多 3 亿 7000 万美元，都属于这只狗。因此它拥有各种各样的豪宅，最逗的是，2000 年，它的主人早已经去世了，它还从麦当娜手里买了一个在迈阿密海滩上的豪宅，花了 750 万美元。泡泡在世界上最有钱的宠物里排不上名，但由于它是迈克尔·杰克逊最亲密的朋友（说起来好可怜），所以它在全世界的乐迷心目中，是最最著名的一只宠物。

乔治·克鲁尼和他的猪

咱们的“名人与宠物”排行榜来到了第五名，第五名也是一位大明星。咱们这是配着对来的，第十、第九俩大美女，第八、第七俩大怪人，然后第六、第五俩大明星。迈克尔·杰克逊之后是哪位大明星呢？大名鼎鼎的乔治·克鲁尼（George Clooney），他是一个很有意思的明星，他干的专业之外的事的名声仿佛更大一点，因为他好像没有得过奥斯卡最佳男主角奖，但得过最佳男配角奖，也得过最佳影片奖——他是制片人，奥斯卡的最佳影片奖都是制片人上台领的，不像欧洲都是导演上台领。他担任制片人获奖的那部电影就是著名的 *Argo*（《逃离德黑兰》）。

不过他作为演员没得过影帝这事，也无所谓。因为他是一个社会活动家，他是民主党的重要的活动家，热衷于各种慈善活动、政治活动。他是个相当程度的“白左”，还曾经去苏丹大使馆门口示威，结果和他爸一起被捕。他爸也是一个老演员。

乔治·克鲁尼是演电视剧出名的，在大银幕上就没有过特别特别闪亮的时候。但是他始终是一个人气非常旺的大明星，也是好莱坞的一个大哥。他有一帮兄弟，这帮兄弟也都很厉害，比如 Brad Pitt（布拉德·皮特）、Matt Damon（马特·达蒙），等等。有时候大家很奇怪，一个烂片怎么这几个大明星都上去演？因为他一招呼，大家就都上去演了。所以哪儿都一样，文艺圈、娱乐圈就是个江湖，江湖自然会有很多山头，会有一些大哥，他就是一位著名的好莱坞大哥。

“大哥”到什么程度呢？他多年来都是民主党的重要的活动家，一直支持奥巴马，所以 2016 年民主党败选以后，民主党内部去找他，说你看一个演脱口秀的特朗普都能当总统，你是比他大得多的大明星，你也去，你本来也是社会活动家，政治活动参加那么多，你来竞选下一届总统，代表民主党。乔治·克鲁尼还真的犹豫了。

关于这个事的报道不多，但是我有特别好的朋友，跟他走得很近，近到他结婚时给他当伴郎，我就不说是谁了，总之一天到晚一起出去度假等等。我们有时候一起吃饭，总说起乔治，他跟我讲过，说乔治犹豫了一会，但是最后拒绝了，之后民主党可能又去找什么扎克伯格这种名人，不找演员，找企业家。总而言之，看得出来，民主党也是人才凋零，所以才找大明星。

乔治·克鲁尼的宠物有点意思，是一头猪，而且很著名。他爱猪爱到令人发指，猪小的时候，他跟猪睡一张床。那猪买来的时候是一只很可爱的小黑猪，是他前女友买的，然后送他，跟他说这个猪不会长大。很多养猪的朋友都受过这种骗，说不会长大，永远这么小、这么可爱，就养。

结果没养多久，女朋友跑了，猪留下了！女朋友找了另外一位大明星John Travolta（约翰·特拉沃尔塔），俩人还结婚了。约翰·特拉沃尔塔演过《断箭》《低俗小说》，也很有名。结果他就跟这猪在一起，而且他觉得如果可以的话，他宁愿跟猪结婚。因为这猪，他的好几段恋情都以分手告终。他跟一个前女友还说过，最多能做到不让猪再进卧室。他还把猪带到片场去，全场都惊呆了。他觉得他的猪善解人意，比狗还聪明。他曾经到处说"Love me love my pig"，就是"爱我就爱我的猪"，还说养老婆不如养猪。

他很早时候结过一次婚，也曾经发誓不再结婚，但后来还是结了——跟一位黎巴嫩裔的女律师。所以人说不结婚这种事大家都不要信。

但是这猪呢，越长越大，最后长着长着长到了300多斤，也没法跟他住一起了。原来猪小的时候，他根本不上闹钟，每天早晨猪会自动饿醒，大家知道猪饿的时候会哼哼唧唧，他就起床喂猪。1994年洛杉矶大地震的时候，猪还救了他，因为地震的时候，像猪这种动物比人的感知能力强得多，凌晨4点，猪就醒过来了，然后把他弄醒。他还很生气，骂骂咧咧，结果发现地震了，于是迅速和猪一起疯狂地裸奔出去。

乔治·克鲁尼的猪长得特别黑，晚上开车几乎看不见，有次差点被他一个朋友给撞死，最后还是活了下来，一直活到十八岁才去世。猪活到十八岁已经很了不起了，所以兽医都不敢相信，他的猪居然活到这么高寿。

乔治·克鲁尼对这头猪非常长情，后来就拒绝养猪了。

我还问过我那位好朋友有关这猪的事，朋友说每年新年，他们几家人都在一起过，去乔治家的时候，注意到猪越长越大，大家全都傻了，长到好几百磅重，进不了屋，就养在外面。他还说那猪长大以后，声音很吓人，不像小的时候那种娃娃音，很可爱。大家在聚会上庆祝的时候，那猪就在人群中钻来钻去，大家还都得表现出很喜欢这头几百磅大猪的样子。

这就是我们的第五名，著名的乔治·克鲁尼和他的猪。

西奥多·罗斯福和他的50只宠物

“名人与宠物”排行榜第四名，讲讲罗斯福和宠物的故事。这个罗斯福不是大家最熟悉的那个参与了“二战”，跟中国特别友好的富兰克林·罗斯福（FDR），富兰克林·罗斯福在中国人民心中更著名。这位是西奥多·罗斯福（TR），这两个人名字都有简写，有简写的总统都是伟大的总统。所以在美国说 TR，或者说 Theodore，就是指西奥多·罗斯福；说 FDR，那当然就是指富兰克林·罗斯福。

他俩的关系有点意思，小罗斯福是老罗斯福远房的表弟或者堂弟之类的，当然了，已经出了五服了。在美国，“表弟”“堂弟”这俩词是一样的，所以也分不清楚，就是“cousin”，当然也是亲戚，所以俩人也见过面。但是由于后来小罗斯福娶了老罗斯福的亲侄女埃莉诺·罗斯福（Eleanor Roosevelt），老罗斯福亲弟弟的女儿，所以小罗斯福又变成老罗斯福的侄女婿。好多百科都说小罗斯福是老罗斯福的远房堂侄，其实是错的，这百科得改一改，不是远房堂侄，而是远房堂弟，同时也是他的亲侄女婿。

TR 在美国人心目中当然是最伟大的总统之一，大家去看著名的美国的总统山，山上有四个大总统的雕像，20 世纪的总统大概就他一个，另外就是开国的两位伟大总统，再加林肯。每次美国评选历史上最伟大的总统，前五名都有他。实际上他是把美国带到了世界最强国家的最重要的总统。小罗斯福总统是打赢了“二战”，同时把美国从经济大萧条中带出来，所以这两个人都很伟大。这一家子出了俩伟大的总统，而且他俩还挺像，小罗斯福一直走的就是老罗斯福的道路，老罗斯福就是从政道路。从政道路就是先当公务员，然后当议员，然后当海军助理部长，海军助理部长其实就是副部长，因为美国没有副部长这个职务，所以大家看到什么助理部长，其实就是副部长。然后又竞选总统。总之，两个人的从政道路很像。

但是生活方面这俩人是完全不一样。生活中的老罗斯福比小罗斯福要可爱得多，小罗斯福是一个伟大的政治家，但是生活中有很多问题，尤其是跟他老婆 Eleanor Rooselvet 之间有很多的问题，包括他的情人的问题。当然他身体也不好，后来就一直站不起来，所以大家看他经常就得坐着，生活方面远远没有 TR 来得传奇。TR 是美国历史上一个传奇总统，包括他的宠物也是传奇。美国整个 44 任总统里，没有宠物的只有仨，特朗普是 150 年来第一个没宠物的，上一个还是林肯的副总统，林肯被刺杀以后他当了总统，他没宠物。宠物最多的这位就是 TR，TR 有 50 只宠物，包括他的大批的猫，还有鬣狗，咬合力比狮子还大的一种凶猛的食肉动物。还有黑熊，还有蜜獾这种嗅觉极其敏锐的凶猛食肉动物。蜜獾是那种很少见的生物，叫作世界上最无所畏惧的动物，很早就被收录在《吉尼斯世界纪录大全》中。

他在白宫里那简直就太热闹了，他有一堆孩子，然后这些孩子们跟动物们打成一片，他女儿每天就把那蛇缠在身子上走来走去。慈禧太后还专门送了一只京巴狗给他的女儿爱丽斯，所以京巴狗就是这么传到西方去的。白宫的电梯里最著名的是一打开电梯经常有一匹他的马，因为那马迷上了镜子里的自己，爱自拍，跟我一样，天天在那电梯里照镜子。

在白宫里他还组织大家打猎，整天徒步远行，还热爱拳击。他后来当选总统以后，1908 年的时候，因为在白宫玩拳击，还把自己眼睛打瞎一只，永久性地瞎了。所以他这个人很 wild（野性）。其实罗斯福家族是纽约很厉害的家族，有钱，都是常春藤盟校毕业，老罗斯福、小罗斯福都是毕业于哈佛和哥伦比亚大学法学院。但是他这个人性格特别有意思，他本来走上了那种从政道路，学法律，然后做纽约下议院的议员。结果后来突然觉得过这种日子没意思，就跑了，跑到美国中西部地区大草原最北边、最寒冷的一个州，叫北达科他州，那是中西部地区特别艰苦的地方。他跑去放牧了，而且放了好几年牧，直到因为北达科他州太冷了，把他的那些牛、羊、马都冻死了，他才回来。总之，他在那儿过了几年艰苦的生活，不但当牧民，当牛仔，还当了一个小镇的副警长。纽约的议员、大家族出身的 TR，跑那儿当一个破警长，而且亲自去追捕犯人，大家可以想想这个画面，一个西部牛仔骑着马追捕犯人。

后来回到东部又做官，然后做纽约市警察局长，亲身冲上第一线，特别能折腾。当时纽约警察局腐败极了，他就打击腐败，然后当了海军部的部长助理，而且他胆特大，美西战争爆发的时候，“缅因号”在哈瓦那被炸沉，他居然趁部长不在的时候，越过部长，直接下令美国的加勒比海军舰队以及驻中国香港的舰队备战。所以最后宣战的时候，舰队都已经准备好了。驻中国香港的舰队是为了对付西班牙在菲律宾的舰队，因为菲律宾在 1898 年美西战争的时候还是西班牙殖民地，美西战争之后，古巴跟菲律宾这两块西班牙最后的两大殖民地都归了美国。

他是一个海军狂热分子，专门写过关于 1812 年第二次独立战争期间的海军的专著，一直在美国海军学院当教材。他写过各种各样的书，《征服西部》等，还做过美国历史学会的会长。他是一个文武全才。他跟海军史上著名的理论家、完成过“海权论”三部曲的马汉，也是好哥们儿。而且他特别喜欢打仗，没仗打就当警察，追捕逃犯。结果美西战争一爆发，他激动了，本来是海军部部长助理，但是个文职官员，于是辞职不干了，自己搞了一个志愿兵团，组成一个骑兵旅。骑兵旅的组成特别逗，由两部分组成，一部分就是他在北达科他州放牧、当牛仔的时候，那帮牛仔哥们儿，全被他给招来了，上古巴打仗去。还有一帮是他在常春藤上学的时候结交的一帮名校生。大家想想这支奇怪的队伍，中西部地区的牛仔，加上常春藤名校生，在他的感召下都跟着他上前线了。

所谓的骑兵旅据说开始时就一匹马，只有他有马，给家里写信，信上说我怎么还没负伤，我觉得军人就应该英勇地负伤。因此每次他都冲锋在前，还立了不少功，但是有很多人妒忌他，觉得他是一个网红，会炒作，因为他带了记者到前线去，报道他如何如何英勇，所以那个时候有人“扎针”。美西战争中，他凭借在古巴英勇战斗而获得各种大胜的荣誉勋章，一直到 2001 年，过了 100 年后，才被国会授予。后来他当选副总统，结果不到一年，总统威廉·麦金莱就被刺杀了。威廉·麦金莱是 1900 年当选的总统，我讲过很多次，关于美国总统有一个魔咒，凡是 0 字尾数年份当选的总统就会被刺杀。总之，威廉·麦金莱刚当了没一年的总统就被刺杀了，TR 于是就继任了总统。

当然，他后来参加竞选又当了一任总统，他是到那时候为止唯一的一个副总统继任以后又当选总统的。他之后当然还有杜鲁门、肯尼迪、林登·约翰逊，也都是继任以后又连任。TR 是第一个继任以后又连任的总统，也是美国有史以来最年轻当上总统的，他当总统的时候 42 岁，比肯尼迪和奥巴马都要年轻。当总统以后也一直是那种特别凶悍的性格，抑制资本家，帮助工会，等等，后来越来越“左倾”。

所以 TR 是一个非常神奇的总统，他最后放弃了连任，到 1908 年的时候，又跑到东非打猎去了，打了一万多只各种各样的猎物，从昆虫到白犀牛等等，据说给美国往回运就运了一年多。就是这么一狂野的人，那时候跑欧洲去还爬过勃朗峰，西欧最高山峰。就是这么一个精力空前充沛的人，本来都不竞选总统了，结果到了 1912 年，隔了四年以后，他突然看到“一战”的阴云来了，他又来劲了，于是就又去竞选总统。但是因为他越来越“左”，跟共和党就合不来，所以他是代表了第三党去参选，虽然没选上——当然了，美国历史上第三党选上的还没有，一直都是这两党——但是他到现在为止保持了美国第三党，或者叫独立参选人，得到选举人票最多的纪录，他得了 88 张选举人票，那个时候美国还没有 50 个州，还没有现在这么多，几百张选举人票。

总之，TR 的人生特别有意思，他也是一个特别值得尊敬的人，比小罗斯福要有意思得多。

希特勒和他的狗

再讲讲希特勒，当然他也是元首了，也是总理，希特勒因为大家太熟悉了，我就不多聊他本人了，他是全世界大家非常熟悉的恶魔之一。希特勒最爱一只 German shepherd（德国牧羊犬），应该说德国牧羊犬就是从它开始出名的，成为全世界非常出名的工作犬之一。希特勒无比信任他的牧羊犬，每天形影不离，大家看“二战”的照片，元首啊，狼穴（希特勒“二战”时的一个军事指挥部的代号）呀等等，一天到晚能看见那只狗。当然了，德国牧羊犬的智商也是非常高的，大概在全世界狗的种类里排第二，外形跟狼很像，非常威严，又特别忠诚，完全符合希特勒那种对权力、服从等的想象。而且希特勒也不“花”，没有那种毛病，当然也有人说他可能在“一战”的时候，在他当士官的时候，在战壕里给震出问题了，丧失了那种能力。总之，希特勒自杀前夕一直没结婚，就一个情妇爱娃，也没孩子。我是觉得“右派”的政治家通常都不太“花”，“左派”的政治家则相反，各有各的说法，反正希特勒不“花”，天天爱他那只狗，他的情妇爱娃就经常抱怨希特勒，说你每天就跟狗说话，都不跟我说话。所以爱娃经常一有机会趁希特勒不在，就踹它两脚。当时纳粹的宣传机器大肆宣扬希特勒多么喜欢动物，多么有爱心，想起来简直太讽刺了。一个被宣扬有爱心的人，居然是人类有史以来最残忍的暴君，屠杀了那么多犹太人，以及各国人民。

因为希特勒养德国牧羊犬，所以在纳粹时期，德国牧羊犬就变得非常流行。希特勒爱这只狗爱到什么程度？平时他杀人不眨眼，但是狗一生病他就特别难过，哪怕战事再紧张，他每次都要亲自遛狗。一直到他自杀之前，苏军已经攻进柏林，他先让这狗试了一下他自杀用的氰化钾，把狗毒死，然后才自杀。他把狗当成跟爱娃一样，爱娃和他，以及他的狗，三个一起自杀，结束了“狗生”和他的人生。

宣德皇帝和他的蛐蛐儿

“名人与宠物”最后两位，讲咱们中国的事，之前讲外国人，外国美女、外国明星、外国政治家等，这回聊聊咱们中国的闲情逸致，中国古代养宠物的很有意思的两位。

排行榜第二名，明朝著名的宣德皇帝。宣德皇帝有过各种各样出名的事，仁宣之治那个时候是明朝最盛世的时候。当然主要是他爷爷永乐帝——朱棣创造了这个盛世的开始，他爸仁宗在位时间其实很短很短，大概一年，就驾崩了，皇位就传给他。当然了，也是老天对前期的明朝真的很好，宣德皇帝朱瞻基从小英明神武，他爷爷朱棣特喜欢他，走哪儿都带着他，连打仗都带着他，他爸被立成太子跟他有很大的关系。他爸朱高炽其实比较平庸，所以朱棣立太子的时候就很犹豫，还问过当时的大名士解缙，就是《永乐大典》的主编，说："谢主编，你觉得朱高炽怎么样啊？要立他当太子，可他看起来挺平庸。"解缙就只回了三个字："好皇孙。"就是虽然这儿子不大行，但是孙子看起来雄才大略，从小也受了各种大名士的教育。朱棣听了以后，才拿定了主意。

事实证明这个选择是正确的，要是这儿子活特长时间，再把孙子也熬老了，那明朝岂不是要倒霉吗？但这种事经常会出现，大家看看现在的英国，还是这种情况。结果儿子朱高炽正好活得还挺短，登基没多久就死了。于是孙子登基，明朝在那时候应该说发展得非常好。

宣德皇帝有很多爱好，花鸟鱼虫什么都爱，画画画得很好，书法也不错。虽然跟宋徽宗不能比，但是在明朝"土鳖"出身的这朱家皇帝里，已经算是第一个大文艺青年了。你想想，他祖爷爷朱元璋恨不得都不识字，他爷爷朱棣也不识多少字，大家看看朱棣御批的各种东西就特有意思，圣旨里边写的都是各种大白话。所以传到宣德皇帝这儿，开始"贵族"了，传了好几代才能当贵族，先富再贵。

宣德皇帝还有一个大的爱好，斗蛐蛐儿。大家熟悉这个爱好应该是从《聊斋》开始的，我不知道现在的中学课本里有没有，我上学的时候，好像那还是中学课本里的一篇课文，就是蒲松龄《聊斋》里那篇著名的《促织》。促织就是蟋蟀，就是蛐蛐儿。

《促织》讲的是个什么故事呢？就是宣德年间，皇上爱玩斗蟋蟀，于是就大征蟋蟀。全国各地的官员逼着老百姓交蟋蟀，简直都疯了，确实给老百姓带来了很多很多伤害。但是总的来说，因为那时候明朝处于上升期，所以这点伤害还能容忍，至于有人说是不是从这儿开始埋下了灭亡的种子呢？这个很难说，因为这时候离明亡还早，还有两百年呢。当然了，国家开始不行，走下坡路的时候，你有一点蚁穴，大堤就溃了。国家上升的时候，你有点小毛病，其实也不是特别可怕。但是这个毛病确实在当时有一阵子把民间弄得民不聊生，因为各级官员贪污，等等，导致一头好蟋蟀几十两银子，简直到了“一头蟋蟀一头牛”的地步，交不上来蟋蟀的老百姓还得受惩罚，所以老百姓苦不堪言。

故事里讲有一位里正，就是村主任，是个穷读书人，本来是经过神人指点，得到了一头上品，就是最好的蟋蟀，最好的蟋蟀都叫什么“大将军”“二将军”之类的，结果儿子特好奇，偷偷开罐想看一眼，结果一开罐蟋蟀跑了，一家子吓得魂飞魄散，然后孩子投井自尽，救起来以后奄奄一息，但是魂已经出窍了，出窍以后就附到一头不起眼的小蟋蟀身上。结果这小蟋蟀能攻善斗，击败各种“大将军”“二将军”，甚至把公鸡都打败了。这故事后来好像还被上海美术厂拍成动画片，好像是水墨的，很多年前我小的时候看过，很有意思。

总之，这家人从此翻身，得赏无数，发了大财，“田百顷，楼阁万椽”，就是“一人飞升，仙及鸡犬”。

当然了，最开始这故事也没什么名，因为《聊斋》在刚写出来的时候其实没那么火，连印的人都没有。我在《晓说》里讲过明朝印刷有多发达，尤其是福建建阳和浙江。《聊斋》开始都没人印，那都已经清朝了。蒲松龄有一个山东老乡，清初的王士祯，一位大名士，看了以后特高兴，给《聊斋》题了四句诗，很有意思，“姑妄言之姑听之，豆棚瓜架雨如丝。”就是在那棚的下边，大家听这些故事。“料应厌作人间语，爱听秋坟鬼唱诗。”其实还是说清朝黑暗，大家对人间的这些官宣很厌烦，觉得还不如听点《聊斋》里的鬼故事。

于是《聊斋》大火，《促织》这文章也就火了。到处都流传宣德皇帝玩物丧志，宣德皇帝爱玩蛐蛐儿，仿佛是一个很昏庸的皇帝。但是也有人说这只是野史，后来有证据，在景德镇当时明朝的御窑出土了大量的蛐蛐儿罐，宣德年间的，宣德青花蛐蛐儿罐，等等等等，这个可是真正的物证。

宣德年间本来瓷器就非常好，当然还有黄铜做的著名的宣德炉，这都是很值钱很值钱的东西，大家如果有宣德年间的青花，哪怕是个蛐蛐儿罐，那都很了不起。那时候的蛐蛐儿罐做得特别好，各种各样，还有一室一厅的。于是大家就想当然地认为亡国之君玩物丧志。因为之前有很多玩物丧志的先例，咱们也讲过李煜爱写词，宋徽宗如何如何。实际上宋徽宗也爱蛐蛐儿，也玩蛐蛐儿，宋徽宗当时北狩被俘，被扭送到北方去，路过山东的时候行李散了，很惨，也没人伺候。行李散了以后，里面还有一个蛐蛐儿罐，据说还有一只蛐蛐儿跳了出来。这个有点不太合理，因为蛐蛐儿本来就活不长，只活一百天，一到冬天一下霜就完蛋了，所以济公和尚因为他的蛐蛐儿死了，还写过一首《鹧鸪天》：“促织儿，王彦章，一根须短一根长。只因全胜三十六，人总呼为王铁枪。休烦恼，莫悲伤，世间万物有无常。昨宵忽值严霜降，好似南柯梦一场。”

“促织儿”就是蛐蛐儿。“王彦章”，五代时期后梁的悍将，绰号“王铁枪”，一生征战三十六场，都是大获全胜。可惜昨晚一场严霜过后，“王彦章”，就是蛐蛐儿，冻死了。

当然了，从汴梁到山东也不远，宋徽宗被押到山东的时候，蛐蛐儿跳了出来，然后就非常伤感，觉得自己的身世跟这蛐蛐儿差不多，于是就把蛐蛐儿给放了。南宋也有玩物丧志的例子，南宋权臣贾似道，权倾天下，蒙古军都在攻襄阳了，他还在那儿跟众妻妾逗蛐蛐儿，最后导致南宋灭亡。所以大家一听到逗蛐蛐儿，尤其是皇帝逗蛐蛐儿，宰相逗蛐蛐儿，马上就联想到亡国。

其实还好，宣德皇帝不但逗蛐蛐儿、画画、写诗，把国家治理得也还不错。至于说是不是埋下了什么祸根，我觉得那样的王朝、那样的专制制度，明朝甚至连宰相都没有，天天把知识分子拖出去打屁股，那些更是祸根。我觉得没有宰相，皇帝独裁，比逗蛐蛐儿的祸根大得多，所以这种说法应该不太成立。

这就是“名人与宠物”第二名，宣德皇帝明宣宗和他的蛐蛐儿。

李渔和花鸟

说完了蟋蟀皇帝，下面来到了我们的冠军，冠军是哪一位呢？明末清初的大名士李渔。李渔是个奇人，一个武装到牙齿的全才文艺青年。其实在“文青手册”里也可以讲他。我曾经在《晓说》里讲到《金瓶梅》的时候涉及过一期，说拿西门庆的生活和另外两位大名士比，分成高、中、低三款生活，看大家最羡慕哪位。“高”当然就是要讲讲张岱，张岱也是明末大名士，李渔也是，但是这俩还是有阶级差距。张岱出身高官显贵之家，他们家的花园，他们家的大宅子，他们家的生活，说出来以后西门庆只能选择去死，只能投井自杀，因为跟张岱实在没法比，西门庆只是一个小商贩而已。张岱后来因为国破家亡，写过很多东西，甚至还写过“明史”，当然不是现在《二十四史》中的《明史》，而是《石匮书》。所以张岱的整个人生非常值得讲。

李渔也是大名士，但是是民间大名士，李渔是商人之子，家里有点钱，大概比西门庆前期好一点，后期可能还没西门庆有钱。但是他跟西门庆不一样，他是大文艺青年、知识分子，虽然钱可能没西门庆多，但是过的那日子简直太“闲情雅致”了，他著名的流传下来的书，我最喜欢的就是《闲情偶寄》。看完《闲情偶寄》你就会惊叹，古代文艺青年的生活简直太细致了！里边写了各种各样的怎么养花养鸟，宠物就是在这里头看到的，怎么养这些宠物，怎么写东西，怎么生活，怎么扫地，怎么行房事，包括在什么节气如何行房。有一处细节有一次看得我哈哈大笑，说书房里想小便怎么办？把便盂放到书房，这味儿会打断文思，可是如果你走出书房去上厕所，又会打断文思。所以最好的办法是在书房墙上钻一洞，把便盂放外头，从那洞里往外撒尿，这样就不会打断文思。生活得够细致！

李渔还是大戏剧家，写了很多戏，其中最著名的就是《凤求凰》，现在还在演，当然他也是小说家，写了很多小说，其中最著名的就是大禁书《肉蒲团》，有违精神文明，咱就不多讲了。总而言之，我大概是刚上大学的时候，在中戏图书馆里找到的《肉蒲团》，因为清华图书馆里没有。然后看得自己狼狈不堪，就不说了。

之所以讲李渔，最重要的是他代表了中国自古以来的文人。不光是他，中国历史上那些文人都养各种宠物，而且中国养宠物之雅致，是西方养狗、养猫、养马不能比的，一比起来西方人就显得太粗鄙了。中国是花鸟鱼虫要一起玩，要配合，他那《闲情偶寄》里讲了很多，比如鱼怎么养，还提到鱼跟鹤不能同时养。鹤跟鹿应该一起养，这两种动物都是仙风道骨。但是养这些东西又得有钱，又得地儿大，我之前讲我养鹿养死了，就是因为我那院子还不够大。还讲了鹦鹉怎么养，画眉怎么养，又说鹦鹉其实主要是羽毛好，声音不太行，画眉声音好，可是活得短。

总而言之，特别细致地讲了很多东西，包括鸡、犬、猫等等，应该怎么养，怎么玩，细致极了。

最有意思的就是《看花听鸟》，特别漂亮的一篇，在《闲情偶寄》里的一小段，我给大家念念，因为写得太好了，太有意思了："花鸟二物，造物生之以媚人者也。"就是造物造它就是为了让人高兴，他用花鸟来对比去买美人、买歌舞伎的那些人的心态，就是养花鸟其实高级。"既产娇花嫩蕊心代美人，又病其不能解语，复生群鸟以佐之。此段心机，竟与购觅红妆，习成歌舞，饮之食之，教之诲之以媚人者，同一周旋之至也。"什么意思呢？你养花养鸟的这段心机，跟你去买了一堆美女，买那些歌舞伎，让她们习成歌舞，给她们喝，给她们吃，只为让你高兴，其实是一样的，但是“而世人不知，目为蠢然一物，常有奇花过目而莫之睹，鸣禽悦耳而莫之闻者”。就是其实你很土，因为自然给你创造的那些花那么美，你看不见，你非要去买美女，自然创造的那些鸣禽悦耳你又听不见，你去买那些美女教她们。“至其捐资所购之姬妾，色不及花之万一”，你买的那些女的其实长得跟花没法比。“声仅窃鸟之绪余”，声音也只是学习鸟的那个婉转。“然而睹貌即惊，闻歌辄喜，为其貌似花而声似鸟也。”这句话特别有意思，是说你买了那些歌舞伎、美女，听她们唱歌特高兴，说她们长得像花，声音像鸟。你不是有病吗？你弄来弄去，她只不过长得像花，声音像鸟，那你直接养花鸟不就完了嘛，养花鸟不比那个高级很多？于是说，你们其实是叶公好龙，“与叶公之好龙何异？予则不然。每值花柳争妍之日，飞鸣斗巧之时，必致谢洪钧，归功造物，无饮不奠，有食必陈，若善士信妪之佞佛者。”我不一样，我每到花开鸟唱的时候，我就感谢造物，有点像信佛的老太太，日夜感谢它们。“夜则后花而眠，朝则先鸟而起”，夜里比花睡得晚，早晨比鸟起得早。“惟恐一声一色之偶遗也”，只怕错过那些最美的鸟声和花色。就是说其实你弄来那些东西，弄半天，还不如你养花鸟，过那种高级的文青的生活。

“是我之一生，可谓不负花鸟；而花鸟得予，亦所称‘一人知己，死可无恨’者乎！”我这一生不负花鸟，花鸟有我对它们那么好，也可以算是“有一个人做知己，死也可以没有遗憾”了！

写得多有意思！大家有时间可以看看《闲情偶寄》，里面还有大量的戏剧评论，包括声调等等，李渔这哥们儿琴棋书画无所不能，也没当官，一辈子就在那儿养生，过文艺青年的生活，结交各种大名士、文艺青年，然后亲自上台唱戏。

总之，李渔是一个很神奇的人物，有机会的时候，我们还会再讲讲他，包括把张岱拉来一起讲一讲。

曾经的省会城市

> 20 世纪 50 年代调整省份的区划，把民国时期划出来的许多省都取消了，又恢复了晚清时期的大格局。

康　定

先讲咱们这个排行榜里最小的一个城市，但是它曾经当过一个特别特别大的省的省会。这个省就是存在过 16 年的西康省。

西康省当时的面积有 45 万平方公里，这在欧洲的话相当于十几个大国加一块的面积。今天四川省的面积也就大概 47 万平方公里，跟当年的西康省差不多一样大。

西康省这么大的面积，人口却很少，当时是川西，就是包括现在的甘孜、阿坝这些藏族自治州，加上现在西藏的昌都地区。为什么建这么一个省呢？因为清朝末期，周边地区都不稳定，藏边也发生了很多事，为了能稳定团结，就像咱们建个内蒙古一样，这边也是，叫川边，其实就是叫“康”的那个地区。“康定”就是使“康”安定的意思。

川边地区汉藏杂居，为了控制好这一块儿，所以要成立一个西康省。清朝准备成立西康省，正在筹备的时候，辛亥革命爆发了。一直到抗战的时候，四川又变得很重要了，大后方嘛。直到 1939 年，西康省终于成立了。

西康这个地方，真正的城市也没几个，雅安、康定、西昌，大概就这么几个地方。雅安曾经短时间地做过省会，但是大部分时间，康定都是省会。所以康定这个城市，突然之间从一个还非常破败的边远小城成了一个省会，一个特大面积的省的省会。

整个民国时期，西康省的主席就一直是刘文辉。刘文辉在民国历史上，尤其四川历史上很著名，他的侄子就是刘湘，四川王。总之他就一直占据着川西，导致四川一直军阀混战。当然他还有一个哥哥更著名，叫刘文彩，是个大地主，小时候学的《收租院》讲的就是他的故事。

刘文辉一直占据四川西北这一块儿，其实就是军阀。最后为了抗战，军阀也就纷纷团结起来。刘文辉就做了西康省主席，搬到了康定。当时康定电力匮乏，白天大家一开张，电灯泡什么的都亮不了了，黄昏的时候几乎跟蜡烛一样。等夜里大家睡觉的时候，突然亮起来了！因为它是一个水电站，没法调节。当然了，刘文辉在康定下了很大力气搞建设，也不知道真的假的，他说学堂一定要比政府修得好，所以花大力气在那建学堂，包括发展经济。其实他是军阀，很有钱，但是他把省政府搞得非常廉洁，廉洁到门窗都没有，就一块儿破牌子，还得拿木头棍儿支着。

那时候西康的主要经济支柱是茶叶，茶叶贸易很兴隆，康定是茶马古道的重镇，是汉藏贸易重要的一站，但是为了建电站，搞经济——大后方嘛，刘文辉为了建设，把私人手里的茶叶贸易都抢过来变成公营，导致老百姓都不种茶了。他为了多挣钱，就压低价钱，老百姓不种茶后就改种鸦片了，就是那时候所谓的“川土”。云土跟川土嘛，云南、四川种鸦片，漫山遍野地种，刘文辉也确实靠这个撑了不少日子。

抗战结束以后，紧接着解放战争。“二野”进入四川，刘文辉、邓锡侯等几个四川的老军阀最后都起义了。刘文辉为了起义以后能够献礼，还差点把在成都的蒋介石给抓了，最后蒋介石和蒋经国父子俩跑到机场飞走了。

中华人民共和国成立以后，西康省维持了四五年，1955 年正式撤销。那时候撤销了好多省，包括后面咱们要讲到的热河、察哈尔等，康定也就从一个当了十几年省会的城市，恢复为一个美丽的小城。

康定虽然是个小城，但是名声之大，全国人民没有不知道的，因为有“跑马溜溜的山上，一朵溜溜的云哟”——《康定情歌》。今天的康定成了川西一个非常非常美丽的地方，大家如果去川西玩，遍地都是美好的景色，九寨沟、稻城、康定，等等，到处充满了那种藏边风情，到现在那个地方也是藏族人口占多数。

这就是咱们的康定。

张家口

曾经的省会城市，接着讲华北重镇、塞外咽喉，曾经的察哈尔省省会张家口。

张家口这个地方，随便打开地图一看，哪怕你不是一个军事迷，都能看出这个地方是整个中原地区与塞外的咽喉之地。所以，张家口自古以来都是兵家必争之地。远古传说中，黄帝跟炎帝就曾在此打仗。此后历朝历代，张家口都属于塞外，因为它本就是长城最重要的咽喉。出了张家口，就到了塞北的蒙古高原，曾经崛起过匈奴、鲜卑等游牧民族；入了张家口，进到北京的关隘就只剩了居庸关，居庸关一破，北京就不保。

张家口在历史上曾经发生过无数次的大战，包括蒙古灭金的决战，蒙古、金两国在张家口西北一个叫野狐岭的地方，展开著名的蒙古灭金的决定性一战。明朝著名的土木堡之变，咱们中学历史都学过，明英宗在大太监王振的煽惑与挟持下，亲征瓦刺，结果被俘虏。土木堡这地儿在哪儿呢？就在张家口境内。就在这里，瓦刺大军大破明军，俘虏了皇帝，才有了后来那些可歌可泣的保卫北京的故事。其实不仅明朝的皇帝在这被俘虏过，明朝最后被灭亡也是发生在这里。可能有人会感到奇怪，李自成不是在西安称帝的吗？怎么最后跑到北京北边的居庸关去，由居庸关攻破北京？应该这么说，从南边攻打北京永远有一个问题，因为你还没占领这个国家，如果从南边打，整个东南方向的明军一旦集合起来，你就腹背受敌。所以历史上进攻北京基本上都会采取这种从北往南攻取的策略。李自成的进军路线是从西安东进，先打河南，然后从河南北上占领了山西，这也反映出李自成作为一个军事家的战略眼光。因为从山西东出娘子关，是可以直取北京的。北伐战争时期，阎锡山东出娘子关，晋军傅作义部在河北涿州对奉军进行防御作战，最后占领北京的还是北伐军。为什么呢？因为北伐军已经把南边全占领了，所以可以从南边攻取北京。但是李自成当时没有这样的条件，所以他非常聪明地没有东出娘子关，而是直接北上大同，占领大同以后，从大同向东又占领了宣化，就是现在的张家口。此后，再由北边攻破居庸关，占领了北京。由此可见张家口的战略地位多么重要！

另外，抗日战争的时候，著名的察哈尔抗战、长城抗战等，就发生在察哈尔、热河这些地方。张家口境内有不同朝代修建的十段不同的长城，在这里，中国人民跟日军进行了艰苦的战斗。等最后日军破了长城入关后，就无险可守了。所以，张家口就是整个北方向西北方向的最重要的战略要地，就像东北方向的山海关一样，都是长城上最重要的关口。

为什么叫张家口呢？明朝嘉靖年间有个将领叫作张珍，当时张家口其实就是一个军事堡垒，张珍在北城墙冲着敌人方向开了一道小门，由于门小如口，又由于是张珍开筑，一来二去此地便得名“张家口”。虽然张家口一直是总兵级的重镇，但是一直到清朝灭亡，到北洋时代，才开始变成一个特别区，所以有都统。一直到 1928 年，张学良东北易帜，南京国民政府正式统治全中国，大家开始重新划分省份，才把察哈尔、热河也划成了省，张家口作为最重要的军事重镇，当然就成了察哈尔省的省会。察哈尔的最高行政长官职位前后基本都由西北军将领担任，西北军五虎将里，有俩驻节过张家口，张之江之前当过察哈尔特别行政区的都统，那个时候察哈尔还不是省，改省以后，宋哲元做过省主席。西北军十三太保恨不能半数都做过察哈尔省主席，包括后来牺牲的著名的张自忠将军，还有大汉奸石友三，也是西北军悍将，也做过察哈尔省主席。所以张家口这个地方留下了西北军统治时代的大量遗迹。当然了，在抗日战争期间，张家口也是我们边区的首府。所以大家看到边区欣欣向荣，也是抗战后期我军占领的，应该算最大的城市。大家看过《太阳照在桑干河上》，桑干河就是一条流经张家口的河。抗战结束以后，国民党大举进攻边区，边区最大的城市就是张家口，所以当张家口被傅作义袭战的时候，傅作义猖狂极了，志得意满，因为抗战的时候，傅作义也是抗战名将，坚守过张家口。

咱们之前讲西康省时也讲过，20 世纪 50 年代，调整省份的区划，把民国时期划出来的许多省，包括察哈尔、热河、西康以及东北分出来的一些省都给取消了，又恢复了晚清时期的大格局。察哈尔省在 1952 年的时候就被取消了，因此，历经那么多年战乱的张家口也就不再是省会了，但依然是河北的重镇。河北这个省很有意思，大城市特别多，而且完全不是一种风格，不是一种文化。我去过好多次张家口，去看过张家口境内做得非常棒的张北音乐节，然后去坝上骑马等等。我喜欢骑马，又喜欢音乐节，又喜欢玩儿，张北有条叫“天路”的路，那简直就是塞外风光，和河北省其他大城市比如承德、秦皇岛、石家庄、保定、邯郸等完全不一样。张家口是彻底的塞外文化、塞外风光，吃羊肉，宗教信仰很浓厚，非常值得一去。

承　德

说完了张家口，接下来就说张家口的邻居，也是河北省的重镇——承德。承德是当年热河省的省会，热河和察哈尔省是一起建省，一起取消的，总是被人们统称“热察”。热河、察哈尔大部分都在河北境内，当然有一点点在内蒙古境内，在民国时期，二者都是北方边防重要的省份。承德就更著名了，清朝皇帝在那里修了避暑山庄，用来北狩，每年都去北狩，发生过好多故事。大家看《火烧圆明园》等，反正一出事儿就跑承德去了。所以承德是一个重要的文化历史重镇。不过承德的历史远远没有张家口悠久，张家口是兵家必争之地，自古以来就是一个重镇。承德实际上之前就是一小村子，一直也没干啥，但是因为清朝是满族人建立的，满族人从东北来，所以对关外回家的这条路有很深的感情。等到康熙大帝即位的时候，励精图治，干了各种事，比如平定三藩等，也没空享受，一直到康熙四十二年，在位后半程的时候，康熙已经到晚年了，想起来在那搞一个行宫。大家知道康熙做了61年皇帝，所以到康熙四十二年的时候，说该享受享受了，以后除了南巡没事上曹雪芹他们家玩儿会之外，在北边也建一行宫吧，就挑了承德这地儿。此后，承德从一个小村子开始，迅速膨胀，行宫建了80多年，一直到乾隆年间才正式建成。

康熙没事儿就北狩，去避暑山庄待待，那时候没建那么庞大。雍正是一个工作狂，每天都在那工作，自己睡小屋里，也不太出去玩。乾隆爷就不一样了，乾隆爷不仅下江南到处跑，还北上把避暑山庄建成了世界上最大的皇家园林，规模极为宏大，也是现存最大的皇家园林，被联合国教科文组织列入《世界文化遗产名录》。避暑山庄也是现存世界上最大的皇家庙宇，号称“外八庙”。其实不止八个庙，现在可能有十几个，但统称“外八庙”。承德我去过很多次，我这么喜欢历史的人，肯定得没事儿往那跑一跑。

那么承德为什么就成了一个重镇呢？因为乾隆爷大概一辈子就没去过几回紫禁城，可能也就是举行成人礼、结婚大礼以及最后去世时是在紫禁城，每年有一半儿时间在圆明园待着，一半儿就是在避暑山庄待着，天一热就跑到承德，一待待半年。所以这半年内，就得在那办公，以至于各种王公贵族，塞外的以及关内的，都在那儿建起各种府邸，承德于是变得空前繁华。而且北狩路上还经常是外交工作的重要场所，为什么呢？因为最开始的时候，中华上国必须得让人跪拜，人家来了不想给你跪，那怎么办呀？后来礼部，所谓那时候中国的外交部就想出了一办法，查了查各种礼节，说皇帝北狩的路上，就是去承德的路上，如果在半道上见着使节了，使节就不用双膝下跪，单膝跪请个安就行了。于是，那些不愿意跪的使节就得跑到那儿去见皇帝。最著名的就是马戈尔尼使团。马戈尔尼使团走了好长时间，从南方先上岸，然后沿运河北上，大家看当年乾隆年间的事儿，马戈尔尼使团有一个画家画得详细极了，并不像我们书里描述的那么富庶，虽然是康乾盛世，但整个运河两岸也是穷得要死，那画儿里都是光着膀子的纤夫拉着英国使团的船。每天夜里都逃散一大半，第二天官府再去抓人，继续拉着英国使团往北走。里边儿有一小孩儿，时间长了，小孩儿都学会说中文了，在北狩路上见到乾隆，还给乾隆送了一堆礼物，而且还用中文跟乾隆聊上了。乾隆倍儿高兴，把小孩叫过来，赏赐了点儿东西。这小孩长大后成为鸦片战争时期一个重要的角色，在英国议会里力主向中国开战。

马戈尔尼使团来华送了一堆礼物，包括各种各样先进的火枪、火炮，但在后来的战争中一点都没派上用场。英法联军火烧圆明园的时候，到圆明园的库房打开一看，发现了一堆保存得非常完好的火枪、火炮等各种东西，就是当年英国马戈尔尼使团赠送给乾隆的礼物。讽刺的是，清朝一点儿都没当回事儿，扔到圆明园库房里当玩具用，军队继续使用弓箭。最后被打成那样。

承德不仅是一个大型的园林中心，还有一个很有意思的地方。我第一次到承德的时候，吓了一跳，我问人家："你们这儿的人怎么说话都字正腔圆的？你们怎么能说那么标准的普通话，包括出租车司机也是？"他们说的普通话比北京人要标准得多，北京话其实不是普通话，就像我说话，一会儿"儿话音"，一会儿"轻音"，一会儿"吞音"，跟普通话还是有差距的。人家一听都乐了，说："这个普通话，就是承德话。"后来我一查才发现，承德确实就是中国普通话标准音的采集地。普通话是以北京话为基础的，但其实不是北京话，是人家承德话。所以好长时间，我们各个地方电台的播音员，那会儿还没有那么多传媒学院、广播学院的时候，大量的播音员就直接到承德来招，因为承德人都不用培训，张嘴就是标准的普通话。

清朝灭亡以后很短一段时间内，因为避暑山庄一直是行宫，所以清帝下了退位诏书，跟中华民国临时政府签订了《优待条例》，民国每年拨400万元供皇帝支出，紫禁城里还是清室的天下，其中还包括了承德避暑山庄。所以当时中华民国继承清朝所有领土的时候，是不包括承德避暑山庄的，一直到过了好几年，北洋政府才正式设立行政区统治了这里。热河跟察哈尔很像，一开始只是个特别行政区，等国民政府1928年北伐成功，青天白日旗飘起来了，才正式把它改成一个省，热河省，省会当然就是承德了。

热河省刚成立没多久，日本就发动了"九一八"事变，侵占了东北。张学良就不抵抗了，这个地方本来一直是东北军的天下，因为中原大战之后黄河以北就归张学良管，所以张学良不但丢了东北，还丢了热河，被全国人民痛斥。汪精卫专门代表政府飞到北平，要求张学良抵抗，张学良还辩解一通，说："我不愿意拿东北军的生命，像你们这些人一样沽名钓誉。"但是最终也顶不住全国人民的臭骂，东北军守的热河瞬间就沦陷了，承德也就被日军所占领，然后才发生了长城抗战。长城抗战也有一小部分东北军参加了，但主要是西北军跟中央军。西北军就是宋哲元率领的国民革命军第二十九军，著名的《大刀向鬼子们的头上砍去》就是歌颂他们在喜峰口与日军展开的白刃格斗。中央军也上了精锐主力，徐庭瑶、关麟征、杜聿明以及黄杰等都上阵。后来在抗战期间，热河又成了我军重要的边区根据地，日本投降以后，承德又回到了我军手里。所以承德跟张家口都是抗战结束后我军掌握的大城市，都比延安大多了。但是后来又被国民党占领了，不过到了解放战争后期，我军势如破竹，华北野战军又收复了热河。等到中华人民共和国成立以后，西康省、察哈尔省、热河省都取消了，察哈尔省还更早一点，热河因为比较大，所以被分成很多地方，包括现在内蒙古重要的赤峰市，以及通辽，还有辽宁锦州的一部分，当年都属于热河省。今天的承德虽然不是省会了，但是是世界文化遗产，也是中国最最重要的皇家园林、皇家庙宇的保留地。大家有机会的话，可以去承德看一看，非常值得。

承德有很多有意思的纪录，其中包括世界上最短的河——热河。为什么叫热河呢？其实就是避暑山庄里的一个温泉，非常短。当然还保持着很多别的世界纪录，包括世界上最大的皇家园林、世界上最大的皇家寺庙，以及世界上最大的木雕佛像——普宁寺的千手千眼观世音菩萨。万里长城很漂亮的一段叫金山岭长城，我去过好几次，就在承德境内。还有很有意思的水下长城，大家现在去看当年长城抗战的遗迹，发现找不着了，说这喜峰口跑哪儿去了？这是因为后来修了一个水库，长城沿线大量的关口就全沉到水底下去了，形成一个纵深六十公里的水下长城，潘家口、喜峰口，全都没在水下，是个很有意思的奇观。

总而言之，承德是一个非常值得玩三天的地方，一天是不行的，我试过两次，得去待三天才能把承德所有的美好领略一遍。当然了，避暑山庄一定得夏天去！

齐齐哈尔

东北有两个非常重要的城市，都曾经做过省会，一是黑龙江省曾经的省会齐齐哈尔，二是吉林省曾经的省会吉林。省会和省名字一样的，大概只有吉林了，其中也可见吉林市当年是多么重要。

先说齐齐哈尔。实际上清朝是从东北兴起的，所以东北长期跟关内实行的不是一种制度，关内实行的是各种“省”“巡抚”等等这些制度；关外实行军管。因为关外是它的老家，所以管得非常严，以至于那时候闯关东，那都是杀头的事，那是人家满族的“龙兴之地”，不能让汉族人随便跑那去。因此，长期以来东北就是由几个将军管着，比如盛京将军就是管辽宁这块，吉林将军或称宁古塔将军就管吉林这块。宁古塔曾经就是一个著名的流放之所，我还曾在我的《彼得堡遗书》的歌里写过“宁古塔”。宁古塔出现过很多有意思的事情，也诞生过著名的词，《金缕曲·季子平安否》，就是写给流放宁古塔的人。基本上在中国流放宁古塔就相当于在俄国流放西伯利亚。

再往北的黑龙江由黑龙江将军镇守。三个将军镇守东北，军民都由将军管理。一直到康熙三十八年，就是 1699 年的时候，黑龙江将军的驻地正式搬到齐齐哈尔。所以齐齐哈尔实际上就是当时黑龙江的首府，当然那时候黑龙江还不叫省。不要说 1699 年了，一直到 19 世纪的时候，哪怕已经过去了两百年，哈尔滨也还是松花江畔一个小渔村，连城也没有，城墙也没有，只有几个屯。然而，随着时代的变迁，科技改变了一切。最开始是靠着水运的优势，后来就靠着铁路的优势，很多中国省会的变迁都是因为科技的进步、铁路的修建，哈尔滨就是因为中东铁路的修建，所以就变成了一个重要的水陆枢纽，也因此成了当时重要的对外的商埠。那时候哈尔滨有三十多个国家的侨民，外国人就有十几万人。直到现在，哈尔滨依旧一派俄罗斯风情，马迭尔旅馆、中央大道，等等，你要是眯着眼睛不看中文，那基本上就是一俄罗斯城市。

所以当时哈尔滨就快速地依靠铁路、移民等等崛起了，因为外国人带来了大量的先进技术，带来了大量的远超中国当时的发达的商业。与此同时，齐齐哈尔就开始衰落了。

后来日本人来了，就是“九一八”之后，1932 年日本人要占领黑龙江的时候，当时省会就是齐齐哈尔，当时的黑龙江主席是著名民族英雄马占山，驻节在齐齐哈尔，在那儿指挥打响了东北抗战最重要的战役之一——江桥抗战。日本人来的时候，哈尔滨已经很厉害了，伪满洲国最大的俩直辖城市，就是从前的两个小村子，一个叫长春，那时候叫新京，是伪满洲国的首都；一个就是哈尔滨，“哈尔滨”中文、外文发音是一样的，基本上就是一外语词，中文里好像没这种词。

差不多那时候齐齐哈尔就衰落了，东北也进入各种复杂的变化中，一会儿变成九省，一会儿变成六省。总而言之，黑龙江省的省会还是齐齐哈尔，松江省的省会变成了哈尔滨，然后哈尔滨又变成中央直辖市，齐齐哈尔又坚持做了几年省会，最后在 1954 年的时候，松江省并入黑龙江省，省会从齐齐哈尔迁到哈尔滨。那时候哈尔滨已经是东北最大、最繁荣的城市之一。当然了，其实齐齐哈尔在伪满洲国时期，包括后来中华人民共和国成立以后，重工业发展得也还不错，有大量的机床厂、纺织厂等，但是总的来说，跟哈尔滨就不能比了，所以就让位给哈尔滨，成了一个越来越默默无闻的城市。也不能叫默默无闻，还是很有名，只是后来就不再以省会闻名了。以什么闻名呢？以丹顶鹤的故乡闻名，还有各种歌唱丹顶鹤的歌曲。不过很遗憾的是，2002年的时候，国家要定“国鸟”，齐齐哈尔代表就向全国人大提请说，丹顶鹤可以成为国鸟，于是野生动物保护协会在全国范围内让大家评选投票，结果丹顶鹤遥遥领先，拿了三分之二的票，占据绝对优势，眼看就要成为“国鸟”了。大家想想2002年的时候，齐齐哈尔已经开始衰落了，工厂倒闭的倒闭，转卖的转卖，重工业破产，整个转型异常惨烈。丹顶鹤可以说是齐齐哈尔人唯一的骄傲了。结果这时候有动物学家站出来表示，丹顶鹤的英文名字叫作Japanese Crane，它的拉丁文名字也是“日本鹤”的意思，鸟类和植物一样，每个种类都有一个拉丁文的标准名。丹顶鹤的英文名字和拉丁文名字都是“日本鹤”的意思，对全世界说中国的国鸟名字叫Japanese Crane不太好，于是齐齐哈尔的丹顶鹤就没被选为国鸟。到现在，齐齐哈尔人民还对此感到郁闷。

随着整个中国的大步前进，今天的齐齐哈尔当然也比以前进步了，但是和那些其他的飞速发展、日新月异的城市相比，还是稍微落后了一点。重工业破产后，它没发展起来其他的高科技、第三产业等等，当然了，第三产业也不能叫没发展起来，最起码烤肉是一绝。但是一个城市不能光靠烤肉来支撑下去嘛。我认识一些齐齐哈尔人，我也去过齐齐哈尔，我觉得比较难过的一点就是，大家都教自己的孩子说，你长大了就离开这里，你长大了就去远方。不光是齐齐哈尔，可能东北人的血管里流淌的就是去远方的血液，因为东北人本来大多就是山东人“闯关东”去的，就像美国人一样，美国人也是从欧洲来的“不安分”的人，所以他们就到处去走，形成了“用脚投票”的习惯。东北也是如此，也有这种基因。所以大家都教育孩子长大后去远方。以至于齐齐哈尔虽然有一些不错的大学，教育也还可以，但是培养出来的人才，大量流失到了全国各地。

齐齐哈尔，一个非常美丽的城市，希望它能有一个美好的未来。

吉　林

下面来讲东北另一个曾经当过省会的重要的城市，就是吉林。在中国的所有的省里面，上文提到，省会和省名字一样的，大概只有吉林了，说明这个城市当年是多么重要。吉林省是由一个城市命名的省份。中国也有由俩城市命名的省份，比如安徽，就是安庆跟徽州的合称，咱们未来还要讲到安徽曾经的省会。除了安徽以外，还有江苏，就是江宁跟苏州，江宁就是南京，当年曹雪芹他们家就是江宁织造府；福建，就是福州跟建宁，我以前讲《金瓶梅》《三国演义》的时候都讲过建宁，是历史上大型的出版中心。其他的就很少了，也有拿首府命名自治区简称的，比如桂林，广西的简称就叫桂，后面也都会讲到。

吉林和齐齐哈尔很像，最开始也是将军驻地。吉林是宁古塔将军的驻地，将军驻地其实就是省会，因此成了整个吉林地区的政治、经济、军事中心，跟齐齐哈尔一样，光绪末年，东北就开始施行改革了，包括政治改革等等，建省，然后建了奉天省，就是辽宁。但是沈阳一直就是省会，沈阳在辽宁的位置一直没动摇过，另外俩省就不一样了。吉林那时候改建省依然是以吉林为省会，17 世纪，吉林已经成了将军府驻地的时候，长春还什么都没有。直到 19 世纪，长春才开始挖点壕沟，成了一小屯。也是因为铁路的发展，主要就是南满铁路，南满铁路发展起来后，那儿变成了一个车站，当然最开始也不是一个重要车站，后来慢慢地，尤其是伪满洲国成立以后，日本雄心勃勃，为了拓宽他们的生存空间，真把那当自个儿地建，一大堆日本的设计师跳来跳去，说在这儿建一新城吧，纯粹就是平地起了一座当时亚洲最现代化的新城，叫新京。当时的新京建得比东京还厉害，号称亚洲第一大都市。当时伪满洲国的工业产值一度也比日本高，在日本被炸得乱七八糟的时候，伪满洲国甚至是当时亚洲工业等各方面最强大的“国家”之一。当然，伪满洲国不能叫作国家，它是日本扶植的一个傀儡政权。

日本花了大力气建设新京，所以新京当时是亚洲第一个全面普及抽水马桶、管道煤气，实行主干道电线入地的城市，比东京还强大，东京那时候还是一堆小板房，以至于美军一轰炸，燃烧弹一烧，东京就全烧完。长春是那种大石头楼，长春今天也是宽宽的街道、大大的楼房，很多伪满洲国首都时期的建筑都留了下来。解放战争时期的长春围困战中，长春的街道都能当机场用！总之，日本一直以来建设一个现代化欧式大城市的梦想，在日本本土都没实现，结果在长春给实现了。

日本本土被美国炸得一个稀巴烂，但是经过强力建设的伪满洲国保存得还行，除了苏联来到东北以后，把伪满洲国当年日本建设那么多年的工业，包括铁路、水电站等全给搬回苏联去了。伪满洲国确实受了相当程度的伤害，苏联从伪满洲国搬走的那些机器、设备、铁路等的总价值，比中国从鸦片战争开始对外的所有赔款加起来还要多很多，大概是它的三倍以上，据统计有 20 亿美元之多，相当于美国整个“二战”援华的数字了。所以，苏联在东北是犯了不少错误。但是无论如何，这种伤害也比日本本土被美国炸成平地，炸回石器时代要小很多。

后来，吉林当然就跟长春没法比了。中华人民共和国成立后，吉林省省会之争就没啥争议了。1954 年，长春顺利成了省会。在中国，省会拥有的资源是其他城市远远不能比的，长春就成为“东方底特律”“汽车城”，重工业高度发达。吉林不再是省会后，就变成了一个旅游城市，当然还是很美的，我也去过，那里有著名的“江城树挂”，或者叫吉林雾凇，是松花江边一大美景，另外，吉林也是一大滑雪胜地。

总之，吉林依旧是一个非常漂亮的城市。

跟大家聊了东北地区两个曾经做过省会的城市，齐齐哈尔和吉林。现在大家都在谈，东北的经济怎么办，东北的未来在哪里。这两个城市当然也没有办法逃过东北整个的大环境，所以在这儿也衷心地祝福齐齐哈尔和吉林，当然也包括整个东北，能够迅速找到一条昂扬向上的道路，恢复昔日的荣光。

安　庆

之前说过，中国的省里面，用一个城市命名的只有一个，就是吉林。用两个城市命名的省就有好几个，包括福建，福州和建宁的合称；江苏，江宁（即南京）和苏州的合称；安徽，安庆和徽州的合称。说起徽州，大家应该很熟悉，诞生过著名的徽商，以及各种大名人，包括绩溪胡氏等等。安庆则是最早在安徽省版图内的安徽省会，为什么这么说呢？因为安徽省建省比较早，差不多康熙年间就建了省，最逗的是，安徽建省的时候，省会不在安徽省的版图内，在哪儿呢？在江宁。为什么在江宁呢？因为最开始清朝刚灭了明朝的时候，整个江南是一个大省，叫江南省。其实在明朝时候，南直隶原本就是一个很大的省，我们讲“北直隶”“南直隶”，明朝两个首都嘛，北京跟南京，都叫“京”。当然，到了清朝，南京就恢复叫江宁了。江南省因为太大，后来就被拆分为“江南左”与“江南右”，江南左布政使司其实就是安徽省。但当时左右两个布政使都住在江宁，直到乾隆年间，差不多1760年，安徽建省以后才正式把省会从江宁移到安庆。

从这个时候开始，安庆一直做了一百好几十年的安徽省的省会。那个时候因为其他的运输都不方便，最方便的就是水运，所以省会通常都设在水运发达的地方，和江宁、武汉一样，安庆也是长江沿岸的重镇。当然安庆也是文化重镇，清朝时期著名的桐城派，一大票文人全诞生于安庆。而且安庆在清朝末期还出了大名。为什么呢？太平军北上以后攻占了安庆，安庆于是成为太平军最重要的军事重镇，因为它屏卫着太平天国的首都天京。天京就是江宁，被太平军攻占以后就改叫天京。总之，安庆成为屏障天京的最最重要的军事重镇，先后有多个太平军的主将驻节在这里。太平天国前期著名的五个王之一——翼王石达开，就曾驻节在安庆。后来因为太平天国内讧，北王韦昌辉杀了东王杨秀清，北王又被清算，然后石达开愤而出走，率军西上，先到了武汉，然后又到了四川，最后在大渡河全军覆没。太平军后期主要的两个军事统帅是英王陈玉成和忠王李秀成，其中英王陈玉成就驻节在安庆，因为这是最最重要的地方嘛，今天大家去安庆还会看到太平天国的英王府。最后湘军通过血战攻占安庆，也是太平天国后期最最残酷的战役之一吧，我在《晓说》里也讲过这一小段儿历史。

总之，安庆当了九年太平天国的重镇，然后又恢复成了安徽的省会。当然，在安庆被太平天国占领的八九年间，安徽总得有个地儿做省会啊！于是，省会在这期间就迁到了合肥，合肥也是在这个时候才第一次冒了个头。然后就是民国期间，安庆继续当省会。紧接着，日军来了，沿江的很多重要城市就迅速失陷了，所以安徽省省会又先后迁到了金寨等小地方。抗战胜利后，国民政府就已经把安徽省省会放到合肥去了。中华人民共和国成立后，大家就讨论说，到底是安庆还是合肥适合做安徽省的省会呢？未来可能还是要面临战争，国民党反动派不甘心，美帝国主义也不甘心，我们的海军还比较弱，如果敌人在这个时候进攻我们，溯江而上，沿江这么多重要的城市，江苏省省会南京、湖北省省会武汉，一下子都会被占领了。安徽省的省会要是设在安庆，因为在江边，不太安全。所以还是合肥好，躲在山里面比较安全。最终的定论一下，合肥就成了安徽省的省会，并一直持续到今天。

英才辈出的安庆很不服。要我我也不服，你想想，安庆又是文化中心，涌现了桐城派那么多大师，又是黄梅戏的中心，又是各种各样的名人出没的地方，中国共产党的第一任总书记陈独秀，就是安庆人，著名的爱国民主人士章伯钧、著名的科学家邓稼先，也是安庆人。还有一位著名的科学家汪德昭，中国声学泰斗，也是我母亲的干爹，还有赵朴初，等等，简直人才辈出。文艺界就更不用说了，桐城派从方苞开始往下算，到姚莹，到后期的吴汝纶等等大师，全是安庆人。还有民国时期的美学大师朱光潜，黄梅戏大师严凤英，以及著名的诗人海子。安庆出美女，大乔小乔，那时候安庆不叫安庆，叫庐江，大乔小乔就是庐江人。还有《孔雀东南飞》里的刘兰芝也是庐江人，《孔雀东南飞》写的就是庐江的事情。

今天的安庆虽然已经不是省会了，但依然是一座重要的、著名的文化旅游城市，非常美，大家可以从上海出发，沿江西上，路过安庆的时候一定要上来看一看这座千年古城。

保　定

说完了安庆，再来说曾经做过中国一个重要省的省会时间最长的城市，就是原来直隶省，后来河北省的省会保定。保定先后做了将近 300 年的省会，你想想当年的直隶是多么重要啊，直隶就是直接隶属京城的最重要的一个省。从 1669 年到 1969 年——我出生那一年，正好是 300 年，保定从 1968 年起才不再是省会。当然了，中间有几段时期，直隶省会曾搬到天津去，但是总的来说，从康熙八年开始，保定还是做了将近 300 年的省会。

后来直隶巡抚升格为直隶总督，大家想想历史上当过直隶总督的都是什么人啊？曾国藩、李鸿章、荣禄、袁世凯！直隶总督一职不要说比巡抚高得多，比其他的总督也都位高权重得多，它集军事、行政、盐业、河道管理等职于一身，尤其后来还兼北洋大臣，所以直隶总督的权力已经超出了直隶省的范围，几乎就是权倾朝野。保定是北京的南大门，负责拱卫京师，是非常重要的一个地方，所以李鸿章才长时间坐镇在那儿。大家现在去保定会看到很多遗迹，袁世凯坐镇的时候还把军校建在了那里，后来成为著名的保定军校。保定军校非常厉害，是民国时期规模最大的、最正规的军校。很多人会提起黄埔军校，但黄埔军校其实是一个速成学校，大家往往学几个月就上战场了。所以要论扎实，要论真正的军校的编制，黄埔军校不能算一个特别正规的军校。

保定军校是一个正规的军校，学制是两年，进去还要实习半年。黄埔军校的人数就是一支党军，到解放战争时期才成为主流，才有几个上将。但是保定军校一共毕业 11000 多人，先后出过 2000 多个获得将军头衔的军人。民国开始正式被叫作保定军校，一共办了九期，少将以上的将领就诞生了 1700 多人。随便给大家说几个人，白崇禧、张治中、傅作义、顾祝同、上官云相，包括抗战期间牺牲的郝梦龄等将领，都毕业于保定军校。民国时期军队里面最重要的两派，一派叫士官派，就是日本陆军士官学校毕业的那些人，一派就叫保定派。保定派人多势众，包括黄埔军校的大量教官，都是保定军校毕业的，其中就有张治中。包括陈诚，当然陈诚没毕业，但也是从保定军校过去的，还有抗战期间指挥了三次长沙会战的薛岳，保定军校肄业生，也是抗战名将。还有我们共产党军队的著名将领邓演达、叶挺，都是保定军校毕业的。

迄今为止，我军的重要步兵军校依然是在保定。所以，保定一直以来都是这么一个重要的地方。长期以来，保定和天津来回来去地争夺省会的地位，那时候石家庄还进不了这个竞争的范围。天津不是直辖市的时候，也长期是直隶省——河北省最重要的城市之一。民国初期的1913年，直隶省的省会就被迁到了天津。1928年国民政府统一全国的时候，直隶省改名河北省，到1935年，河北省省会又从天津迁回了保定。中间还迁回北平过，因为战争期间，到处都被占领了，所以省会又迁到北平去了。当然了，日本投降以后河北省省会又迁回保定，中华人民共和国成立以后，保定又跟天津争夺了一阵子。最初保定是省会，1958年“大跃进”的时候，大家觉得“大跃进”阶段一定要把省会放在工业基础雄厚的城市，“大跃进”主要就是炼钢啊，工业啊，超英赶美啊等等，于是把省会迁到天津去了。过了8年，“文革”刚开始的时候，又把省会迁回了保定。这回又是为什么呢？也是为了备战。跟安庆和合肥的情况一样。那时候国际局势紧张，天津沿海，万一打起仗来，我们当时海、空军都不占优势，于是又把省会迁回保定。结果迁回保定没两年，到了1968年，著名的“万岁军”（中国人民解放军第三十八集团军）就驻扎在保定。在保定“武斗”非常严重的时候，就决定将河北省省会迁往工人阶级队伍比较坚强的地方，就去石家庄吧。结果第二天就获批，所以1968年的时候，河北省省会——其实那时候已经叫“革命委员会”了，迁到了石家庄，那时候我都快出生了。到1971年的时候，局势已经平静多了，当时河北省革委会打算重新搬回保定，国家最后做出指示，河北省省会就不要再迁了，从此一锤定音。

当然了，石家庄也是因为两条重要的铁路在此相交，跟很多省会的变迁一样，成为重要的交通中心，直到今天，一直是河北省省会。

据说保定有三宝：铁球、面酱、春不老。铁球就是手里把玩的那个健身球，面酱就是他们的烹饪调料，我有一个表姑父，当了很长时间的保定市委书记，后来又当保定政协主席。我记得他在保定的时候，每年过年回北京，来我们家都带两罐儿保定酱菜。那个时候为官很清廉，啥都没有，就带两块酱菜来。北京有一句话挺有意思，叫“京油子，卫嘴子，保定府的狗腿子”。当然这个说法很不好，有歧视嫌疑，就不多解释了。“卫嘴子”指天津人能说话，相声就是天津的传统艺术嘛，所以“京油子，卫嘴子，保定府的狗腿子”，仨地儿的人一块儿都给挤对了。

要说保定出的名人，那就太多了，从三皇五帝开始就有了，当然那只是传说。真有其人的时候，大家想想看赵国就在这一块儿，赵国诞生过那么多名人，廉颇、蔺相如、高渐离、荆轲等等。后来的刘备、张飞，还有祖逖、祖冲之，以及宋朝的开国皇帝赵匡胤，都是保定人。包括我最爱的中国戏剧大师关汉卿、王实甫等，也是保定人。还有民国时期的西北军，其实西北军不是西北起来的，而是河北起来的，西北军原来是直系的一个分支，直系就是直隶系嘛，直系军阀当然是在河北，后来因为占领了西北才叫西北军。西北军的将领，包括冯玉祥、佟麟阁、孙连仲等，都是保定人。所以从文艺到军事到政治，保定简直是人才辈出！另外，单田芳、王昆、阎肃等几位老师也都是保定人。

保定是一个人杰地灵的地方，今天去也很有意思，依然充满了名胜古迹。保定辖内还有白洋淀，提到白洋淀大家想到今天的雄安，这是我们的千年大计！我去过一两次保定，当然了，如果把保定边上的野三坡也算上的话，那我就去过无数次。北京人大概就没有没去过野三坡玩的。

总之，保定是一个非常值得去看看的地方。

桂　林

“桂林山水甲天下”，提到广西，大多数人首先想到的其实是桂林的美景，而且广西的简称就叫桂，大家看广西的车牌子，我不知道南宁人会不会吃醋，南宁虽然是自治区首府，但是广西简称依然是桂。当年中国几大系统的军阀里，其中重要的一支桂系一直坚持到最后，直到中华人民共和国成立的时候，桂系还存在。桂系将领李宗仁还当过中华民国代总统。

桂林当了540年的省会，仅次于当了666年省会的开封。广西是元朝的时候设的省。元朝之前没有省，元朝设省设了广西行省，那个时候桂林就相当于省会这样一个地方。当然，最早其实可以一直上溯到秦朝，秦统一中国后，设郡县制，其中南边就有一个郡，叫桂林郡。所以从秦朝开始，桂林长时间代表了广西这块地方。中国对边远少数民族的统治，长时间使用羁縻统治，就是半管不管，大部分地区由少数民族的人自己管，在西南地区就叫土司。就是由你们土司什么的自己人去管，汉人能管到的区域大概就到桂林了，再往南就是羁縻状态的管理。后来从羁縻变成改土归流，就是正式成为我们能够直接统治的地方，那当然行政中心就要改变了，所以南宁因为改土归流等原因也就顺理成章地成了省会，后来广西成为自治区后，南宁就是首府。

所以历史上的桂林跟南宁，就像俄罗斯的莫斯科跟圣彼得堡，清楚地反映了俄罗斯不同时期的不同态度。每当想融入欧洲的时候，圣彼得堡就是首都，因为它离欧洲近，完全就是一个欧洲式的城市；每当想跟欧洲来劲，或者想跟全世界来劲的时候，莫斯科就是首都，因为它比较安全，深处内陆。莫斯科跟欧洲的其他城市有很大的差别，最开始还有很多蒙古风格的东西在里面。广西也是，凡是在外向扩张的时候，南宁就是中心，因为南宁处于广西中间。在比较收缩的时候，桂林就是中心，因为桂林就在广西的东北角上，是离汉人中央政权最近的地方。

长时间以来，桂林也是广西最发达的地区，桂柳地区到现在工业都还比较发达，更不用说古代的科举时代，当时桂林府的科举名额是其他府的数十倍之多，当然，这有点不公平，但那里汉人多嘛。一直到民国的时候，军阀混战，天下大乱，广西的军阀最开始叫老桂系。老桂系的头儿是陆荣廷，陆荣廷这哥们儿是个南宁人，他身边的子弟兵也都是南宁人，所以他就把省会迁到了南宁。后来老桂系被打败后，新桂系上台了，新桂系的头儿就是“李白黄”——李宗仁、白崇禧、黄绍竑。李宗仁跟白崇禧都是桂林人，就把省会又迁回桂林了。所以广西省会有一段时间在南宁跟桂林之间来回来去地拉锯。

最后中华人民共和国成立以后，当然是雄心勃勃的，不再像过去那样对广西实行羁縻统治，省会自然得迁到广西的中心去，南宁位于广西的正中间儿，辐射四面八方，尤其是在今天强大的“外向型”的中国，南宁辐射着整个东南亚国家联盟。所以大家看到中国—东盟博览会，就在南宁举行。南宁跟桂林我都去过很多次，这两个城市我都特别喜欢，都有美妙的大江大河流过，桂林的风景更好，但南宁也有一种自己独特的味道，今天的邕江两岸尤其建设得好。我的好哥们儿张发财就在南宁隐居，我每次到南宁就找发财兄喝杯酒，一起在河边儿坐一坐，正好那里还有一个非常好的小图书馆。

我还记得我很多年前第一次去桂林，吓了一跳，桂林山水就不用说了，阳朔什么的大家都耳熟能详，让我吃惊的是桂林人原来吃马肉，还有马肉火锅！我这么爱吃的人，什么都要尝一尝，所以赶快去吃了马肉火锅、米线等等。

直到今天，好像桂林人和南宁人还是有一点儿心结的，这个现象在很多地方都有，比如河南省的开封跟郑州，河北省的保定跟石家庄，大家还是有这种心结，当然了，这也很正常。

无论如何，这两个城市都发展得非常好，我都很喜欢。桂林是非常值得一去的、全世界少见的一个山清水秀的美丽的地方，更不要说还有刘三姐传下来的那么多美妙的歌曲。所以广西是一个美好的地方。

开 封

最后讲曾经的省会城市之开封。开封当省会的时间之长，冠绝中国，一共当过 666 年的河南省省会。从元朝开始，中国第一次设立了行省制度，所以有了河南江北行省，这个行省的首府就是开封。当然那时候不叫开封，开封这个城市的名字变过很多次，战国时候它是魏国的首都，称大梁。在现在的开封这块地方，当时有俩城市，一个叫大梁另一个叫启封。启封的意思就是准备去开疆拓土。后来到了汉朝，因为汉景帝的名字叫刘启，所以为了避讳皇帝名字，“启”和“开”又是一个意思，于是就不叫启封了，叫开封。开封这名字，一会儿叫开封，一会儿又叫东京、汴梁、汴京等等，叫过各种各样的名字，就不一一说了。总而言之，从元朝一直到中华人民共和国成立后的 1954 年，它做省会就做了 666 年。

开封做首都的时间就更长了，光在宋朝就做了 160 多年北宋的首都，之前在战国时候做魏国的首都，后来五代时期的“梁唐晋汉周”，除了后唐的首都是在洛阳，其他“四代”的首都都在开封。北宋其实就是继承的五代。那个时候是大发展的时期，因为在铁路出现之前最重要的交通是水运，当时大运河中间一段就是汴河，汴河就流经开封。开封是好几条河的交汇地，所以当时是最最重要的交通枢纽，当了首都以后，经济发展迅猛。

我曾经在视频节目里用很长时间讲过《清明上河图》，其实讲艺术只讲了几句话。《清明上河图》实际上是界画，因为它是用尺子画的，所以在艺术上，并没有达到《千里江山图》等伟大艺术品那样的高度。但是在文本角度、历史角度，它是一幅难以替代的伟大的画作。因为它实际上是把当时全世界第一大城市，也是最繁华、最强大、最富有的城市——东京汴梁，给画出来了。当时全世界其他城市，超过 10 万人口的极少极少，当然了，罗马帝国时期有过罗马，但是后来衰落了，罗马衰落以后就剩几万人了。在很久远的过去，也有过巴比伦，那就另说了，但是在宋朝那个时代，欧洲简直还处在很荒蛮的时代，几乎没有10万人以上的大城市，而东京汴梁居然有100多万人（一说150多万人），而且是全世界规格最齐全的城市。大家看《清明上河图》里头，士农工商，甚至还有外国人，就是胡商队，背着馕，牵着骆驼，还有巡警，有城管，有消防队，以及上门送炊饼的快递员。而且完全打破了过去那种格局，中国在宋以前的城市都是有坊有市，中间有墙隔开，夜里还要锁门，很原始。东京汴梁那时候是最开放的大城市，大家看《清明上河图》里边儿没有坊墙，也不锁门，那里头最大的、最繁华的建筑恨不能就是青楼。

这是鼎盛时期的开封，回想起来简直繁华极了，可惜历史就是这样的，曾经的繁华大都会，包括今天大家再看巴比伦，再看古代那些伟大的城市，一个个都衰落了。开封基本上也是，靖康之耻后，北宋灭亡，开封就开始慢慢地走下坡路了，但依旧是非常繁华的城市。实际上一直到清末的时候，第一次鸦片战争结束，大概一八五几年的时候，开封还有三十几万人口，同时代的洛阳可能只有几万人，郑州就更别提了，还是一个很小很小的小地方，郑州当时可能只有三万人口。但是开封也已经比较衰落了，不再是那个百万人口大城市，不再是《清明上河图》《东京梦华录》里面记载的东京汴梁。这些作品中的开封，今天看依然是令人羡慕、流口水的繁华大都会。

咱们之前讲“曾经的省会城市”，好多都是1952年先后撤了省，像西康、察哈尔、热河，要不就改了省会。中华人民共和国刚成立，百废待兴，其中重要的一项工作就是重新梳理到底什么是政治、经济中心。1952年，河南省提出来说：我们是不是把这个省会迁到郑州去呢？因为铁路来了以后，郑州当然就是中心了，郑州是陇海线跟平汉线两条大动脉的交叉地，平汉线就是北平到武汉，后来平汉线跟粤汉线连起来，就成了京广线。就像石家庄一样，很多新兴的省会都是因为铁路而重新设立的。开封只是陇海线沿线的一站，并不是交叉口，当然还有一个原因，就是开封地面悬河，咱们中学地理都学过，开封那段黄河河床很高，本来在战争年代就出现过黄河决堤倒灌开封城的事情。其中最著名的就是，李自成围攻开封的时候，官军曾经开过黄河大堤，淹没开封城，所以开封不但是交通上落后于郑州，而且因为黄河的问题，还比较危险。所以河南就决定向中央申请，将省会搬到郑州去，然后立即获得批准。省会能设立在经济中心当然好，尤其郑州在河南中间，开封在东边，这也是一个理由。所以中央一个月就批了，同意搬到郑州去。河南省政府非常兴奋，因为郑州那时候是繁华大都市，而开封已经比较落后了。所以在动员大会上，当时有七万人，跟着市政府从开封迁到郑州去，大家想想这些人都是精英啊，大家喊着口号“开步走，去郑州”，就去郑州了。

开封一旦不是省会，处境就更艰难了。我去过几次开封，很喜欢这个城市，经济上，不要说在全国，在河南都已经属于那种有点拖后腿的城市了。但是，开封依然是一个文化旅游大市。大家到开封能感受到那种浓厚的千年流传下来的中国文化，当然主要是北宋的，后来各朝也有。开封的大相国寺修建于南北朝时期的北齐，北齐那时候佛教最兴盛，北齐佛头现在都是世界级的文物。大家看《水浒传》以及各种小说里面，都有大相国寺，鲁智深也去过。当然还有铁塔、龙亭等各种各样的建筑，现在也新修了清明上河园，就照着《清明上河图》建起来的。所以开封还是一个非常值得一去的旅游城市。

开封在中国历史上也诞生过无数的名人，战国时期的张仪就是魏国人，大梁人。还有战国四公子之一的信陵君，魏晋时代的大名士、音乐家阮籍，以及南明时代的忠臣史可法，等等。现代的就更多了，开封的文化还是很重要的，后来又建了河南大学，所以诞生了很多名人，包括大作家柏杨，还有我的最重要的女神——赵雅芝，祖籍开封。总之，开封名人非常多，就不一一细数了。

开封，曾经的世界第一大城市，曾经七八个朝代的首都，曾经做了666年省会，今天不再那么发达了，挺让人唏嘘的。然而，这就是人类历史，一直在浩浩荡荡向前走。当然，希望开封继续保持它的美丽、它的历史、它的文化，成为一个重要的旅游城市。

古代十大名曲

> 中国没有把音乐记谱的事儿给科学化，老乐师一死，音乐也就失传了。

《阳春白雪》

几年前我刚刚开始做《晓说》的时候，就讲过一期有关汉人的音乐，讲我们汉人的历史曾经是多么辉煌：孔子怎么修过《乐经》，《战国策》里有多少音乐，后来又如何失传了。汉人的音乐传统就是越来越差，到最后都是边疆少数民族的音乐。中国没有把音乐记谱的事儿给科学化，就像我们古代的四大发明，技术是有，但没有科学，所以经常就失传了。老工匠一死，技术就失传了，老乐师一死，音乐也就失传了。中国古代记谱的方式非常古怪，像天书。当时有人还抨击我，说："你懂不懂啊，《诗经》就是唱的。"一般抨击我的人都没看我的节目，因为我节目里讲的就是古代中国的音乐，当然很发达，只是说失传了而已。

1936 年底，在西安据说发现了《乐经》。邵力子拿到《乐经》刚准备看两眼，西安事变了。邵力子当时是陕西省主席，被张学良给抓起来了。等西安事变结束，邵力子出来了，《乐经》却再也找不着了。最古老的这本《乐经》就这样失传了。

实在太让人遗憾了，包括宋词的旋律几乎全都失传，不知道当时是怎么唱的，元曲也大量失传。《虞美人》怎么唱的不知道，《蝶恋花》怎么唱的不知道，你想想《蝶恋花》都填了六万多首词传下来，《虞美人》传下来一万多首词，结果这么美的旋律不知道在哪里。但是好歹还是有一些传下来的，不能说什么都没有。

所以这十大名曲，跟大家聊的就是凤毛麟角的传下来的中国古代音乐。其实绝大部分都没有传说中那么久远，都说是春秋时候传下来的，或东汉末年传下来的，等等，但是据考证，很多可能都是后人写的。中国古代的很多书、乐，绝大部分其实是明朝时传下来的。印刷术大量蓬勃地使用是在明朝时候，所以传下来那么多东西。一一跟大家聊聊这些故事吧，还挺有意思的。

先聊聊古代十大名曲的第十名，《阳春白雪》。“阳春白雪”“下里巴人”，大家都知道，这典故来自哪儿呢？战国时代。战国时代有一大美男叫作宋玉，应该这么说，关于中国古代美男的排名，不管是“十大美男”还是“八大美男”，不管怎么排，我猜宋玉都能排在前五名，跟潘安齐名。文学素养方面，在这些美男排行榜里也是排在前面的几个之一。

中国古代的文学，最早的巅峰就是《诗经》和《楚辞》。《诗经》是很多人写的，从民间到宫廷，从祭祀到“耍流氓”。所以能和《诗经》并列，对《楚辞》来说实际上是崇高的荣誉。因为《诗经》是那么多年，那么多国家的那么多人民写的、唱的，包括郑卫之风等等。

《楚辞》只是出自一个国，就是楚，一下子对抗了整个中原地区的《诗经》，而且实际上主要就是出自俩人，屈原屈大师，以及宋玉。整个《楚辞》里面，最大的最辉煌的篇章当然是出自屈原了。《九歌》《九章》《天问》，我尤其喜欢《天问》，特别有意思。《天问》有点朴素唯物主义的意思，有点质疑各种神鬼怪。我还看过《楚辞》的英文翻译版，主要想看看那个“兮”

字怎么翻译。

《楚辞》最大的特点就是里面全是“兮”，“兮”这“兮”那的。宋玉继承了屈原，所以里面也有他的一些重要篇章，包括《神女赋》《登徒子好色赋》，包括出现了“阳春白雪”“下里巴人”的那篇著名的《对楚王问》。就是他跟楚王聊天儿，楚王问他：“你这德行好不好啊？为什么没听见大家赞颂你呀？”宋玉就回答：“有啊！当然有！你愿意听我给你解释吗？”于是就讲了一个在郢都（楚国的首都）开演唱会的故事。

有个外来人在郢都开演唱会，开始唱了两首歌《下里》和《巴人》。好几千人大合唱，有点像唱《同桌的你》。后来他又唱了两首，一首《阳阿》，一首《薤露》（阳阿是一个地名，薤露是一种植物），《薤露》实际上是春秋时期的一首挽歌，或者叫哀乐，结果就剩数百人跟着唱了。最后他又唱了两首歌，《阳春》和《白雪》，只有数十个人跟着唱。就相当于我不唱《同桌的你》了，突然唱起了《彼得堡遗书》或者《昨天涯》，这都是我写的比较高雅的东西。

总之，“引商刻羽”，没有几个人能听得懂，所以就叫曲高和寡。这个成语就是从宋玉这儿来的。还有“下里巴人”“宋玉东墙”，宋玉这儿出了好多著名的成语。

大家如果读过《庄子》的话，就会觉得这篇《对楚王问》看着有点眼熟。因为《庄子》里面就写过庄子和魏王的对答。这两个有点像。包括宋玉其他的篇章，都能看到庄子的影子。所以宋玉宋大帅哥不但是师承屈原，而且是庄子的信徒。这哥们儿是很难得的才貌双全。他在楚顷襄王时代，楚顷襄王天天带着他到处玩。

总之，“阳春白雪”后来就传了下来。

后来元代一本著名的散曲集也叫“阳春白雪”，里面有大量的元曲的格律、曲韵的要求，但是也不知道该怎么唱。其中收录的白朴的《驻马听》中，有一句“白雪阳春，一曲西风几断肠。”说明《阳春白雪》在元朝时是一首断肠曲，非常悲伤。可是大家听一下咱们现在的《阳春白雪》，轻松欢快，估计也不是元朝的那首。总之，音乐的传承在中国特别离奇，大家自己来理解吧！

我还想起来，“阳春白雪”是被我们批判过的。小的时候学毛主席《在延安文艺座谈会上的讲话》，里面专门批判了“阳春白雪”。说我们就是要为“下里巴人”服务。所以很长时间，在我小的时候“阳春白雪”是个贬义词。“阳春白雪”你就是脱离群众，“阳春白雪”你就如何如何。今天已经好多了，“阳春白雪”又回到了它应该有的位置。而且这些古曲听起来其实都挺“阳春白雪”的。

《渔樵问答》

下面我们来说说第九名。我这排名是自己的排名，没有什么特别的标准，我自己觉得比较喜欢我就这么排了。第九名我们就说说《渔樵问答》。

“渔樵”在整个中国古代的艺术中是重要的符号。《三国演义》的开篇，“白发渔樵江渚上，惯看秋月春风，一壶浊酒喜相逢。古今多少事，都付笑谈中。”当然，到罗贯中那儿，“渔樵”已经是一个文学传统了。因为提起“渔樵”就会想到高风亮节的隐士，联想到“江海寄余生”的意象。

多说一句，这首词不是罗贯中写的，是后边的人写的，毛宗岗父子整理《三国演义》时才加进去的。

所以自古以来，渔父就是圣者的化身。《庄子》里专门有一篇叫“渔父”，讲的是孔子跟一个渔夫聊天儿。渔夫跟孔子聊了大段各种道家的无为之境，孔子最后服了，尊称渔夫为圣者。

咱们刚讲过屈原，《楚辞》里边也有一篇叫“渔父”。著名的“举世皆浊我独清，众人皆醉我独醒”——屈原的名句，就出自这篇《渔父》。讲他流放到江边以后，看见一个打鱼的，打鱼的问他为什么流落到这儿来，他说举世皆浊我独清，众人皆醉我独醒。渔夫就劝他看破这些吧，人生不止眼前的苟且，还有诗和远方。屈原就说，不行不行，我要死我要死，我要投到江里去，我要变成一粽子。然后渔夫就乐了，就唱起了著名的“沧浪之水清兮，可以濯吾缨；沧浪之水浊兮，可以濯吾足”。就是水清可以洗帽带，水脏可以洗脚。但在《楚辞》里面就是那么美好！

历史上出了个姜子牙，在那儿钓鱼，还有著名的严子陵，东汉光武帝的同学，怎样让他当官他都拒绝，就一直隐居，成为一名著名的大隐士。

当然了，光有一个“渔”不行，得配个“樵”。《射雕英雄传》里有“渔樵耕读”，南帝出家以后成了一灯大师，他那四个大侍卫就成了“渔樵耕读”。中国民间的屏风以及画上到处都是“渔樵耕读”。大家如果看过这篇文章，以后再看到这种画，就知道上边都是谁了，不是百分之百，但中国民间的“渔樵耕读”通常画的都是这四个人：“渔”是严子陵；樵是一个叫朱买臣的人，汉武帝时的一个大臣，因为出身寒微，小时候打柴，后来就成了“樵”的符号；“耕”就是舜，教民众耕地；“读”就是苏秦，“头悬梁，锥刺股”中“锥刺股”的那位。

《渔樵问答》这首曲子有点儿意思，有可以唱的版本，就是有歌词的，也有乐曲版本。唱的版本挺好玩的，“渔”和“樵”在那儿互相吹牛，一个说，我“辽阔悠远”，你“苟且”。另一个说，我不“苟且”，我有“诗和远方”，你才“苟且”。

大家有兴趣可以去听听。

《汉宫秋月》

我小的时候，在家里拿黑胶密纹唱片听这些古曲就是我的生活。那时候接受琴棋书画的教育，听音乐从“贝多芬 1”听到“贝多芬 9”。往往听到“6”的时候就睡着了，因为“6”中间有一段特别轻的声音，好像是第二乐章，几乎没声儿。那也得听，而且不仅西洋古典音乐要听，中国古典音乐也要听，听《高山流水》，听《春江花月夜》，这也是我的成长。

当然了，可能在今天稍微有点过时了，今天教育孩子通常都不再让他听这些古典音乐了。所以咱们从善如流，就快快地把十大古曲讲完。

《汉宫秋月》，原来是一首琵琶曲，后来改成了二胡曲，算是二胡曲里面很好听的一首曲子，但这首曲子来历不明。自古以来，中国的乐师、音乐人，通常不太受尊重，不像西方到处给人树碑立像，贝多芬、莫扎特等都有塑像。中国都是临工，所以也不知道谁写的，也没有作曲家名字，作词的倒是传下来很多，但是作曲的经常就被湮没掉了。《汉宫秋月》具体什么时候有的也不知道，但算是这些名曲里比较晚近的一首吧。基本上听下来，觉得跟《汉宫秋》有很大的关系，不然干吗叫“汉宫秋月”呢？《汉宫秋》可是一出著名的元杂剧，马致远写的，马致远还写过著名的“枯藤老树昏鸦，小桥流水人家，古道西风瘦马，夕阳西下，断肠人在天涯”。所以元杂剧即使失传了，曲调不会唱了，光看文字也是很好的。关汉卿、马致远、白朴，这都是大师级的人物。

《汉宫秋》写的是什么？就是王昭君出塞的故事。写得很哀怨，所以《汉宫秋月》也是一首很哀怨的古曲。当然了，在深宫里的女子们，哀怨是常态。我们看的《甄嬛传》等宫斗戏，包括电视剧《还珠格格》，那是演绎的。真实的宫里的女子们，大部分都是默默地待半辈子，然后被遣送出去，基本就这下场。

王昭君是因为出塞了，嫁给了匈奴的单于，以至于名垂青史。被写过无数次，包括在近代的历史上也被写过，但这个意义又不一样了，被赋予了民族团结之类的新的意义。历史上的王昭君不是公主，只是个宫女，人家来求婚时，皇帝就说认你当闺女吧，然后就把她嫁了出去。当然了，正史《后汉书·南匈奴传》里，确实记载过，汉元帝召见王昭君的时候，突然发现王昭君长得非常漂亮，“丰容靓饰，光明汉宫”，以前没见过，于是“帝见大惊，意欲留之，然难于失信，遂与匈奴”。本来想随便找一个宫女就出嫁，和亲一下，省得老打仗，结果发现王昭君这么美，就想让她留下，可没办法，人家已经在那等着，所以只能送出去了。

一些民间野史，比如《西京杂记》里有一种说法，流传最广，说汉宫里的画师叫毛延寿，因为其他的宫女都给他塞钱，为了把自己画漂亮点，那会也没照片，王昭君没钱，画师于是就在王昭君的画像上点了颗痣，导致她没被皇帝选上。这个当然是讹传。据正史记载，王昭君确实很漂亮。

王昭君和咱们十大名曲另一首《胡笳十八拍》的作者蔡文姬，是很不一样的。蔡文姬没嫁给单于，可能是嫁给一个小官儿，反正生活得非常不如意。再加上蔡文姬是女知识分子嘛，所以坚持要回来，最终还是被曹操给赎回来了，远别自己的孩子回到了魏国。王昭君当然不是女知识分子，是个大美女，带着和亲的使命去了，最终一生也没有回来。当然里面有很多说法，其中比较感人的记载就是，王昭君生了两个儿子，后来就真的拿自己当匈奴人了，对匈奴充满了感情。匈奴大旱，牲口因为没有水草而饿死，王昭君就派自己的儿子到汉朝来求粮，结果被埋伏在路上的匈奴贵族给杀了。匈奴贵族以为王昭君是间谍，派人报信儿，结果杀了以后从身上搜出信，原来是替匈奴去借粮，于是很感动，对王昭君感激得五体投地。然后王昭君就完全变成了匈奴的女人，不再回来。还有一种说法，王昭君想回来，可汉元帝的儿子汉成帝就说，你还是入了匈奴的俗吧。匈奴那时候还处在很原始的阶段，匈奴的风俗就是，单于死了，新的单于是可以娶她的，因为不是她亲生的，所以儿子可以娶后妈。

还有很多故事讲她如何不愿意再嫁，怎么服药寻求自尽，但那都是假的，真正的正史就是，她生了儿子，儿子被杀了，但是一生还是在匈奴，最后也没有回来。

这就是王昭君的故事，还算圆满吧，她嫁给了真正的单于。

《胡笳十八拍》

与王昭君不同，另外一个出塞的蔡文姬，其实是被掳走的，于是就没能嫁给单于。虽然后来郭沫若写《蔡文姬》，说她嫁给了匈奴单于左贤王等等，但是据正史记载，蔡文姬没有嫁，被匈奴掳走了以后怎么可能嫁给单于呢，估计就嫁给一个小官儿，所以在匈奴过得比较惨。蔡文姬和王昭君不一样，蔡文姬是大世家的女儿，父亲就是著名的蔡邕，东汉末年著名的文学家、书法家，还是个音乐家，他写过《琴操》这本书，而且咱们后面要讲的《高山流水》《广陵散》等名曲，他都评论过。

《后汉书·列女传》里专门记载过，蔡文姬原来不叫蔡文姬，叫蔡琰，字昭姬。但是司马昭后来被追认为皇帝，为了避讳，所以改叫文姬。蔡文姬博学而有才辩，又妙于音律，后来写了《胡笳十八拍》。和平时期她生活得还挺好的，先是嫁给了河东的卫仲道，也是一大名士，但是丈夫早死，她就回娘家了。回娘家以后，由于她爸跟了董卓，就变成了乱党，董卓败了以后，她爸就被王允给杀了。王允就是设计貂蝉去戏弄董卓和吕布的那位，当然历史上貂蝉是不存在的，但是王允真有其人。蔡邕被杀以后，蔡文姬就在战乱之中颠沛流离，被匈奴所掳，在匈奴待了十二年，生了俩小孩儿。但蔡文姬肯定没嫁给左贤王，这个想都不用想。

蔡邕跟大名士曹操一直是好朋友，就不细讲了。总之，曹操那么抠门儿的人，将蔡文姬重金赎回，最后蔡文姬不得不跟两个幼子分别，回来的路上悲叹自己命途多舛，于是就写了《胡笳十八拍》，胡笳其实就是把芦苇叶卷起来当簧片吹的这么个玩意儿。《胡笳十八拍》也是名声很大的古曲之一，成为千古绝唱。这首曲子特别长，有的版本还有词，非常值得听一听。不光是喜欢音乐的，喜欢历史的也可以听一听。蔡文姬是一位大才女，曹操也非常喜欢她，以至于后来她又嫁给董祀，董祀因犯罪本来要问斩，她去找曹操求情，曹操是法家，居然饶了他。曹操说，你爸死了，他当年的藏书你都看过，能不能整个念一遍，我派人记下。蔡文姬就说，你别派人来记，我写给你们。于是就写了好几百本，记性就是这么好！

王昭君跟蔡文姬，都是出塞嫁到匈奴去的，一个是因为她的身世留下了著名的元杂剧《汉宫秋》，而且派生出了《汉宫秋月》，一个是自己写下了千古绝唱《胡笳十八拍》。

《春江花月夜》

我从小听的时候特别喜欢的一首古曲，但那已经是民国时期改编过的管弦乐了，吸收了很多西洋乐器，尤其是低声部乐器之后，民乐改造了自己的管弦乐阵容。当然我对民乐不是特别擅长，只能粗略一说，但还是很爱听。它是一首管弦乐的大乐曲——《春江花月夜》。小时候我听过很多遍，非常喜欢。实际上我不是很喜欢民乐，我迄今依然有记忆的，觉得不错的民乐，大概就这些曲子。

最早的时候，《春江花月夜》其实是一首琵琶曲，不是管弦乐，叫作“夕阳箫鼓”。当然还有别的名字，什么《浔阳琵琶》之类的，后来被改编成《春江花月夜》之后，一下子风靡全中国，很像《春江花月夜》这首诗。《春江花月夜》是唐诗里的一首，但是很长时间也没名儿，它的作者张若虚，也算不上什么著名诗人，《旧唐书》里的人物列传都没这人，大概只在讲贺知章的时候提了一下。世界上就是有这种人，大概这辈子就写了一首著名的诗，但仅这一首诗就流传千古，而且是慢慢慢慢才火起来。《春江花月夜》最开始在唐诗里其实没什么名儿，很多东西都没收它。到了宋代、元代也还没什么名，大概明朝开始，大家才把它给提了出来。到了民国时期，因为闻一多这些人的热爱，于是就变得越来越火，最后成为一首最著名的唐诗，甚至给它冠了一个名字，叫“孤篇冠全唐”。张若虚这哥们儿就写了这么一“孤篇”，但是“冠全唐”。当然了，写得很好，“春江潮水连海平，海上明月共潮生。滟滟随波千万里，何处春江无月明。”当然它还有最著名的几句punchline（点睛之语），“人生代代无穷已，江月年年只相似。不知江月待何人，但见长江送流水。”后来被无数的戏曲、小说、对联等等改编成无数基本相同的意象。所以《春江花月夜》现在在唐诗里变成了很著名的一首，就像后来的这首《春江花月夜》的曲子一样。非常建议大家听一听，用来当胎教音乐听也是不错的！

《十面埋伏》

第五名，也是大概今天的人听过最多的一首琵琶曲，或者叫中国的古曲，就是著名的《十面埋伏》。这个太有名了，《十面埋伏》的故事大家就太耳熟能详了，韩信在垓下最终打败了霸王项羽，然后霸王别姬，乌骓投江，最后霸王乌江自刎。留下了各种千古传说，“至今思项羽，不肯过江东”。这个流传千古的壮烈的故事，最后变成了这样一首琵琶曲。这首琵琶曲是个套曲，也比较长，但一点儿都不无聊。一把琵琶奏出来的声音，基本相当于西洋的大交响乐才能奏出的那个劲儿，代表了琵琶曲的最高水平，中间有战马嘶鸣，以及打仗的场景，非常壮烈。轻的时候“大珠小珠落玉盘”，急的时候让人热血沸腾，非常值得听。这首曲子分了好几个部分，起承转合，上来有“列营”“点将”“排阵”，然后“埋伏”“小战”“大战”，接着就是“项王败阵”“乌江自刎”，最后“众将凯旋”，所以最终还是歌颂凯旋。一把琵琶就把需要一个交响乐队完成的好几个乐章给完成了，代表了我们中华民族音乐演奏的最高水平之一。

应该这么说，如果拿一首曲子代表中国的话，《十面埋伏》应该是当之无愧的首选。完全可以代表中国民乐，尤其是琵琶演奏的最高峰。

《平沙落雁》

中国明朝以前的音乐，基本都失传了，虽然据考证很多曲子从更早以前的时代，比如春秋时候就有，但是实际上能找得到，而且有明确记载，然后还能弹出来，还能看得懂的谱子，基本都是从明朝开始出现的。

《平沙落雁》的传说没有那么古老。有一种传说是，宋朝的时候，宋徽宗去找李师师，半天也见不着，李师师显得特别无所谓，宋徽宗进去以后还给自己起名叫赵甲，就是姓赵的头一个。那老鸨一看就知道是皇上来了，但李师师依然不为所动。当然《水浒传》里写李师师跟燕青如何如何，而且还有一种传说，她跟作曲家周邦彦也如何如何。但这些都是传说，实际上李师师比周邦彦大很多。

总而言之，这个传说很有意思，宋徽宗去见她，她明明知道是皇帝本人，也不出来见，一直到后半晌，才慵懒地走了出来，头发蓬蓬松松的，弹了一首《平沙落雁》，然后就回去了。宋徽宗很高兴，啥也没干，然后赏了她珊瑚、夜明珠之类的东西。

实际上大量的古曲都是明朝人写的，《平沙落雁》也不例外。《平沙落雁》是一首很优雅的、很闲适的曲子，也是迄今为止流传下来最多古琴谱的古曲，光琴谱就有五十多种不同的版本，各有所长，当然也不知道谁作的曲，这就是中国一直以来的问题。

总之，《平沙落雁》是流传最广，而且版本最多的一首古曲。

《梅花三弄》

我小的时候听《梅花三弄》，听的是什么呢？听的是钢琴曲，这钢琴曲有点意思，为什么我小时候能听到钢琴曲呢？

大家知道毛主席写过一首词叫《卜算子·咏梅》，其实是“和陆游”，宋朝的陆游也有一首著名的《卜算子·咏梅》：“驿外断桥边，寂寞开无主。已是黄昏独自愁，更著风和雨。无意苦争春，一任群芳妒。零落成泥碾作尘，只有香如故。”于是毛主席就和了一首，内容很积极，“俏也不争春，只把春来报。待到山花烂漫时，她在丛中笑。”当然是有各种说法，有很多背后的故事，我在这儿就不多讲了。毛主席写了这首《咏梅》后，作曲家王建中就把中国的古曲《梅花三弄》改编成了钢琴曲，就是我小时候听过的版本。

后来我才知道这是一首古曲，明朝的时候就已经记载下来了，传说原来是个笛子曲，是晋朝时候的一首著名的乐曲，而非古琴曲。东晋时期，是大门阀、大世家最有地位的时代，比如江南的王家、谢家、桓家。“旧时王谢堂前燕，飞入寻常百姓家”中的王家，其中著名的一位，王羲之的儿子王徽之，也是一大名士，而且是一狂士，狂放不羁。魏晋名士经常就是这样的，后面咱们要讲到著名的嵇康——一位极致的狂士。

大名士王徽之应邀到都城建康去，船停在码头，恰巧另一位大世家从岸上经过，这俩人不认识。桓家也是著名的大家，大家知道东晋最著名的，也是中国古代最著名的一场大战，叫淝水之战，八万东晋北府兵，大胜前秦八十万大军，当时号称九十七万，很多成语比如草木皆兵、投鞭断流等，都是从淝水之战传下来的。当时统率东晋部队的就是谢家跟桓家，谢家的谢玄、谢石，桓家的桓冲、桓伊等。所以桓伊也是一位著名的将领，是个儒将，为人温文尔雅，特别低调。所以他从岸边过，俩人不认识，但都是大世家嘛，于是旁边就有人说，这位是桓野王（桓伊，字野王）。王徽之于是就让人对桓伊说，我听说你笛子吹得很好，能不能为我演奏一曲呀？桓伊高官贵胄，但他久闻王羲之、王徽之的大名。那个时代官员不重要，大名士最重要，所以既然王徽之提了，桓伊就下车上船，坐在胡床之上，用笛子吹出了《梅花三弄》。据说这场吹奏高妙绝伦，桓伊吹完就走了，俩人一句话都没说。魏晋名士都旷达不拘礼节，磊落不着形，所以吹了一首就颠儿了。于是传下来著名的《梅花三弄》。但后来就失传了，也不知道到底是笛子曲还是箫曲，最终明朝出了古琴曲。很多年轻的朋友还不是从钢琴曲或者古琴曲知道的《梅花三弄》，而是从琼瑶的爱情小说里知道的。琼瑶的爱情小说推广了很多古典文化，从《诗经》开始，到《楚辞》，以及各种唐诗宋词里面摘录了很多东西，当作她小说的名字。“梅花三弄”也是很风雅的一个名字，后来还拍成了电视剧，火了一阵子。

年轻的朋友们在听《梅花三弄》的时候，都表示知道《梅花三弄》，大家也要知道，《梅花三弄》是一首古曲。

《广陵散》

接下来是咱们最最重要的两首千古绝唱，其实大家都已经猜出来了，几首中国古曲，最著名的还有什么呢？当然就是《广陵散》和《高山流水》了。我猜多数的年轻人，当然也不一定年轻，像我这样的，大多数人听说《广陵散》，最开始一定是因为《笑傲江湖》。回想起来，我可能差不多同时从别的地方也看到竹林七贤之一嵇康的故事，然后听说了《广陵散》。但是印象最深的当然是《笑傲江湖》的开篇，衡山派的刘正风和日月教的曲洋，原本两派势不两立，但这俩人高山流水遇知音，然后就合奏了一首《笑傲江湖》，最终双双殉友，代表了高山流水知音超过了你们这些什么正派邪派。

《笑傲江湖》就是由《广陵散》改编来的，《广陵散》也因《笑傲江湖》而更加著名。当然了，我不知道金庸先生听没听过《广陵散》，按说以金庸先生深厚的国学功底，肯定是听过《广陵散》的，但是不知道为什么在《笑傲江湖》里边写道，黄钟公看《广陵散》的曲谱，说中正平和。其实《广陵散》并不中正平和，而是非常激越的，有杀伐之气，简称“不服”。因为嵇康、阮籍都是这种人，竹林七贤嘛，魏晋狂士，基本就是这个路子的人。所以《广陵散》是一首非常铿锵激昂的琴曲。

《广陵散》说的是什么事儿呢？《广陵散》叙事性很强，分了几十段儿，从井里（聂政故乡）开始讲，取韩、亡身、含志、烈妇、沉名、投剑等，整个就是一武侠片的故事。当然了，这武侠片不是《笑傲江湖》。据《史记·刺客列传》里的记载，聂政是齐国著名的勇士，韩国大臣严仲子与相国侠累有仇，就试图用重金收买聂政去刺杀侠累。聂政本是“屠狗辈”，因为要赡养老母，就拒绝了严仲子的厚礼。聂政的母亲后来离世了，聂政安葬母亲之后，就找到严仲子说，我本来是个市井之徒，但是像你这种诸侯卿相，不远千里，这么看重我，“士为知己者死”，所以我要回报你。春秋战国时期的人就这样，没什么理由。其实本来的故事就是这样的，《史记》里就这么写的，就是因为“你看重我，我就为你死”。所以这也是这个故事后来被人改编的原因。

严仲子请聂政去刺杀侠累，侠累是韩国国君的叔父，所以防卫也多，很难刺杀成功。但是聂政仗剑直入他们家，冲出府中大量侍卫的团团包围，还是刺杀了侠累。《史记》当然很简略，写道：“聂政直入，上阶刺杀侠累，左右大乱。聂政大呼，所击杀者数十人……”最壮烈的是，聂政最后把剑指向自己，剺面、剜眼、剖腹，就是为了让人认不出自己，省得连累那么看重他的严仲子。最后他被暴尸于市，韩国悬赏千金说谁能认识这个人。他姐姐聂荣听说了，就觉得是自己弟弟，去了发现果然是，于是大哭，对所有人说，这是我弟弟聂政，严仲子买凶杀人，让他来杀侠累，他这样做是为了避免连累我。所以他姐姐以为聂政是怕连累她，其实他是怕连累对他有知遇之恩的严仲子，最后聂荣也就哀号而死。

这就是史记里的记载。当然后来的人们为了把这事儿弄得更合理一点，就改编了，编成说是聂政的爸爸为韩王铸剑，交剑的时间晚了，所以被杀，聂政就为父报仇。韩王喜欢听琴，聂政为了报仇，上山刻苦学琴十年（故事很浪漫）。这故事谁写的呢？就是咱们讲《胡笳十八拍》的时候讲到的，蔡文姬她爸蔡邕。这就是蔡邕写在《琴操》里的一个故事，说聂政怎么苦学十年琴，而且漆身吞炭，就是把身子涂了，又吞炭改变自己的声音，让谁都认不出他。然后就跑到韩国离宫不远的地方，在那弹琴，琴声响起时，行人止步，马也不走了……

韩王后来把聂政召进宫演奏，聂政趁其不备，从琴里抽出匕首刺死韩王，为了不连累自己的母亲，于是毁容等等。当然《史记》里的记载更真实，蔡邕的《琴操》里，把它改编成了这么一个浪漫的为父报仇的故事。

《广陵散》写的就是这个故事，所以分了好多段，起承转合，完全可以拍成一部电影。

关于《广陵散》更著名的故事就是，嵇康临死之前，《广陵散》终成绝唱，嵇康不是狂士嘛，得罪了各种人，最终还得罪了司马昭。当然了，是得罪了司马昭下面的钟会，就是最后平蜀的钟会，跟姜维一块被杀的钟会。钟会鼓动司马昭杀了嵇康，大辟于市，大辟就是死刑。大名士嵇康临终之前，在刑场上“神气不变，索琴弹之”。那时候还行，死刑执行之前还能给你把琴，长弹一曲。曲终，嵇康说：“袁孝尼尝请学此散，吾靳固不与，《广陵散》于今绝矣。”（从前袁孝尼曾跟我学习《广陵散》，我每每吝惜而固守，所以没有教他。现在，《广陵散》要失传了。）袁孝尼就是嵇康的外甥。

尽管三千名太学生集体请愿，请求赦免嵇康，并要求拜他为师，嵇康最终还是被杀了，于是《广陵散》就绝了。所以后来怎么传下来的，这是个问题。虽然唐朝有人提到这个谱子，但是最终找到这个谱子，依然是在《神奇秘谱》里，《神奇秘谱》就是明朝一个著名的古琴谱集，明太祖之子朱权编纂而成，所以朱家还是有风雅的人的。但是呢，这个古琴谱不像西方的谱有旋律有节奏，它没节奏，通常就是师父教徒弟，两人对着弹，然后把这意境传给你。当然了，也有一定的道理，西方那种记了节奏的谱子，那岂不是固定的吗？怎么发挥呀？咱们把琴当成一种风雅，文人名士的东西，一定要按照自己当时的感觉、当时的气场去弹。所以它就没记这么细，如果没人教你，你光看谱子是不会弹的。所以即使谱子有，后来也不知道怎么弹了，一直到中华人民共和国成立后，有古琴名家把它给译奏出来了，就是想了好多办法把它翻译出来。最逗的是，翻译出来以后才发现，琴弦还得重新调音。当然了，有些特别神奇的吉他曲，吉他六根弦定的音也都要变。

弹《广陵散》的时候，琴弦跟平时不一样，1 弦跟 2 弦的音是一样的，以便弹奏低音的时候，两根弦同时弹，产生强烈的那种铿锵的效果。

总之，聂政跟嵇康两位的鲜血，凝成了《广陵散》这样一首著名的千古绝唱。

《高山流水》

人人熟知的《高山流水》，它的故事流传千古，当然是传说，我也不太相信它是真的。咱们之前讲另外一首名曲《渔樵问答》时讲过，“渔樵”是中国文化很重要的符号。《高山流水》是俞伯牙和钟子期的故事，俞伯牙精通琴艺，钟子期是一樵夫，当然俞伯牙有没有在船上钓鱼咱们就不知道了。总之，就是俞伯牙弹琴，樵夫钟子期冒出来说，我懂你的琴，你的琴是伏羲氏做的。然后讲这把琴是怎么怎么做的，又说这木头上段音质不好，下段音质也不好，只取中段为好，“清浊相济”。就像咱们说用火电录音，用水电录音，还是用核电录音一样，确实有点儿过了。钟子期接着说到琴弦，“金木水火土”，然后各种传说，文王添一弦，武王添一弦，等等，就不说了。

还有就是，俞伯牙奏“高山”，他也没说要奏什么，结果钟子期听懂了，“善哉，峨峨兮若泰山。”俞伯牙又奏“流水”，他也没说奏“流水”，钟子期又听懂了，“善哉，洋洋兮若江河。”俞伯牙非常感动，俩人约定第二年中秋继续在这儿约会。结果第二年钟子期就死了，俞伯牙于是终身不弹琴，一刀断弦，把琴也砸了。

就是这么一个传说，琴谱当然就没能传下来，也是后人把这琴谱给做了出来。

《高山流水》是中国古曲里最最著名的一首。1977 年的时候，人类发射了一个叫“旅行者”的飞船，飞向太空，现在已经飞出太阳系了，虽然跟“三体”不能比，但也努力地飞出去了。当时为了向宇宙的高级生物传递人类文明，于是就录了一张金唱片。这张唱片里灌进了人类各种各样的声音，就包括中国的《高山流水》，包括人类的55种不同语言发出来的问候，就是“你好”“hello”之类的，其中有4种语言是中国的语言。当然也放进去了100多张人类和地球的各种照片。这张唱片据说可以保存10亿年，因为是一张镀金唱片。

总而言之，《高山流水》代表中国，不但向全世界，而且向宇宙，奏响了中国的古琴。

四大家族

> 西方的家谱非常严格，同姓的人不多。中国是反过来的，名字成千上万，叫什么的都有，但姓就那么多。

李　氏

咱们的排行榜接下来聊点儿什么呢？聊聊我们的姓氏吧！这个是跟大家都息息相关的，但是百家姓聊起来有点儿太长了，一年都不够聊。所以我挑了一个小小的主题，我觉得很有意思。我挑了中国历史上流传到今天的“四大家族”，当然了，中国历史上家族很多，从门阀时代开始流传下来大量的家族，每一个都能上溯到春秋时期，所以大家说姓王的、姓李的、姓陈的、姓杨的、姓钱的，都能找到自己祖上最光荣的族谱。

挑来挑去，我觉得有四家，或者叫四个姓，非常值得跟大家聊一聊。因为这四个家族实在是英才辈出。

先聊一个目前全中国人口最多的姓氏：李。大概得有一亿多人吧，可能现在都不止一亿。李姓有那么几大家族，其中最大的一家，也是最厉害的一家叫陇西李氏。陇西就是现在的甘肃，拥有各种灿烂的文化。李氏文化是甘肃重要的文化之一，甚至跟敦煌齐名。陇西李氏也能上溯到很久远的时代，最早是从秦代开始，秦代设陇西郡，为李姓郡望，陇西李氏就是这么来的。陇西郡前面的李姓就不说了，当个郡首之类的，不是什么大角色。第一个出大名的陇西李氏，就是秦国大将李信。大家看《东周列国志》，什么“秦王扫六合”，秦国晚期最最重要的名将就是白起、王翦、李信。李信比他们晚一点，但是正赶上最容易立功的“扫六合”的时候，李信灭燕、灭齐、灭赵都有功，灭楚时被打败过，被项羽他爷爷项燕打败过。李信最大的一功是灭燕的时候立的。因为你想秦王最大的仇人是谁呀？太子丹！燕太子丹派了荆轲去刺秦王。“风萧萧兮易水寒，壮士一去兮不复还”，这仇必须得报。所以李信一直追，占领了燕国的首都蓟，就是现在的北京之后，继续追到辽东，最后把太子丹的脑袋给拿了回来。这可是替秦王报了大仇，立了大功。所以李信是秦国最后统一六国的重要的将领之一，也是陇西李氏第一个名扬天下的名将。

陇西李氏在很长时间内，一直到很晚出现文人之前，一直是军事贵族世家，一直打仗，一直靠战功闻名。秦之后到了汉朝，又出现了大名将，李广、李陵爷孙俩。当然这爷孙俩的命运和后世评价完全不一样。李广是永远出现在诗词歌赋里，为人歌颂的大英雄。“但使龙城飞将在，不教胡马度阴山”“冯唐易老，李广难封”等等，都是对李广的长叹、赞扬，因为他一直坚贞不屈，跟匈奴打。那时候匈奴强大，大家想想当时卫青、霍去病这种皇亲国戚也都是大将。李广经常统率偏师、步兵，曾经被匈奴包围了，负伤被俘，被放在两匹马中间，趁匈奴不注意，抢了匹马又跑了。再次伐匈奴时自己又迷路，自尽而死，殉了王朝，所以一直被歌颂。《史记》里司马迁给予李广高度评价：“桃李不言，下自成蹊。”还有“射石搏虎”的典故，都是民间传颂的关于这位大英雄的事迹，说他有次出猎，看到草丛中的一块石头，以为是老虎，张弓而射，一箭射去，整个箭头都射进了石头里。总而言之，李广受到的是各种歌颂。

但他的儿子就比较惨了，他儿子认为李广是被卫青给陷害了，于是就揍了卫青。卫青胸怀宽广，虽然是外戚，而且外戚毕竟也很威风，但他还是隐瞒了，没说李广儿子揍他这事。可卫青的外甥霍去病就不干了，趁打猎时把李广的儿子给射死了。

李广的孙子李陵就更倒霉一点，李陵当然也很有名，有各种诗词歌赋提及李陵，李陵也是被匈奴包围后，苦战而无法脱险，最后无颜面回朝，就投降了匈奴。陇西李氏世代皆名将，因此李陵投降匈奴后，匈奴还是觉得李陵太厉害了，于是单于又把女儿嫁给他。后来他们家一支就改姓了，改姓叫拓跋。因为据说是娶了拓跋氏妻子，那边鲜卑又姓母姓，当然这些已经难以考证了。但是能考证的就是，一直到南北朝的时候，拓跋氏君临天下，北朝嘛，从北魏开始改汉姓，拓跋氏改姓元。李氏后代又恢复了李姓，西魏北周时期八柱国、十二将军之一的李远，及其兄李贤，就是李陵的后代，也立下了各种战功。但是，这个时候出现了陇西李氏的另一支。这个有点意思，十二将军不是最厉害的。北朝当时最厉害的将军是八柱国。尤其是八柱国之一的独孤信，我之前在视频节目里讲过，这个独孤氏生了一堆皇后，西安博物馆里有著名的独孤氏的印，多达十几面，官衔太多！

八柱国里还有一个叫李虎的人。李虎挺有名的，他的孙子就是李渊，李渊的儿子就是李世民，父子建立了唐朝。当然了，他们一直说自己就是陇西李氏的后代，于是又把陇西李氏封成天下第一姓，还做了宗谱等。一直以来，大家都认为他们就是陇西李氏。但是据民国时期的历史大师陈寅恪先生考证，陇西李氏没有这一支。李虎、李渊他们这一支可能是赵郡李氏，即河北另外一个李氏的旁支破落户，历史上在边疆打仗，胡汉结合后诞生的一个李氏。

五胡十六国时期，大家都得认祖先。于是他们就攀上了陇西李氏，这一支当了皇帝，就权且算他是陇西李氏的一支吧。当然了，陇西李氏的其他支也不落人后，正经的陇西李氏的其他支，在唐朝出过十个宰相。

李渊还不是陇西李氏出的第一个皇帝，陇西李氏出的第一个皇帝比他要早，五胡十六国时代，有一个国叫西凉，西凉国的创建者李暠，他就是陇西李氏。所以陇西李氏在那个时候就真正当过皇帝，后来唐朝当了皇帝的李氏，自己认祖归宗，说我就是陇西李氏，那就是陇西李氏吧。

唐朝除了皇帝这一支李氏，正经的陇西李氏出了文武各种厉害角色，“武”出了李靖。唐初的大将李靖，战功卓著，被民间传颂，最后他就成了“托塔李天王”。大家看到庙里的托塔李天王，就是跟孙悟空狠斗的那个天兵天将总指挥托塔李天王，那就是李靖。那就是陇西李氏的后代。

“文”可就厉害了。十个宰相不重要。对我这种文艺青年来说，最重要的是出了几个大诗人。大诗人李贺，大家都知道，这还不是最重要的，晚唐大诗人李商隐可就太著名了。“春蚕到死丝方尽，蜡炬成灰泪始干”“君问归期未有期，巴山夜雨涨秋池”……李商隐的诗可太多了。《巴山夜雨》后来还拍成了一部著名的文艺电影。当然，李商隐到底是真正的陇西李氏，还是李虎、李渊、李世民他们家的远房宗亲，有待考证。

还有人认为李白也是陇西李氏。这个实在难以考证，李白生在碎叶，现在已不属于中国了。当然你说陇西李氏往西，再往西，西到碎叶去有一支是不是也有可能？也有可能吧，但是李白之“李”毕竟存疑。

不过陇西李氏的大文人还没完事儿。

李煜就不多讲了。因为“文青手册”专门用了一期去讲李煜，而且李煜大家都太熟悉了，只需记住，李煜也是陇西李氏的后代。

从唐朝开始，李氏基本上就从靠打仗建立战功的将军世家，变成了文人世家。这大概也是所有大师家族的演变过程。通常都是从战功开始，然后家里有钱了，有钱、有地位后，教育孩子，孩子越教育越好，越来越不能打仗，却越来越能写诗，所以就养出一大堆文人。李煜之后的宋朝，陇西李氏还是出了很多名人。

比如著名的白鹿洞书院的李凡。当然，很早以前就有一支陇西李氏，他们隐居读书，但是老随身带着一只白鹿，所以就叫白鹿洞。

白鹿洞书院跟岳麓书院等并称中国四大书院，但白鹿洞书院真正兴起，是朱熹将其重修，入院开讲，自任洞主之后。朱熹之后，就传给了李凡，李凡就是陇西李氏的传人。大概宋朝以后，陇西李氏就越来越广了，中国一亿多人姓李，可能有一小半儿——好几千万人，都说自己是陇西李氏的后代。

所以再往后就越来越难考证了，因为分布太广了，今天大量的李氏后代，咱们姓李的兄弟姐妹们说自己是陇西李氏，然后就供着咱们的陇西堂，当然还有赵郡李氏等等那么几个。但是最最著名的，李氏的光荣，就是陇西李氏。

杨　氏

四大家族排行榜要说到杨氏了。

大概天下杨氏，只要家里有族谱，通常都会追溯到弘农杨氏。弘农杨氏应该说是杨氏家族里最显赫的一支。今天的杨氏都说自己是弘农杨氏，或称华阴杨氏，源远流长，比较复杂。

弘农大概是在秦汉函谷关的旁边，就是现在河南的灵宝，可能陕西也有一点。那个时候的大氏族通常都是在关陇，以及陕西到河南一带。弘农杨氏在族谱里有的把自己上溯到尧舜禹时期，有的上溯到春秋时期，当时是“放羊”的“羊”。但是真正比较可考的弘农杨氏的祖先，最先开始发迹的是杨敞，西汉昭宣时期一直做到丞相。比杨敞更早的，有史书记载的弘农杨氏，就是司马迁记载的杨喜。《史记》记载垓下之围、十面埋伏，谁能杀了项羽谁就获封万户侯。这是刘邦说的。能杀项羽当然就立了大功了。但是没想到项羽最后不是被谁给杀了，而是自杀了。自杀以后汉军就冲上去抢项羽的尸体，一代霸王最后落得如此悲惨的下场。最后大概是有五个人把尸体给分了，其中有一位中下级军官叫杨喜，抢着一块，于是就被封侯了。当然没封万户侯，因为五个人都抢到了，最后封了赤泉侯，食邑一千九百户。

当然了，他的儿子、孙子都一般。但是到第四代时，他的曾孙中间就出了一个杨敞。杨敞是司马迁的女婿。司马迁虽然受了宫刑之后就不能生孩子了，但受刑之前是有孩子的，有女儿，这女儿也是女中豪杰，就嫁给了杨敞。

杨敞是干吗的呢？我在视频节目《晓说》里讲过“食神”汉宣帝，也讲过汉武帝时代的大外戚魏家、霍家，包括大美男、三朝元老霍光等。杨敞同志就是霍光的秘书出身。据史书记载，杨敞谨小慎微，优柔寡断，远没他老婆厉害。他人生中数次重大转折都跟他老婆有关。总之，杨敞就成了弘农杨氏族谱里第一个出了大名的人。

杨敞的小儿子叫杨恽。杨恽也封了侯，而且不是继承的，是他自己立功封了侯。杨恽唯一的重要事迹很有意思，是他保管了他外公司马迁的《史记》。

我在《晓说》里也讲过，《史记》《汉书》《后汉书》《三国志》——前四史都是私传史，就是自个儿写的。自己写的当然会在里面注入个人情感，比如把项羽写得那么好，而且写在“本纪”里。另外，也有对汉武帝的一些不满，包括对“腹诽之罪”的批判。当然了，司马迁受了宫刑，自然有很多不满。

私史弄好了当然名垂青史，弄不好下场会很惨，甚至满门抄斩。前四史的这几位作者，包括班固、范晔、陈寿，下场都不太好。

司马迁那么聪明的人，意识到《史记》应该先藏起来，后世再发表，出于对小外孙杨恽的信任，于是就交给了他。杨恽保管好了《史记》，最后使它见于天下，一直流传到今天，不但是史书，而且是一部辉煌的文学著作。

弘农杨氏再往后家族就越来越大了，到了东汉，出了个杨震，大名士，号称“关西孔子”。著名的“天知，地知，你知，我知”，讲的就是杨震的故事。杨震及其儿子、孙子、曾孙就是“四世三公”。大家知道袁绍他们家也是“四世三公”，当时弘农杨氏跟鲁南袁氏都是大家族。袁氏因为后边不行了，所以就没有放在咱们这四大家族里边，但是当时鲁南袁氏也是很厉害的，跟杨氏并列。弘农杨氏这“四世三公”里其中的一位，东汉献帝年间做到了太尉，叫杨彪。杨彪有一个儿子很著名，大家可能对前面这几位杨氏不太熟悉，但肯定知道杨彪的儿子，就是杨修。三国时期著名的大才子，著名的“嘴特欠”。当然了，大才子通常都是“嘴特欠”嘛！杨修耍小聪明的故事特别多，给大家讲讲，也是提醒有才的人要稍微收敛一点，不能耍小聪明，不然的话很危险呀！

先说“鸡肋”的事，很多人都耳熟能详。曹操当时在汉中跟蜀汉征伐不休，觉得赢面不大，可是撤了又难受。“护军不知进止何依”，就是护卫部队不知道依据什么通行的口令，曹操当时说了一句“鸡肋”，因为曹操正在吃鸡肋骨，就随口一说。外边的人都不知道曹操为什么把口令叫“鸡肋”，这时杨修就开始耍小聪明，猜测领导说的话。但当时他就猜出来了，说：“夫鸡肋，食之则无所得，弃之则如可惜，公归，计决矣。”什么意思呢？食之无味，弃之可惜。“公”就是曹操嘛，他打算回家了，不打了。于是大家就都明白了。

曹操当然就不高兴了，我这心里本来就不太痛快，你还完全看透了我的心思，让大家觉得我没那么英勇神武。你比领导更聪明，这可犯了大忌！

另一件是什么事呢？当然不是正史里记载的，而是在《世说新语》里记载的，就是南北朝时期的一个八卦文集，说杨修跟着曹操从曹娥碑下路过，曹娥是东汉时的一个水神，实有其人。她爸是个装神弄鬼的巫师，到江上去迎伍子胥，结果淹死了。曹娥于是投江，三天以后把她爸给捞了出来，最后就被封为水神。所以被乡人供着，有她的庙，有她的碑。碑上写了八个大字：黄绢幼妇，外孙齑臼。很奇怪的八个字。曹操问杨修："你看懂了吗？"杨修这时本不该表示自己看懂的，可他偏偏说："我看懂了。"曹操就很不高兴，说："你先别说出来，让我想想。"曹操作为大文学家，肯定不服，走了三十里地，终于想出来了，说："我已经想出来了，咱俩把它写出来。"于是杨修就写了，说黄绢，有颜色的丝，就合成了一个"绝"字；幼妇就是少女的意思，"少"和"女"合成一个"妙"字；外孙就是女儿的儿子，"女"和"子"合成一个"好"字；"齑"和"臼"又合成一个"辞"（古汉字）。所以就是"绝妙好辞"。结果曹操很不高兴，他写的跟杨修一样，于是感叹："我才华不如你多，我比你多想了三十里地。"

还有一件事，人家给曹操修房子，修完房子曹操去看，看完以后在门上写了一个"活"字就走了。别人说这什么意思呀？杨修又要起了小聪明，说："'门'里头一个'活'字念'阔'嘛！他嫌这个门太大！"于是人家就把这门给改小了。一直被杨修看出心思，曹操这样的人当然是非常不高兴的。

还有一次，有人给曹操送来一杯奶酪，那时候因为有各种西域来的胡人，所以有了奶酪这种食品。曹操吃了一点后，就在杯盖上写了一个"合"字。大家看了，谁也没明白什么意思，杨修过来拿起就吃，说："'合'就是'一人一口'嘛！每人一口，那咱们就吃了。"这个事儿又让曹操非常不高兴。当然了，这些都是小聪明，让曹操最不高兴的是，杨修其实一直辅佐曹植，每次曹操考验曹植，他都帮曹植过关。后来曹操知道是杨修在帮曹植过关，心想：你什么意思啊？我在这儿考验太子，看谁继承，结果你在这儿搞这些事儿！所以最后曹操就找了个机会把杨修宰了。

当然了，杨修之死并没有把弘农杨氏给断绝了，弘农杨氏毕竟是一大支，后来又出了帝王。有些姓氏为什么能成为大姓？其中得有人做帝王！李家有人做了唐朝帝王，唐朝之前是隋朝，隋朝的帝王就姓杨嘛，杨坚自己说自己是弘农杨氏，但大师陈寅恪考证说，杨坚其实不是弘农杨氏，而是山东寒族，因为自己成为帝王，于是伪托于弘农杨氏。就像他考证李渊其实也不是陇西李氏一样，但是一旦成为帝王，这些人就得说自己其实是大族。

考证归考证，自古以来，据杨氏家谱记载，杨坚就是弘农杨氏，他的爸爸就是八柱国之 。最逗的是，那时其实他们家已经不姓杨了，而是姓普六茹。普六茹是一个鲜卑姓，因为那是北朝，鲜卑人嘛！让大家鲜卑化，于是大家就都改了姓。咱们之前讲过，李陵他们家也改了鲜卑姓，后来又恢复了李姓。总之，杨坚最开始叫普六茹坚，当了皇帝以后才又恢复了杨姓。

杨坚和杨修的性格彻底相反。杨坚非常低调、隐忍，历经无数次考验，从来不耍小聪明。一直非常沉着地结交内臣、太监等等，最后女儿杨丽华成了北周皇后，他顺利成为皇帝的老丈人。然后就是大外戚最终如何夺权，就不多说了。

总而言之，杨坚建立了隋朝，杨姓终于出了帝王，于是成了大国姓。当然了，隋朝还有平定南朝陈的杨素，也是弘农杨氏。弘农杨氏同样文武双全，“武”的这边后来还出了宋朝时候的杨家将。但是杨家将其实没有那么多人，杨老令公没那么多孩子，杨延昭是有的，在评书里面叫杨六郎。

“文”的方面就更厉害了。弘农杨氏在唐朝依旧是大姓，唐朝有四姓联姻的“李武韦杨”，武姓就不说了，武则天。但武则天她妈其实也是弘农杨氏。韦姓是皇后出身。杨姓在唐朝出了十一个宰相，当然还出了大美女杨贵妃。

宋朝的时候，弘农杨氏还出了杨万里、杨大异等名人。后来杨氏一族越来越大，很多成名的大家都说自己是弘农杨氏，考证起来也极难。但在杨氏族谱里确实记载了很多后世的名人，比如明朝的“三杨”——杨士奇、杨荣、杨溥，大家可以看看《明朝那些事儿》，了解一下。

清朝居然还出了一个杨秀清，太平天国的东王。近代以及现当代的杨姓名人中，据族谱记载，杨虎城、杨振宁、杨绛，甚至杨利伟、杨幂，都是弘农杨氏的后代。

我觉得中国的姓氏很有意思。前有开国皇帝，然后有文有武，后世杨氏成功成名后，都说自己是弘农杨氏。各位姓杨的朋友们，把自己家的族谱拿出来看看，会看到英才辈出，这也是我们中国一个很独特的地方。因为我们的每一个姓氏，同姓的人太多了，不像西方人的姓。西方是名字就那么几个，什么David（大卫）、Peter（彼得）、Alexander（亚历山大）等，叫的人特多，但姓成千上万，所以西方的家谱非常严格，同姓的人不多。中国是反过来的，名字成千上万，叫什么的都有，但姓就那么多，“张王李赵遍地刘”。当然，中国姓的集中度没有韩国多，韩国就那么四个大姓，中国是几十个大姓，也不多，所以不同姓氏的大家经常说“我们五百年前是一家”。

杨氏的朋友们，可以查查自己的家谱，看看自己是不是弘农杨氏的后代。

陈　氏

目前在全中国排第五大姓的陈氏，据说有七千多万人，而且应该算是在海外最大的姓了。因为陈氏的历史就是一路南迁的历史，最早在中原地区，后来南迁到吴兴、江州，最后到福建等等。所以福建、台湾那边姓陈的有很多人，然后就流散海外，据说海外陈姓也有上千万人。

陈姓也有很多支，咱们主要讲的是最旺的这一支——颍川陈氏。

颍川，凡是看过咱们视频节目《晓说》的应该很熟。我讲三国时提过，三国谋士辈出，包括大家看《军师联盟》等等，三国时代最庞大的谋士集团，或者不光是谋士，应该叫最庞大的政治集团，就来自颍川。其中包括颍川最大的荀氏，荀彧、荀攸等这一大票人。陈氏在那时候没有荀氏大，那时候还有钟氏，就是灭了蜀国的钟会，还有韩家、司马家、徐家等等。《晓说》里讲了很多，所以就不讲其他这些荀氏、韩氏、钟氏了，主要讲讲发迹于颍川的陈氏大家族。

其实在这之前陈氏就很厉害。最早就有陈国嘛，这个就挺难得。所以这个姓就一直保持下来了。后来还有了陈朝，当然是颍川陈氏后代建立的。

上古时代的中国，都是封到哪儿，贵族就姓哪儿的姓，我们高家也是，原来是姜氏的一支，被封到了“高”这个地方，后来就姓高了。陈也是，封到了陈国就姓陈了。

中间关于陈氏先祖还有一段有意思的故事，叫“敬仲奔齐”。田完，字敬仲，原来姓陈，是陈国国君陈厉公的儿子。因为陈国宫廷发生内乱，陈敬仲就逃到姜姓的齐国避难，于是就改姓田了，后来姓田的取代了姓姜的。所以齐国在春秋战国时代，前期叫姜齐，后期叫田齐。

姜齐就是齐桓公这些人的时代，后来被田氏篡了以后，齐国就改姓田了。齐国被灭以后，田横五百士也殉了国。但是还有一支田氏，有个叫田轸的，就逃到了河南禹州、许昌一带，后来说咱也别再姓田了，姓田的都灭族了。于是又恢复了姓陈。最终，这一支就留在了河南颍川这个地方，并慢慢发展起来了。当然了，每个大家族到某一代总得有人起范儿，起范儿的人就被尊为这一支的老大。

颍川陈氏起范儿的这位叫陈寔，这时已到汉末了，群雄辈出的年代。陈寔他们家那时候也不太行，跟颍川其他的荀家、钟家还不能比。陈家比较寒微，但是陈寔苦读圣贤书，终于成为大儒，声名远播，让陈家彻底起范儿了，最终追上荀家、钟家、韩家，并列颍川四大家。

关于陈寔有一个著名的小故事，叫“梁上君子”，很多人都听过。陈寔家来了一个小偷，他听见了，小偷就在梁上蹲着。但是他也不报警（那时也没 110），也没干吗。然后把家里的孩子给召来，开始教育大家，说：“其实这世上没有人天生就是坏人，人心都是善的，但有些人是没办法，才成了梁上君子。”结果梁上那哥们儿一听，感动得跳了下来，也没行凶，也没杀人，而是下跪，痛哭流涕，从此改邪归正。他还跟小偷说：“穷不是问题，穷不是理由。我可以赠你两匹绢。”那时候绢就是货币。

紧接着就是三国时代，出了一个很厉害的陈群，这是颍川出来的大谋士，而且有后劲儿，一直到曹丕托孤的时候，大家想想这“仨常委”，曹真、司马懿，还有就是陈群。陈群帮助曹丕建立了九品中正制，那是中国第一次有系统的选官制。具体的《晓说》里都有讲，就不多讲了。

再往后，到了晋朝，陈家就越来越不行了。那时的大世家都是那样，逐渐衰落了。然后就南渡了。北方少数民族来了，五胡乱华，于是南渡到了吴兴，在江浙一带。南朝时候又出现了新的大氏族，“王谢堂前燕”中的王家、谢家，以及桓家等，都起来了。陈家就默默无闻，在吴兴忍着。

忍着忍着又来了一位陈家子弟，在吴兴新起来的一位叫陈霸先的帝王。这大概已经是陈寔的第十几代孙了。总之，大家族最终牛起来，一定得有人当皇上。

陈霸先那时候，陈氏在吴兴早已经是落魄贵族了。落魄贵族出身的，尤其在乱世里，往往能出现一特能打的。陈霸先特神奇，这哥们儿文武双全，这在整个南朝历史上，宋、齐、梁、陈四朝这些皇帝里，极为罕见。南朝皇帝普遍昏庸，乱七八糟的，什么样的都有。尤其是陈霸先起范儿的时候，梁武帝简直就是荒唐，一会儿把自己弄到庙里去，让群臣出一个亿的钱赎他，一会儿把钱都花在庙里的和尚身上，结果导致天下大乱。

梁就是陈之前的朝代，然后还从北朝魏叛逃来一个将领，这哥们儿叫侯景。侯景在中国历史上的评价实在是太差了，他在南朝犯下的罪恶简直滔天。侯景之乱实际上是把南朝差一点彻底给摧毁了。陈霸先就是崛起于平定侯景之乱，之后又平定了各种战乱，把一塌糊涂、摇摇欲坠的南朝给基本恢复了稳定。恢复稳定后，就开始了新的禅让故事。当然了，南朝的故事就是禅让的故事嘛！刘裕开始就是禅让的，然后一直到陈霸先，又被梁禅让，于是建立了陈朝。

汉朝皇帝姓刘，隋朝皇帝姓杨，唐朝皇帝姓李，这都是大家族。陈朝皇帝姓陈，所以陈朝也应该是中国历史上唯一一个用自家姓氏命名的朝代。尽管陈朝建国三年后陈霸先就去世了，而且由于儿子被质押在北朝，去世以后只得由侄子继位，但是由于他在梁朝主政时代，以及他在建立陈朝的期间，以自己文武双全的雄才大略，使南朝基本上恢复了稳定，所以后世对他的评价是非常高的，极尽溢美之词。说他收拾了百废待兴的江山，任贤使能，政治清明，恢复了经济，等等。

总而言之，南朝第一好皇帝就是陈霸先。但是他的侄子这一支，继承以后就不太争气，传了三十多年就被灭了。

北朝出现了雄才大略的弘农杨氏——杨坚，后来的隋文帝，再加上同样是弘农杨氏的杨素，灭掉了陈朝。陈后主陈叔宝，就被掳至长安去了。

陈叔宝有个弟弟，带着家人迁到更南的南方——江州，所以这一支颍川陈氏，从那儿开始就变成了江州陈氏。江州陈氏后来发展成中国历史上一个大奇迹，叫江州义门陈家。

其实现在海外的陈家，大多不说自己是颍川陈氏，都叫义门陈氏。义门如何如何，挂在匾上。为什么呢？义门陈氏虽然源自颍川陈氏，但是他们在义门村简直搞了一个吉尼斯世界纪录。一家子住到一起，三百多年，十五代，到宋朝时候达到三千九百口，一起生活，同炊共食，和谐共处。所以这应该能获得“世界上最庞大的一起生活的一家子”吉尼斯世界纪录。所以到了宋朝，叫“天下第一家”“天下第一门”。当时给他们送了各种各样的对联，表彰他们这一家子如何如何。最后宰相文彦博都出面了，包括包拯，都跟宋仁宗说：“他们这家族太大了，必须给他们分家。”于是皇帝下令把一家子给分开了，一直分到全国七十多个郡里去。

于是义门陈氏被分到了全国各地，之后一直还很厉害，那时候就有到福建去的。后来义门陈氏还出了一个人叫陈友谅，元末跟朱元璋争天下的陈友谅。有人说了，陈友谅其实姓谢，他是入赘了陈家。总而言之，他也是陈家其中一员。陈友谅失败以后，又有一大支去了福建。所以先后有四五次南迁，陈氏迁到福建去。

大家记得韦小宝的师父吗？叫陈永华。陈永华是郑成功最主要的谋士之一，跟着到了台湾，义门陈氏又传到台湾去了。所以大家看到台湾的陈氏，到处都挂着义门陈氏的各种各样的匾。然后又从中国的台湾和福建流散到海外，流散到东南亚、美国等等。

所以从颍川陈氏出来的义门陈氏，成为中国在海外最大的姓。义门陈氏后来还诞生了国共两党重要的人物，包括国民党的陈果夫、陈立夫、陈诚，共产党的陈独秀、陈云、陈毅、陈赓等等。到今天就数不胜数了。据说七千万姓陈的人里，有五千万是颍川陈氏的后代。虽然是第五大姓，没有姓李的人多，但是它的集中度很高。颍川陈氏占了整个陈氏的七分之五。

姓陈的朋友们，可以查查家谱，看看自己是颍川堂，还是义门陈，还是他们的分支。

钱　氏

我想来想去，这四大家族里，觉得目前最厉害的，依然声名显赫的，首推吴越钱氏。到近代、现代，还拥有那么多尊贵头衔的大氏族可太少见了，他们家到现在有一个诺贝尔奖获得者、俩外交大家、三个科学大家、四个国学大师、五个全国政协委员，据说还有十八位两院院士，当然两院扩容之后院士越来越多了。但能有十八个之多，这个太吓人了。

钱氏在古代也不落人后，虽然不如前边讲的李氏、杨氏、陈氏都出过皇帝，但钱家出过国王。而且如果他要愿意自己称帝的话，也可以算一个皇帝。李氏和杨氏这两家皇族，唐朝皇家和隋朝皇家，后来根据陈寅恪大师考证，其实不是真正的陇西李氏和弘农杨氏出身，而是攀附的，因为自己成功而攀附，所以皇帝中只有陈朝陈家算是真正的颍川陈氏。

但是陈霸先呢，虽然是陈朝皇帝，但是陈朝这个面积可真的是不大。大家知道南北朝时期，本来南朝面积就不大，其中陈朝又是南朝面积最小的。为什么呢？因为梁灭亡以后，北朝又在长江上游建了一个傀儡政权——后梁。所以南朝的宋、齐、梁、陈，宋、齐、梁其实都前进到淮河一线，包括西边也都在长江上游。唯独这陈朝，尽管在后期也夺回了一点，但主要是在长江以南，而且只有长江下游，长江上游还是后梁。以至于最后隋灭陈的时候特别容易，就从上游武汉这块直接顺流而下。因为陈没有掌握长江中上游，所以一个割据政权，说自己是皇帝那就是皇帝，说自己是国王那就是国王呗。

钱家也一样。钱家开家谱的大师，第一次起范儿的是钱镠，五代十国时期吴越国创建者。五代十国时期的梁、唐、晋、汉、周，自己也都称皇帝，可面积也没比其他几个没称帝的大国大多少。吴越国当时面积也不小，虽然没有李后主的南唐大，但也差不多包括了现在整个浙江、上海，以及苏锡常地区，最为富庶，而且往南又到福州，只不过人家没称皇帝，称了王。

钱家到后来的这些大师，大家都很熟悉了。但是钱镠这位开宗大师，大家可能不是很了解。百家姓是宋朝的时候定的，“赵、钱、孙、李”，第一位肯定得是赵家人，为什么“钱”排第二？就是因为钱镠。

钱镠这哥们儿生下来时长得有些怪异，当然，谁也没见过他的照片。古代都是这样，只要这个人未来当了帝王，生下来时肯定有异象，比如天上出现霞光等。他生下来时长得倍儿怪，他爸觉得不祥，就把他扔井里了，他奶奶因为心疼，就偷偷摸摸把他从井里给捞了出来，所以他的乳名就叫婆留，就是婆婆给留下来的。

钱镠当然跟所有的开宗大腕儿一样，主要都是靠军功。因为靠文是爬不到那么高的，尤其当国王和皇帝，那一定得靠武。钱镠先是当偏将，在浙江平叛。唐朝末年，除了军阀割据，节度使乱打以外，还有黄巢领导的大规模起义，或者叫作乱。黄巢最著名的就是一路吃人肉，说：“别人得雇人运军粮，我不用雇人运军粮，我的军粮自己会走路。”一边到处烧杀抢掠，一边拴着几十万百姓走到哪儿饿了就吃人。这就是黄巢，特别可怕。从南到北，从东到西，把中国纵横贯穿一个透。从长安一直到广州，东边到杭州，搞得一塌糊涂。“满城尽带黄金甲”，就是黄巢当年考试没考上，发誓要报复所有人而写的。

钱镠本身是个小盐贩子，最后在唐朝天下大乱的时候从军。黄巢也是盐贩子出身，所以挺有意思的，这两个人倒没走到一块去。黄巢打到杭州时，钱镠拼死抵抗。所以每一次站队都一定要站正确，才能名留青史，而不是遗臭万年。钱镠拼命抵抗黄巢的军队，虽然人少，但是连抵抗带虚张声势，派人跟黄巢说："此地有兵屯驻八百里。"黄巢一听吓一跳，跑了。其实八百里是那儿一地名。

钱镠在抵抗黄巢中立下了汗马功劳，最后浙江两镇就成了他的地盘。这哥们儿没啥大野心，在浙江待得挺好，稍微有一点儿像民国时期阎锡山、李宗仁那种，就在自己的地盘保境安民，搞建设、搞水利、搞农业。钱镠修了钱塘大堤，以抵挡钱塘潮。他后来的国家叫吴越国，所以他这一支就叫吴越钱氏。吴越国的水网都被他治理得井井有条，而且与民休养生息，低赋税，发展贸易，所以农业发达，据说当时没有一寸荒地。另外还和日本、契丹等地方发展了各种各样的贸易，赚了很多钱。说实在的，江浙成为中国经济的重要中心，吴越国的钱镠起了重大作用。

当然了，从孙权开始就开发吴国，但是开发程度跟后来吴越国时代的钱镠是不能比的。所以老百姓把他供起来，有点像那些政教合一的国家的领袖，比如泰国的普密蓬国王，什么制度上来都没用，老百姓就听国王的，每一次军队政变也好，只要国王一出来，就啥事儿没有。总之，在吴越国，钱镠不但是国王，而且被供为海龙王。因为他治水嘛！遗爱人间，以至于宋朝建立以后，靠政变上台的赵匡胤灭了好几个国家，五代十国他灭了有七八个，包括南唐，其实都打了一下，当然南唐后主后来投降了，但是吴越国最后就没有打。吴越国当时的国王是钱镠的孙子，叫钱弘俶，最后纳土归宋，按今天最流行的话，叫"实现了祖国的和平统一"。

宋朝皇家为了表彰接受和平统一的钱氏，百家姓里将"钱"放在第二位。比"孙"和"李"俩后宫的姓还靠前。钱家不但百家姓排第二，还拥有一个著名的丹书铁券。因为钱镠平叛有功，唐昭宗就赏了他一个铁券，现藏中国历史博物馆。上面写着"卿恕九死，子孙免三死。或犯常刑，有司不得加责"。就是钱镠本人犯九次死罪都免死，子孙犯三次死罪可免死，普通的罪行可以免责。这就是免死金牌，大家在评书里也听过很多次，这是真的。

这个铁券在各朝各代都是国宝级的东西。在宋朝年间还被朝廷拿走了，一直到宋仁宗期间，才又把它还给了钱家。后来元军入侵，铁券遗失，直到元代，被渔夫从水里捞出。大家可以去中国历史博物馆看看，虽然有锈，而且有的字都快磨没了，但还能看得出来。这是因为明朝有个“土鳖”叫朱元璋，当时得到这个铁券以后，不知道是真的假的，就磨了磨，看字儿刻得深不深，结果就把几个字给磨没了——反正他也不识字。

抗战期间，钱家为了保护这个铁券，把它藏在了井里。直到中华人民共和国成立以后，钱家把这块牌子献给了国家。

钱氏后人中，出过一个钱谦益，南明重臣，也跟柳如是发展过爱情。

钱家后来在江浙一带有多个支分布，比如无锡钱氏、吴兴钱氏、杭州钱氏等等，所以各个支的钱氏已经没法儿论辈分了，因为每一支都有自己的“八个字”“十六个字”，只能按岁数大小，大的就是叔，小的就是侄。钱穆曾经说：“我管钱钟书他爸叫叔，但钱钟书又管我叫叔。”因为他们不同支，只是同大宗，已经太久远了，所以他们没有办法论辈分。

钱家出了一个诺贝尔奖得主，钱永健，“永”字辈的。还出了两大外交家：外交部前部长、后来当国务委员的钱其琛，以及台湾的钱复。然后就是科学界的“三钱”，著名的钱学森、钱三强、钱伟长。“三钱”中有两位我小时候见过。我见过钱学森钱先生，因为钱先生的博士老师冯·卡门的博士老师普朗特，是我外婆的博士导师。虽然他们小学时是同学，读完博士回国后，钱学森得管我外婆叫师姑，所以两家关系很好。2016 年我舅舅过六十九岁大寿的时候，当年老一代的院士、科学家这些人的孩子们聚会，我也参加了，我正好就坐在钱学森先生的公子钱永刚叔叔旁边。后来我还和钱文忠成了哥们儿，有时一起吃饭、喝酒，还一块打电话给钱永刚叔叔。钱文忠教授也是钱家后代中的优秀人物之一。

钱伟长先生我也见过。咱们以前在其他节目中也讲过钱伟长先生有意思的地方。“文革”时，红卫兵考教授，当时把清华教授都抓起来，说：“考你们微积分，看你们到底会不会。”结果平均分都还很高，我的外公、外婆当时都考了八十多分。钱伟长先生不知为什么一紧张，就在考场上哭起来，说：“小将们能不能让我拿回家去做？”可见那时候学校乱成什么样，钱先生也被迫痛哭流涕。

国学大师就更多了，钱穆先生、钱钟书先生，等等，就不再一一提了。

总而言之，吴越钱氏立千年而不衰，至今依然是在世界上都有着重要影响力的家族。

十大美男

> 一个人看见了自己，就会变得很轻。

李嘉文

排行榜的开篇讲了在我心目中的十大美人，公平起见，也讲一讲我心中的十大美男。我心中的十大美男估计不能被大众女性认同，因为男性看男性和女性看男性的眼光可能重合率不高。反正我经常研究女粉丝狂热喜欢的那些男性，发现我能喜欢其中大概 20% 吧。有时候我跟人说："这人长得特帅。"女生都流露出无语的表情。

但是我也不能编，我只能按照我自己心里想的说一下我心中的十大美男，不知是跟男生契合得多还是跟女生契合得多。还是跟十大美人一样，不管是真实的历史中有的人，还是文艺作品中有的人，甭管真的假的，甭管是他本人还是他演的角色，主要说的还是在我心里留下烙印的人，当我恶毒地想起美男的时候就想起的人。

第十名——李嘉文。认识他的人，第一暴露了年龄；第二，确实是一个记忆力超好的人。

李嘉文是我小时候看过的一个动画片中的角色。是我十几岁的时候看的一个动画片，叫作“花仙子”，给我留下了深刻的印象。那时候的日本动画片的主题歌都好听极了，从《阿童木》到《森林大帝》，从《雷欧》到《花仙子》中的歌曲都给我留下了深刻的记忆。日本的音乐是最讲究旋律的，全世界旋律最好的音乐均出自日本，包括华语音乐黄金年代的四大天王等等，他们大量的歌曲其实都是用的日本的旋律，填的中文词。所以那些旋律到现在还记在我脑海里。

花仙子长着小翘鼻子，其中还有个特别性感的角色叫“娜娜小姐”，是一位负面人物。在日本的少儿动画片中，通常性感的角色都是坏人，西方在很长时间里也是，中国还好，因为中国自古以来的文艺作品中好像对“性感”这个词儿都不是那么看重，中国更多地比较看重精神世界，但是西方以及深受西方影响的日本，居然把性感当成一个负面的东西，这是长久以来文艺作品里的一种歧视，长得性感就是坏人吗？但是娜娜小姐当然就是个坏人了……她身边还有一个有点坏的狸猫叫波奇。花仙子身边有一只猫和一只狗，分别叫咪咪和来福。重要的是有一个王子叫作李嘉文，是到最后才知道他是王子的，在文艺作品里，王子一定不能上来就说“我是王子”。每次在花仙子被娜娜小姐和波奇搞得一团糟的时候，李嘉文就会跳出来。他俩总是坐在一个心的形状上面，一人坐一边儿。李嘉文的两条大长腿给了我特别深的印象，他俩背靠背坐在那儿的样子，在我少年的心里留下了甜蜜而忧愁的影子，因为李嘉文长得实在太帅了。

日本动画行业空前发达，是它走国际化路线的一个重要的尝试跟突破，日本一直在走国际化路线，韩国其实也是，因为它们自身的市场没那么大。走国际化路线的时候发现亚洲面孔在影视方面是很吃亏的，因为不管演技有多好，人家还是觉得这是一少数民族。如果是一个白人，甭管是德国白人、法国白人、意大利白人、黑头发白人、黄头发白人还是红头发爱尔兰白人，他们就觉得是自己人，对白人的情感，爱与恨，都特别能感同身受，但是对于亚裔的人，他们就觉得那是你们的情感，你们的爱恨跟我好像不能产生共鸣，最多只能产生同情。日本发现这个问题以后，就大踏步地走上了动漫的道路。因为在动画片里，就可以把角色画成国际人，腿都长，鼻子都高，眼睛大得占了半边脸，所以日本的动画片做得非常好。

日本人有民族传统中的匠人精神，只要下决心做一件事儿，就可以做得非常好，果然日本动画片就真正地成为日本在国际化中最好最成功的文化产品。动漫中有清纯美女、性感美女，但是帅哥都差不多，其中李嘉文是迄今为止给我印象最深的一位。如果问我王子长啥样，那就是长李嘉文那样，所以他排在第十位。

佐　罗

十大美男的第十位是一个纯虚构的角色——李嘉文，第九位是一位虚构的角色和演员的合二为一，在我心目中，这俩人就是一个人，也不知道这是演员的幸福，还是演员的悲哀，很多演员就是这样的，一辈子因为一个角色深入人心，然后大家就把他当成了那个人。最早一版《红楼梦》里面那些演员，当时那么火，但是后来很难接到戏，也是因为大家一想到陈晓旭就想到林黛玉，大家把这俩人合二为一了，这可能是一种幸福，也可能是演员的遗憾。

演员阿兰·德龙跟佐罗合二为一，就是我心中的第九位美男。

在西方阿兰·德龙还有很多其他的作品，但是，在中国让大家记住他的角色主要就是佐罗。佐罗的形象也是因为阿兰·德龙而深入了中国人的心，阿兰·德龙也因为演了佐罗而成为当时最帅、最红的西方演员。

其实他还演过一个电影《黑郁金香》，里面也挺有意思，他一个人演俩角色，在《佐罗》里他也一个人有两种性格和装扮，因为佐罗就是一会儿装扮成总督，纨绔子弟、花花公子那种病恹恹的样子，一会儿又是行侠仗义、纵马横枪的侠客英雄。他一个人将两个不同的形象诠释得非常好。

而且其实应该这样讲，第九位其实还要再加上另一个人的影响，当时在中国，佐罗这个角色，被阿兰·德龙演得深入人心，还跟上海电影译制厂的一位著名的配音演员童自荣有关，因为童自荣配的佐罗的配音，简直太好了，以至于这个角色，风靡当时中国大陆。后来还看到过关于童自荣的一个采访说，他为总督纨绔子弟配音的时候，就穿着拖鞋去，懒洋洋的，蔫儿了吧唧的；他配佐罗的时候，就穿着靴子去，站在那英姿飒爽。可见配音演员也不是随随便便地坐在沙发上就可以配音的，完全把这电影又演了一遍。所以配音是一个高度创作的艺术作品，动画片就更是了，动画片里的表演都是配音演员演的，不像给电影电视剧这种由真实的人去演的作品配音，动画片的表演都是由真人完成，配音演员其实就是演员，他怎么演动画片就怎么去画，是这样的程序。

从当时到现在，在中国，佐罗都是一个大 IP。

印象中佐罗好像是西班牙人，但其实是在美国加州摆脱西班牙殖民，加入美国之前的最后一任总督的时代里的一位剑士，后来被神化成了无所不能、英雄救美、行侠仗义的一位侠客，而且还不是爱情侠客，有点像007，亲一下女性就走了，一挥鞭子就唱起了《佐罗之歌》，去下一站行侠仗义或者谈恋爱去了。

因为是大 IP，所以也拍过很多关于佐罗的电影，阿兰·德龙那个时期演的是哥伦比亚的事情。30 年过去我还记得里面的情节，拿着玉米说："一个比索，猪能吃人也能吃。"那个时候，决斗，剑给少年时代的我们留下了很深的印象，如果有衍生品，剑和面具在那时肯定卖光了。

后来安东尼·霍普金斯以及班德拉斯也都先后演过佐罗。班德拉斯其实也挺帅的，但在中国以及全世界的影响，还是不能跟阿兰·德龙相比。如果佐罗这个IP还有的话，中国电影公司应该把它买过来，拍成全球的片子，因为它的版权肯定不在某大公司手里，如果在大公司手里，佐罗应该加入超级英雄系列，改编成《佐罗大战美国队长》之类的，蝙蝠侠也一块儿来。

阿兰·德龙在20世纪是最最帅的法国演员，当然不是最好的法国演员。阿兰·德龙不是让·雷诺那类的大帅哥，他一开始都演奶油小生，后来在《黑郁金香》中饰演佐罗，那其实是他参演的少数的几个剑侠片之一。最著名的就是他跟大美女罗密·施奈德的恋情，罗密·施耐德就是《茜茜公主》的女主角，两个人订婚了但是没结。在法国过了五年美好的生活，结果有一天早上阿兰·德龙消失了，在枕头边上留了一张字条写着：爱情已逝，友谊长存。那个时候可伤害了千百万热爱罗密·施奈德的年轻人的心哪，大家都痛恨阿兰·德龙，有点儿像当时大家看到秦汉伤害了林青霞的那种恨，不光恨他的狠心，还恨他长得帅，长得帅，就可以留张纸条就走了吗？

这就是我心目中十大美男的第九名，其实是个三合一的大美男——由阿兰·德龙扮演的、童自荣配音的佐罗。

唐　璜

十大美男之第八位是谁呢？

他是一位传说中的人物，在文艺作品里多次出现，经常被唱出来、跳出来、演出来，他在西方是最有名的美男。如果问："你觉得你们历史上长得最帅的是谁？"中国人就会说潘安——"沈腰潘鬓消磨"，而西方人大部分会说唐璜。

“唐璜”这个名字代表的就是美男，当然也是一位采花大盗，跟情种还不一样，西方人说到情种，会说一个叫 Casanova（卡萨诺瓦）的意大利人，说这个人有点 casanova，就是说这个人是大情种儿。唐璜长得特帅，出身好，武功高，拥有各种吸引女人的技能，几乎是无敌的，不管是想骗什么样的女人，有老公的女人，还是教堂里的修女、国王的情妇，一律“平蹚”。

传说中唐璜是西班牙塞维利亚人，塞维利亚是欧洲那个时代非常好的城市之一，它当时有比牛津、剑桥还要古老的大学。大学这个地方，除了学习知识主要不就是用来谈恋爱的嘛，所以就诞生了很多有关塞维利亚的故事，最逗的是，大部分都是由法国人来写的。本来我打算讲戏剧的时候，专门讲一章：为什么法国人最爱写西班牙塞维利亚的故事？后来因为戏剧有点曲高和寡，就没有继续往下讲。但正好，讲美男的时候讲到唐璜了。塞维利亚出产的著名的戏剧人物，除了唐璜以外，还有著名的卡门——也是法国人比才写的《卡门》中的角色。《塞维利亚的理发师》和《费加罗婚礼》这两个是连着的故事。费加罗这个角色是塞维利亚人，但也是法国人写的。唐璜呢？法国人写过，英国人写过，德国人写过，奥地利人也写过，美国人写过还演过。

其中有几个著名的版本。首先是莫里哀写过的《唐璜》，这是最早的著名的一版，我说的法国人写唐璜说的就是莫里哀和梅里美，后来拜伦写过，《唐璜》是拜伦的大代表作，还没写完就死了。

法国人写的《唐璜》跟英国人拜伦这一版是完全相反的。莫里哀写的唐璜，就是标准的传说中的唐璜，征服各种女人，最后自己都麻木了，进了地狱。传说中有个雕像，这个雕像就是他骗过的一个美女她爸的鬼魂，他跟雕像吃晚饭，最后雕像要跟他握手，一伸手把他拉进了地狱。莫里哀这版就是依据这个传说，叫标准的 original（原本的）传说。那个时候拜伦、雪莱这些人一定要革命式地改写，于是拜伦笔下的唐璜变成了一个特别好的男性，因为帅气和善良，被各种女人喜欢，有的是无意中坠入情网，有的是有意骗。总而言之，他游荡了全欧洲，一会儿被弄到了一个希腊岛上和海盗的女儿好上了，结果海盗出现，因为不同意就把他卖到了土耳其，一会儿又受到土耳其王后的诱惑，最后又参加了俄国军队，因为在俄土战争中英勇作战，然后就受到苏沃洛夫大将以及叶卡捷琳娜二世女皇的青睐，将他派到英国。其实高潮准备来了，也是拜伦最了解，他把唐璜弄到全欧洲转了一圈最后回到英国，正准备大展宏图的时候，拜伦自己死了，所以拜伦笔下的这个唐璜就到这结束了，而且西方也没有出现高鹗这样的人，不像曹雪芹去世前只写下 80 回《红楼梦》，之后高鹗给续了 40 回。拜伦这《唐璜》没人续写，于是就搁下了。但也是拜伦著名的作品之一吧。因为拜伦最主要的是想通过唐璜的游历，把当时欧洲打破旧时代、革命新时代来临的气氛记录下来吧，所以寄予了很大的能量在里面。

莫扎特著名的《唐璜》或者叫 *Don Giovanni*（《唐·乔瓦尼》），因为西班牙语有独特的发音，跟意大利语念出来的不一样，所以莫扎特的歌剧叫“唐璜”也行，叫“唐·乔瓦尼”也可以。歌剧里还是传统的《唐璜》。

我个人最喜欢的一版《唐璜》，提起的人不是很多，就是法国大作家梅里美写的《唐璜》，写得非常深刻，既不是一个恶棍形象，也不是一个好人形象。梅里美写的《唐璜》前半部分是和其他人写的一样的，唐璜作为伯爵的儿子骗特雷莎姐妹俩，坏极了，先跟姐姐谈恋爱，后来勾引妹妹，还把她爸给杀了。唐璜在梅里美笔下的人设不但长得英俊潇洒，而且剑术无敌，从来没失败过，杀了她爸之后就逃了。他在塞维利亚有个铁哥们儿叫唐加西亚，他们一起参军辗转到了比利时前线，唐加西亚是一位彻底的无神论者，赌博喝酒，临死之前说：“办过葬礼在我的坟头上赌博，这就是我最高兴的事儿，我就是讨厌上帝。”唐加西亚怎么死的？是他们军队来了个蒙面人，谁都不知道这蒙面人从何而来，蒙面人就从背后打死了他。唐加西亚死了之后，唐璜就退伍回乡继承了他爸的伯爵、剑徽等等。有一天唐璜在那儿列单子（现在叫“集邮”），说：“我好像把所有人的女人都搞过了，鞋匠的女人、国王的女人……”写了一大篇儿。然后就来了个朋友和他聊天儿，唐璜吹牛说：“你看我已经把所有人的女人都搞过了。”

他那哥们儿就说：“没有，有一种人的女人你没搞过。”

唐璜说：“谁呀？”他说：“上帝的女人。”唐璜说：“我一定要去。”

上帝的女人就是修女嘛，所以唐璜就到修道院去了，看见一个美女，就勾引她。这个美女其实就是他最开始在塞维利亚大学时候的女人特雷莎，特雷莎看到初恋情人，居然又把持不住，计划跟他私奔，唐璜根本没认出来这就是当年的那个女孩。最后他准备从修道院去接她出来的时候，路过了一个葬礼，在原本的传说中是一个雕像，但是梅里美把雕像改成葬礼。唐璜就问别人：“这个葬礼是给谁办的？”人家说：“这是给唐璜办的。”唐璜满是好奇，这怎么会是他自己的葬礼？于是就在旁边看着，葬礼之前要历数他的一生，将他一生的罪恶都说了一遍，唐璜就顿悟了，忏悔万分之后就到修道院当苦行僧，永远在大太阳底下曝晒着干活。塞维利亚本来就很热，唐璜为了赎罪把马鬃毛衣服倒着穿在身上，用马的鬃毛扎自己。后来唐璜被封圣了，突然有一天来了一个人，就是在比利时前线杀死他的好朋友唐加西亚的那位蒙面人，这才知道，原来蒙面人跟了他们一生。蒙面人就是唐·特雷莎姐妹俩的弟弟，姐姐先是因唐璜而死，最后妹妹因为唐璜出家没有私奔成功，也死了，于是弟弟坚决要为全家报仇。

唐璜就说：“那你就杀死我吧，我现在已经是一个僧人，我愿意赎罪。”

弟弟说："我不杀你，我要跟你决斗。"

唐璜说："我不跟人决斗，我已经很久没拿过剑了，我现在是一个僧人。"

弟弟说："不行，我就要跟你决斗。"接着就骂唐璜，侮辱他，把唾沫吐在他脸上。唐璜终于忍无可忍，拿起剑来就把唐·特雷莎的弟弟杀了。她弟弟临死之前特别高兴，哈哈大笑说："我终于报了仇，你是个圣人、苦行僧，但是你杀人了，你的一生全完了，你所有的修行所有的追求，都因为你杀了人，全毁了。"因为唐璜已经成了苦行僧，他知道杀死唐璜是没有用的，于是用自己的生命去玷污已经成了圣人的唐璜，终于报了仇。我记得结尾好像是从那之后，唐璜每天让人冲他脸上啐唾沫、羞辱他、骂他等等。

很多年前看的，可能复述得不太准确。但是这一版非常精彩，故事因为有了蒙面人的角色而非常完整。再一个就是唐璜当了圣人最后被报了仇，这比一个石雕把他拖进地狱要高级得多。所以梅里美这版《唐璜》是我最最喜欢的一版《唐璜》。

好莱坞也拍过《唐璜》，这是20多年前的电影，但不是将故事背景放在过去的时代，而是放在了现代。唐璜这个角色有点精神病，是Johnny Depp（约翰尼·德普）演的，蒙着面拿着剑，完全就是唐璜的样子，长得也还行。

在十大美男里有一位叫马龙·白兰度（Marlon Brando）的演员，演过《教父》，也跟费雯·丽一块演过《欲望号街车》。更年长一些的时候，马龙·白兰度演过一个要退休的心理医生，叫Jack（杰克），讲的是Jack怎么发现了唐璜的传奇人生，以及罗生门式的故事，这个电影也叫"唐璜"。

其实关于唐璜的作品是非常多的，因为在西方他是一个家喻户晓的美男象征。

周润发

美男排行榜第七名是哪位呢?

全体华人，其实不光是华人，包括老一代东南亚的、日本的、韩国的影迷心中最帅的大帅哥之一——周润发。他演过的小马哥、许文强、“船头尺”这些角色就能代表他，变成他的外号，变成他一段时间内的名字。一段时间他叫小马哥，一段时间在内地他就是许文强。对于一个演员来说做到发哥这个水平、这个级别、这个地位，演过黄金时代的那么多好电影，这不仅是时势造就的，赶上了香港电影光芒万丈的黄金时代，也是因为他的优秀，可死而无憾地说“我曾经演过那么多经典电影”。如果正好没赶上黄金时代，赶上烂片横行或者商业片横行的时代，比如说发哥后来去好莱坞以后，正好好莱坞黄金年代过去了，全是拍续集大片等等，对这种超高演技的演员其实就没有那么大的需求。包括他后来回到内地，又赶上大家特别浮躁地拍赚钱电影的时代。后来的很多演员，倒也不是说演不到好电影，但是周润发能一下子有那么多好作品，真是幸福啊，尤其是在伟大的香港电影黄金时代。

之前我跟吴宇森、徐克聊天儿，都讲到香港那个时代，年轻人有梦想，凭一股冲劲儿就冲出来了，香港当时电影、电视剧开工量仅次于好莱坞，做成了世界第二大娱乐工业，而且没有电影学院、音乐学院、戏剧学院，只有无线培训班。发哥就是无线培训班的第三期毕业生。听着有点像黄埔军校，大家都说黄埔军校的学生特别光荣，黄埔军校其实也是短期培训，不是那种正经的四年本科学校，不像西点军校。

无线培训班培训时间跟黄埔军校差不多，大概就是一年，但是那里出了无数的人才，发哥、吴孟达，他们一个班的，后面还有梁朝伟、刘德华、苗侨伟一大票人。大家出身都挺穷苦的，“七小福”（洪金宝、成龙等七人组成的戏班）也很穷苦，李嘉诚、包玉刚出身也很苦，但是再苦好像都没有发哥这么苦的。发哥的母亲做花农和厕所清洁工，父亲开卡车、运石油，基本上从小到大，每天都得帮母亲出去卖点儿小吃补贴家用，还上不起学，上的都是砵兰街劳工子弟学校、调景岭的名媛小学。调景岭是香港黑社会的大本营，从内地逃过去的国民党败兵就是在那生活，发哥就住在那种地方，17 岁辍学，帮人擦鞋当小弟，当搬运工、酒店服务生。总而言之，苦到让人心痛，但是也苦到把自己的心智都给锻炼了出来，这个简直太厉害了。他还推销过照相机，开过出租车，我觉得对于一个做艺术的人来说，这些经历都没有白费。

一个人如果做艺术，无论是做音乐、做表演还是写作，所有这些苦，都不会白受，因为所有艺术都是生活的景象。有些人的才艺是老天爷赏饭吃，有些是祖师爷赏饭吃。发哥的表演让人一看就知道是老天爷赏饭吃。演员之间的比拼，最重要的就是拼演小人物。得影帝的角色都是小人物的角色居多，小人物是演员最爱演的，哪怕钱少也要演，因为他们觉得这个是真正考验演技的，因为大人物谁都没见过，或者见过的人少，不管怎么演大部分观众都没见过。演皇帝观众没见过，演总统观众也没见过总统在生活中啥样，但是要演个邮递员、演个出租车司机就不一样了，每个人身边都有很多这样的小人物，如果稍微有一点演不好，观众立即就能看出来，所以这才是演员拼实力拼演技时最最重要的。因此演皇帝都差不太多，但是演小人物，就像发哥演的那些经典的小人物——小马哥，尤其是我最爱的“船头尺”，这电影叫“秋天的童话”，张婉婷导演导的。因为这部电影，我很长时间都对纽约有种特别特别浪漫的想象，但是后来长大了自己去纽约待了一阵，觉得其实就那么回事。所以从电影的角度看城市，是会看出不同的东西的，“船头尺”是电影史上最经典的小人物之一。

其实发哥并没有经过多长时间的磨炼。他 25 岁演的许文强，简直是天才演员。我的女神赵雅芝、男神周润发都是出自这部电视剧。发哥的电影至少有六七部都值得再看一遍。他去了好莱坞以后的电影主要演的都不是小人物，而是泰国国土、《加勒比海盗》里的大坏蛋之类的，不会功夫的亚洲男演员非常吃亏，亚洲女演员还好，至少可以当个女二号。如果是能打的男演员——成龙、李连杰这样的还好，但是要是不能打，纯靠演技就有点亏。因为西方人首先看的是脸，觉得演技好像没那么重要，对西方人来说脸的熟悉程度、辨认度就不如自己民族的演员，西方观众看亚洲人都长得差不多，就像我们看他们一样。除非长得特别好看能让人永远都记住。

发哥是非常值得赞美的，因为他自己没有孩子，和发嫂这么多年相濡以沫。两个人把发哥挣的钱，只留下一小部分给自己的姐姐等亲人，剩下的全部捐了出去。为了能捐出去更多的钱，发哥还在努力地工作着。这是个让人非常敬佩的演员。向发哥致敬！

克拉克·盖博

十大美男之第六名，是帅到没朋友的克拉克·盖博（William Clark Gable）。要是问老一代的华人观众，好莱坞的男明星，哪位长得最帅，最有魅力？我猜首推克拉克·盖博，他应该超过了格利高里·派克（Gregory Peck）。而且那个时代是巨星时代，好莱坞整个体制就是巨星体制，一切围绕包装巨星，为巨星量身定做电影。当时还没有经纪跟制片分开的法律，演员属于制片厂，所以当然要包装巨星了，后来因为工会闹、修订法律，经纪跟制片厂必须分开，巨星时代就没有了。工会就说你代理我就不能雇用我，你雇用我就不能代理我，因为代理我是为我创造更大价值，雇用我是希望我便宜点，这俩是矛盾的。后来经纪跟制片分开以后，制片厂就说我干吗要捧你呀，捧你跟我没什么关系，巨星时代从那时候就过去了。我有时会想为什么好莱坞巨星如云，有玛丽莲·梦露、克拉克·盖博、费雯·丽、派克，每个人都在某种类型里面光芒万丈，现在却什么都没有了？其实就是因为体制，这是个很重要的问题。

在巨星时代，克拉克·盖博当然是首屈一指的巨星，跟发哥有点儿像，也是苦出身，没念书，依靠他的第一任妻子——他打杂儿的剧院的老板，也是他的经纪人，带他到好莱坞去闯荡。后来的故事就很通俗，闯荡成功后，他就娶了一个美丽的女演员隆巴德（Carole Lombard，卡罗尔·隆巴德），克拉克·盖博特别爱她，所以他虽然结过五次婚，但是最终还是葬在了隆巴德的身边。隆巴德是在“二战”期间由于飞机失事去世的。隆巴德的去世给了克拉克·盖博很大的打击，他愤而投笔从戎（也不叫投笔从戎，叫“投化妆品从戎”）。当时还没有美国空军，当时叫美国陆军航空队，其实就是美国空军的前身，后来“二战”结束以后才正式成立空军，他就到真的轰炸机上，当了观察员兼机枪手，就是那种鼓出好多个透明的玻璃包的旧式轰炸机，每个里面坐着一个观察员兼机枪手。那是很危险的职业，敌人的战斗机来打轰炸机，轰炸机机动性又差又慢，全靠里边的机枪手跟战斗机打。他为了国家也为了爱情真的上前线去奋战，最后还获颁了飞行优异十字勋章——Distinguished Flying Cross，就是高级飞行军章，一直干到少校才退役，这个简直是演员里边儿挺厉害的一个事儿。

克拉克·盖博最著名的角色是白瑞德——《乱世佳人》（《飘》）里面的男主角，跟费雯·丽两个人真是巨星之间的飙戏呀，可惜那个电影没得最佳男主角奖，他得奥斯卡最佳男主角奖的电影是早年的《一夜风流》，彻底的花花公子形象。当年那些巨星花花公子，年轻的时候是奶油小生，到老了一脸沧桑更加有魅力，他和派克等等都是这样。他大概 59 岁的时候，跟玛丽莲·梦露一起演了 *The Misfits*（《乱点鸳鸯谱》），字面意思就是不合群、不合时宜的人，结果不幸成为两位巨星的遗作，他生病去世了，玛丽莲·梦露自杀或者“被自杀”了，两位巨星一起留下了最后一部作品。如果他能活得更久，我猜科波拉（Francis Ford Coppola，弗朗西斯·福特·科波拉）选《教父》的主角时，他应该是最好的人选。但是没办法假设了，他在那个时候去世了。

一代好莱坞花美男——克拉克·盖博，我心中的十大美男第六名。

于　连

第五位是哪一位呢？

他又是一位文学中的人物，应该算是西方文学作品里著名的人物之一。唐璜也是，他先是传说中的人物，一直在民间流传，佐罗也是一样，只是唐璜连续被几位大师写成文学，写成音乐，佐罗被各种电影导演拍成了电影。但是这位是纯粹从文学大师笔下诞生的人物，也是西方文学史上从作家笔下诞生的人物里，著名的男性角色之一——于连，《红与黑》的男主角。

很多人其实不太爱看大部头的著作（其实也不是什么大部头著作），但是由于从大火的电视剧《人民的名义》里又听到了“红与黑”这个名字，这本书也随之更加被大家熟知。《人民的名义》火了不少“周边”，而且周边竟然是一些文学和历史著作，比如说《万历十五年》因此卖了好多。《人民的名义》中许亚军演的公安厅厅长那个人物，在戏里头说，他是一个“于连式的人物”。其实不光是在这个电视剧里，在很多很多中国的文艺作品里都会说，×× 是一个“于连式的人物”，就说明于连这个人物创造得有多么典型。

于连在西方文学史上的地位，有点儿像贾宝玉在中国文学史上的地位，是一个奠基式的地位，就像一说“贾宝玉式的人物”，大家就都知道这个人是个什么样的人了。当然贾宝玉和于连的性格是非常非常不一样的，甚至是相反的。于连式的人物代表的是出身低微，但长得帅又有才华，这样的人有很多都会野心膨胀，通过各种各样的手段向上流社会攀爬，在攀爬的过程中，使自己的理想和自己要出卖的东西之间有着反复的纠结和矛盾，最终他会出卖自己，走向灭亡。大家会说，这种人好像在各种各样的电影、电视剧作品里都有，他们都统一地被叫作“于连式的人物”，说明司汤达创造的这个人物是第一个这样的典型的小人物。

司汤达个人的人生，和曹雪芹有些相似。生前默默无闻，小说什么的也都不卖，比如他的《论爱情》，深刻剖析分解爱情，现在火极了，但在他生前只卖了七本。在他死后很多年，才逐渐被西方文学评论界重视，到了21世纪火到就跟红学一样，那边也有了“红学”——《红与黑》的“红学”，也就是研究司汤达的，各种各样的论文著作汗牛充栋，跟我们的“红学”有一比。

司汤达生活在一个中产阶级的家庭，母亲早逝，父亲是保守的、保皇的，他跟父亲产生了激烈的冲突。因为他生活在风起云涌的法国大革命时代，在那个时代成长起来的一代年轻人的杰出代表都是自己很聪明，读书也很好，本来应该走一条知识分子道路，却被大革命的辉煌、大革命的热血所激励，投身拿破仑军中，追随拿破仑南征北战，所以他对拿破仑是无比崇拜。这也投射到了于连身上，《红与黑》中于连最喜欢的俩人就是卢梭和拿破仑，其实就是司汤达最喜欢的两个人。

但是于连比司汤达倒霉在哪儿呢？于连没能生活在风起云涌的大革命时代，所以他没能投身光荣的拿破仑军队。而司汤达随拿破仑南征北战一直打到莫斯科，在莫斯科九死一生的大溃败中，60万拿破仑大军最终回到法国的可能只有两三万人，这中间就有司汤达。他最终还是活下来了，活下来以后当然受到很大的创伤，因为拿破仑失败了，他对复辟的波旁王朝心怀痛恨。一个革命青年，坚决离开祖国，有点像西班牙内战之后的那些左派人士，类似毕加索坚决地离开西班牙一样，司汤达坚决地离开法国，来到年轻时候曾经到过的，也准备在那读书的米兰，在那生活了一些年。所以司汤达有一些著作，实际上是讲意大利历史的，很有意思。他根据在意大利发现的很多文艺复兴时期的手稿，把它们写成了一个个短篇小说，也是他另外的重要的著作。结果在意大利呢，意大利又革命了。大家知道整个欧洲，虽然拿破仑失败了，但是拿破仑埋下了革命的火种，叫作“星星之火，可以燎原”。所以拿破仑虽然远远地去了南大西洋的圣赫勒拿小岛上生活，但是他播下的火种，在全欧洲的年轻人心中燃烧起来，整个欧洲在拿破仑之后发起了前赴后继的革命。这个非常令人感动，大家看很多很多当时的作品，感觉当时法国主要的工作就是，每隔一段时间，大家就筑起街垒，然后拿起刀枪和各种各样的反动派做斗争，所以大家看《巴黎圣母院》《悲惨世界》，包括司汤达的《红与黑》，从巴黎到维也纳，从柏林到米兰，一直到莫斯科到圣彼得堡，全欧洲的年轻知识分子奋起革命。司汤达在意大利革命之后被驱逐了，又回到了法国，在法国过完最后穷困潦倒的人生。在四五十岁的时候写了著名的《红与黑》，最后在五十几岁的穷困潦倒中去世了。

《红与黑》应该是西方重要的文学流派之一——批判现实主义的奠基之作。后来批判现实主义成长为西方文学的一片最壮大的森林。

简单说，于连就这么一个典型人物，但是司汤达写的没有这么简单。于连长得很帅，司汤达笔下的男主角都长得很帅，可能他自己长得还行，但是他死的时候好像没留下照片，大概他死了没几年照相技术就问世了，所以不知道司汤达长啥样。他特别爱写文弱、“鲜肉”的那种帅，还不是雨果笔下英俊的勇往直前的那种帅，不是《悲惨世界》里的大学生，不是《巴黎圣母院》里那些英俊的军官、年轻人、牧师那种帅，司汤达笔下的主角都是病态的、瘦弱的，听起来很像如今中国或者韩国“小鲜肉”的那种帅哥。

《红与黑》中于连的人生，简单说就是，他先到一个市长家里去做家庭教师，应该不能说和市长夫人产生了爱情。他比较复杂，所以他才成为经典人物，是他的自尊超过了他的所有的其他，包括爱情。他的一生就是在他的这个自尊中间度过。有点像潘金莲，长得好看，但出身低微，所以潘金莲的自尊超过了她的爱情。我说的不是《水浒传》，是《金瓶梅》。有点像很多很多这样的人物，茶花女等等，所以他其实是被自尊心驱使，或者叫被自卑感驱使，这俩东西其实是一体的两面，在一个非常好的文学人物身上，通常会感觉到自尊心和自卑感是相辅相成的，自卑感越大，自尊心就越大，所以于连出于这种心理，征服了市长夫人。《红与黑》中细节都写得很好，比如说于连碰到了市长夫人的手，市长夫人马上就把手给抽开了，他立刻觉得自尊心受到了严重的伤害，于是“色胆包天”，或者叫“自尊心包天”，一把抓住了市长夫人的手，最终获得了市长夫人的感情，而且还挺激烈。一个贵族的中年妇女爱上一个年轻的知识分子，肯定是很激烈的。但是为避免事情败露，于连又跑到神学院学习，后来又到一个贵族家里当秘书，贵族小姐又爱上了他。这是一个经典人设，一个中年的贵族妇女和一个贵族小姐，同时爱上一个出身低微的大帅哥，这个人设后来被投射到很多电影里。甚至很多电影里，把这两个经典的女性角色变成了母女俩，但是司汤达那时候还没敢将她们变成母女俩。最后在这种复杂的三角感情里，于连被毁灭了，因为市长夫人出于嫉妒，最后疯狂地告发了他，他也疯狂了，在教堂里企图打死市长夫人，但由于他对那段感情还是有很多眷恋，于是非常矛盾，最后并没有打死市长夫人，而是打伤了她。于连被判处死刑，也没有为自己辩护，他觉得他的人生，就应该在那个时候走到尽头。最后特别精彩，于连被判死刑之前有大量的心理描写，包括他在法庭上的发言。《红与黑》是一部开创了大量的心理描写的现实主义小说。巴尔扎克时代那些相当于是客观记录，《人间喜剧》里也没有大量的心理描写，“于连式的人物”在巴尔扎克的小说里还没有出现过，所以司汤达的贡献是巨大的。

大家应该把《红与黑》看一看，有些书其实不太推荐大家看，因为名著汗牛充栋，但是《红与黑》还是非常值得看的，它大概是人内心深处的两个最基本的色彩，可能是人的有爱的红的心和充满了愤怒、充满了妒忌的那个黑的心。当然也有人说它其实是两件衣服，就是在拿破仑军队里的那个红色的军装，以及牧师要穿上的那个黑色的袍子。关于“红与黑”有各种各样的说法，总而言之，“红”与“黑”这两个东西是每个人心里都有的，这部小说还是非常值得读一读。

张国荣

美男排行榜第四名——张国荣。

我想了很久应该怎么来谈张国荣这个人，每一年纪念他的时候，大家都会把他的音乐、他的电影、他的人生仔细地梳理，所以我想来想去就不再讲他本人和他的成就了，讲讲我对艺术家的看法。

我觉得在艺术的历史上，张国荣当然是当之无愧的艺术家，无论是他的音乐才华、电影才华，他的创作，还是他的时尚，他整个人其实就是一件完美的艺术品。全世界无论是什么样的媒体，CNN或者《泰晤士报》等等，无论是全球最高的电影节，还是全球评选的最好的音乐人，都说他是一位艺术家。

我觉得张国荣是个特别典型的艺术家。艺人跟艺术家之间有一个重要的分界就是能不能看见自己，能不能听见自己。有很多艺人其实也还很好，他们可以表达很多，可以宣泄很多，可以输出很多，但是“看见自己”是从艺人到艺术家过渡中一个重要的分水岭。看见自己，不是指看见自己的作品，而是看见自己本身在尘世中的沉浮、在滚滚红尘中的样子，而且是冷冷地看着自己。无论管这叫“他我”还是叫“本我”，或者“镜像”这些高深的词语，其意思就是看见了自己。一个人看见了自己，就会变得很轻。一个艺人向艺术家过渡的时候，他会变得越来越轻，变得遗世独立，变得凭虚御风，观众看不见他使劲。没有达到这个境界的人，观众就老觉得他在使劲，有的时候劲儿使对了，还不错；有时候劲儿一下没使对，就觉得哪儿拧巴了一下。

进入艺术家境界以后，他会变得越来越轻，重量感越来越小，变成气质一样的东西，无论看他的表演，还是听他的音乐，哪怕是劲歌劲舞，观众也不会感觉到他很拙很用力，哪怕他演的是程蝶衣这样很重很重的戏，观众也觉得他凭虚御风。有个视频，里面张国荣穿着军大衣抽着烟，在《霸王别姬》的片场里，跟京剧的老艺术家学两招，很多从小学习京剧的人，那是童子功啊，都没能达到张国荣的境界。不从专业角度去评论他，但是他随手一动，就让观众立刻就感觉到轻，会感到他的气质在漂浮，那个感觉实在是太好了。我常说“老天爷赏饭”之类的比喻，他已经不止这个境界了，包括他自己写的歌也是。我跟张国荣不认识，我们离得最近的一次是黄磊跟他演戏——《夜半歌声》，黄磊回来后在电影学院宿舍里给我唱张国荣写的歌，那首歌没有用任何伴奏，通过黄磊的“破嗓子”唱出来后，还是依然能感觉到那种凭虚御风的轻。

从艺人到艺术家分成这么几个小阶段：首先叫作“表达”，如果连这个都做不到，那艺人也不够格。然后叫“忘我”，能做到“忘我”已经是非常好的艺人，如果从“忘我”到了“看见自己”，那就进入艺术家的境界了。

当然了，艺术家的境界很痛苦，因为如果一个人看见了自己，你看见的当然比别人看见的多得多；看不见自己的人，可能一生都不会痛苦，因为他只看见了别人看见的自己，只在意别人看见的自己。像张国荣这样的人，已经做到了大满贯，只要他一出现，就没有失败过，只要他出现，就永远在第一的位置，他有什么可痛苦的呢？但是回溯历史上这些艺术家，迈克尔·杰克逊、凡·高……凡·高绝对不是因为生活清贫，或者是创作没卖出去而自杀的，那样的艺术家、画家有很多，不至于自杀，而是因为他们看见了自己，看见自己的软弱、看见自己的渺小、看见自己的孤独、看见自己在路上行走、看见自己身边没有人，只看见自己一个人在风里走，因此导致的痛苦是没有办法解决的。他们不是因为匮乏感而痛苦，如果是因为缺乏什么而痛苦，那太好解决了，缺乏什么把什么补上就好了，但是一个人看见自己，就会感受到那种孤单，感受到那种寒冷是没有办法替代的，是没有办法解决的。所以他最后选择了那样的道路。我觉得没有必要从任何其他的事情去分析，一个艺术家在看见了自己以后，他知道自己应该去向何方。

2012 年，张国荣去世九周年的时候，我在微博里写的一段话，今天看到依然觉得很感动：

> 我猜你在空中看见了彩虹，七八缕不一样的烟火，你必定笑了，心愿已完成，带着你飞奔去永恒，你最后一个电话打给经纪人，让她接你，她以为会在门口遇见你，没想到在窗口。你在空中必定看见她了，你笑了。知道她会尽忠，不让一张临行的照片流传于世，你做腻了江湖儿女，但也没地方可去，那里除了远，都好吧！

扫码听高晓松对张国荣深情寄语，及亲自作曲的歌曲《哥哥》

马龙·白兰度

十大美男排行榜第三名——马龙·白兰度，不知道年轻一代的观众还知不知道他，对于中年人以及往上的观众当然是不用说了，对于文艺青年更不用说了，如果连马龙·白兰度都不知道，就完全不能把自己称为一个文青。

应该这么说，马龙·白兰度是好莱坞历史上长得最帅的演技派大演员。因为好莱坞历史上演技派演员通常是一些小个子，长得也不那么帅，比如罗伯特·德尼罗、阿尔·帕西诺，听着就是叫着意大利名字的那种小个儿、黑发男性，或者是亨弗莱·鲍嘉、克拉克·盖博，演技不错，但是克拉克·盖博死得早了点，他在晚年没有演到一个像《教父》一样的作品。所以演员还是要活得长一点，马龙·白兰度活了八十岁之久，派克总的来说应该算是一个商业片演员，所以他没有戏剧舞台出身的马龙·白兰度这种演技，而且马龙·白兰度从青年一直到老年这演技始终是好莱坞最一线的，长得又那么好。其实马龙·白兰度长得比克拉克·盖博、派克都要更漂亮一点，因为他清秀，他年轻的时候简直就是“小鲜肉”，就是大家看这人长的样子，根本不认为他会演戏，因为大家认为会演戏的一定不会长这么漂亮。中国一直到现在大家还持这种态度，导致长得帅的演员都很痛苦，特别想干的一件事儿，就是演脸上有刀疤的人，或者演一个瘸子，或者演一瞎子。因为如果长得帅还演一个正常人基本不会得奖，所以他们演的角色就拼命地往自己脸上泼硫酸、抠眼珠子什么之类的。但是看看阿尔·帕西诺在《闻香识女人》里的表演就可以知道，瞎子也不好演。

“马龙·白兰度”这个名字翻译得很好，“克拉克·盖博”这个名字完全没有什么感觉，而“马龙·白兰度”这个名字就是拿鼻子闻，都能闻出一股那种男性的阳刚的味道。那个时代翻译人们的名字、片名，都很有意思，都要翻出一个中文的姓来，不是姓马就是姓白，姓各种中国人有的姓，翻得都特别有意思、有精神。不像现在只有一个规范性的标准翻译，大家都得照着标准翻，翻出来也不知道啥意思。

马龙·白兰度是一个天才演员，而且他天生性格桀骜不驯，一辈子跟大家拧巴着，长得那么帅还拧巴的人也挺烦人的，所以他的那些女人们得多苦啊。他 19 岁被军校开除时是 1943 年，正是“二战”最激烈的时候，也不知道他是成心的，还是真的调皮，总之他没上前线。战争期间，别的年轻人都在前线卫国浴血奋战，他就跑到纽约百老汇去演戏。但是他是真天才，在戏剧舞台上演了《欲望号街车》——百老汇舞台历史上经典的戏之一，结果就在百老汇大红大紫，大家都认为这二十出头的年轻人前途不可限量。于是他到好莱坞正式开始了电影生涯，一起手就创下一个大纪录，就是连着四部电影获得奥斯卡最佳男主角提名，而且第四部不仅提名还真的得了奖，这简直太少见了，一起手就起范儿了。

他演第一部电影就演了男一号，叫 *The Men*（《男儿本色》）。紧接着从 1951 年开始演《欲望号街车》，获得奥斯卡奖最佳男主角提名。《欲望号街车》里他演了一个家暴男、人渣，那可能最接近他本人的样子，他是和费雯·丽大师一起演的，这部电影给两个人都确立了极好的位置，费雯·丽那时候是大腕儿，演过《飘》等有名的电影，但是这部电影这两个人都演得特别好。将舞台剧搬到银幕上可是很考验演员演技的啊。

马龙·白兰度在《萨巴达万岁》中演的角色和《欲望号街车》中的角色完全是反过来的，他在《萨巴达万岁》中演的是墨西哥革命领袖，获得了奥斯卡最佳男主角的提名，同时得到了戛纳电影节最佳男演员奖。紧接着演*Julius Caesar*（《恺撒大帝》）中的安东尼，再次获得英国电影学院的最佳男演员奖和奥斯卡最佳男主角提名。在1954年，他演了*On the Water Front*（《码头风云》）中挺身而出和黑社会抗争的码头工人，终于得了奥斯卡最佳男主角奖。也就是说，这几年就没别人的事儿，基本上看他一人耍就完了，二十几岁的男演员就有了这个成绩。那是四五十年代好莱坞最美好的黄金年代，是大师辈出、巨星辈出的时候，他还能有这样的成绩，不简单。

人总是这样的，他成绩虽然好，但是是一个拧巴人，所以整个人生都很失败，不停地结婚、离婚。他自己说有9个情人，其实大家统计有25个，其中6个情人为他自杀，简直是梦魇一般的人生。他的儿子打死了他的女儿的情人，结果他儿子被判10年，他女儿因为情人被打死自杀了，而且他为了帮助儿子脱罪，雇了全美国最大的律师也是最贪婪的律师，最后倾家荡产。他后来虽然又演了《教父》等等影片，但是死的时候仍欠下将近1亿美元的巨额债务，最后靠演员工会Screen Actors Guild（简称SAG）发给他的养老金度日，在医院里孑然一身，80岁的时候死去了。真是让全世界影迷叹息。

我认识《教父》的最重要的制片人，也是发起制片人，叫Ruddy。Ruddy曾经给我讲他原来没打算让马龙·白兰度来演《教父》，他原本想让保罗·纽曼还是谁去演，但是由于一些原因，没演成。特别有意思的是，马龙·白兰度找到科波拉（《教父》的导演）和Ruddy，说他想演《教父》，因为小说就比较火，但是大家都说你长得太帅啦，你长得太奶油小生了。虽然马龙·白兰度是演技派，但长得帅的人有很多痛苦。结马龙·白兰度回家后很不服气，用胶水儿、纸等一些东西，把自己原本那么瘦的一张“鲜肉”脸弄成大方脸之后就去找Ruddy。Ruddy一看这人，不认识啊，说：“你是哪位？你找我什么事儿？”马龙·白兰度是在美国中西部地区

Omaha（美国内布拉斯加州奥马哈市）生长的纯美国人，结果他用意大利口音跟 Ruddy 说："我就是那个 Don Vito（《教父》的男主角）。" Ruddy 最后才发现他就是马龙·白兰度，但是从脸型到口音已经完全认不出来了！这就是一个伟大的演员。

这个故事一讲出来，所有的男演员都会热血沸腾，每个人都会想，为了自己热爱的表演事业，应该也有那么一天，不计片酬，不要自己的美好形象，把自己弄成一张大胖脸，嘟噜着下巴颏，再把自己吃胖点。马龙·白兰度说着意大利口音，塑造了整个电影史上最最经典的黑帮老大的角色，而且是在整个电影史上划时代地塑造了一个不是那么坏的黑社会，成为整个美国黑帮电影的发轫之作，简直做出了无上的贡献。

《教父》得了奥斯卡奖，马龙·白兰度又得了最佳男主角奖，结果他不去领奖，他派了一个印第安小姑娘代他去领奖。意思就是说：我抗议美国对印第安人的不公平对待。马龙·白兰度就是这样的人，艺术家就是这样的，包括张国荣，张国荣是寒冷和孤独的，马龙·白兰度是叛逆与拧巴。上帝给每个人东西的时候都是一起给的，没法挑，没法拣，挑来了天才，也挑来了所有负面的东西。感谢马龙·白兰度留给全世界的影迷至少七八部伟大电影，包括 *Ultimo tango a Parigi*（《巴黎最后的探戈》）。那是一部文艺片的影迷特别喜欢的电影，但是现在，在这个"政治正确"的时代被好莱坞的各种女星拿出来骂，说因为当年，马龙·白兰度在这部电影中用黄油强奸了 19 岁的玛利亚·施奈德。玛利亚·施奈德接受采访时说，其实没有真的被强奸，但是确实没有告诉她有那么一场戏，也没告诉她要把黄油抹上去，所以她的哭是真的，实际上这是导演贝托鲁奇和马龙·白兰度吃早饭的时候，才决定加的一场强奸戏，没有告诉女演员。贝托鲁奇说因为我想拍的是她的真实反应，而不是演员演出来的被强奸。当时施奈德才 19 岁，马龙·白兰度 48 岁，所以今天这部作品被各种批判，说当时歧视女性等等，但是这个电影还是值得看一看的。

马龙·白兰度留下了很多经典的作品，《码头风云》《欲望号街车》非常值得看，《教父》就不用说了，值得看五遍。

迈克尔·杰克逊

十大美男第二名——迈克尔·杰克逊，我的终生偶像，我们这一代人的偶像。The Cranberries（小红莓乐队）的主唱桃乐丝去世时，最难过的其实是“80后”，我看到很多“80后”哭得不行。我特别能感受到“80后”对她的那种感情，“80后”对她以及对被她深深影响的王菲的感情是非常深厚的。在小红莓成名的时候我们这代人已经成熟了，所以她还不算是我们青春期的纪念，后来的年轻人很多都说：“这是谁呀？”所以每个时代的人都有自己的偶像。对于我们那一代来说，迈克尔·杰克逊是永远的神、永远的青春，在我们的心里，没有人能超越他，我客观地从一个音乐人以及文艺工作者的角度来看，也认为没有人能超越他，因为他太全面了，他是文化娱乐历史上极少见的神。

为什么他是神？神有好多个特点：第一就是神没有师父，是靠自己想出来这些东西。迈克尔·杰克逊就是没有师父，他的唱法、他的写法、他的编法、他的跳舞方法，包括他拍MV的方法全是他自己创造的，这就是神。第二，神没徒弟，没有一个人能继承他的衣钵，连模仿都没有人能模仿得像。当然他也孤单，没有人的生活，像神一样被人类诅咒、诋毁，所以我们对他的爱是永远的。

我遇到任何能为他做些事情的时候，都会不遗余力。我曾经帮助引进了一个 show of Thriller（惊悚表演），到中国来演了很多场。包括我在每一个地方都会为他的名誉战斗，为他的清白去跟别人辩论，通常我对诋毁我自己清白的事情，都不跟别人辩论，我觉得别人爱说我什么说我什么，能把我咋的吧？但是有人说迈克尔·杰克逊我就特别不能忍受，一定要跟那个人辩论一番，包括别人说他恋童……尤其是美国媒体。从我开始阅读美国媒体到今天为止，我觉得他们做过的最大的超过对迈克尔·杰克逊的围攻，就是围攻特朗普。虽然我不喜欢特朗普，而且我也不支持特朗普包括共和党的很多政策，但是我都觉得美国媒体有点过分了。在美国，媒体因为是私营的，它是要盈利的，所以它拥有这种围攻的、起哄的特性，当然他们一起包装一个英雄的时候，也能一起起哄，所以美国的媒体叫"起哄型媒体"，或者叫"肥皂箱型媒体"，就是只要地上有个肥皂箱就有人站上去胡说八道一通。在特朗普之前，我曾经见到过的美国媒体最大规模的围攻就是对迈克尔·杰克逊的围攻，这个真的想想都让人心痛。所以谁要说美国媒体如何公正，我就先站上来，说一句：呸！

迈克尔·杰克逊两次真正上法庭的故事都可以拍成精彩的电影或电视剧。他住在 Santa Barbara（圣巴巴拉）县，到现在他的儿童乐园 Wonderland（仙境）还在 Santa Barbara。那个地方的 County DA（地区检察官）完全就是电影里面那种魔鬼的化身，死盯着迈克尔·杰克逊，十几年不顾一切地收买各种人证，利用各种各样的方式，一定要将迈克尔·杰克逊置于死地。就仿佛看到关于莫扎特的一个电影里出现的一个人，不把莫扎特弄死，今生誓不罢休，但是那个人是莫扎特的对手，人家也是个音乐家，妒忌是有道理的。但是一个 DA，诋毁迈克尔·杰克逊，还侮辱他的音乐，那就是侮辱我们。他说："有人说我们这么追着他，这么多年不遗余力地起诉他，就是为了影响他唱片的销量啊，每次都在他要发新唱片的时候，我们起诉他。他以为我们都很喜欢听他的音乐吗？

我和那些警察兄弟们会听他的音乐吗？”媒体居然还因此哄笑。这件事，简直让我恨死了，这个DA就是非常典型的魔鬼型的人格，追着迈克尔·杰克逊那么多年。

其实真正的起诉只有两次，一次1993年，一次2003年。1993年那次，迈克尔·杰克逊听了那些很坏很坏的律师的话选择了庭外和解。美国的律师为了挣钱不遗余力，通常都会要求庭外和解。其实说起来很简单，因为律师是以金额来收费，庭外和解完你交一大笔钱，然后律师收一大笔钱。很多律师不想在这事上消耗很多时间，最好是挣钱走人，只要请美国律师帮忙打官司，都是这样，包括前一阵黄健翔家里被trespass（非法入侵），律师说让对方赔你30万美元就和解了吧，黄健翔说那就和解吧。我说：“千万不要，打下去啊，打下去，没准能赔500万美元呢。”但是律师不愿意在这上面消耗，就说：“你赶紧拿了赔款给我提成我走人。”律师提成可以拿到百分之好几十。迈克尔·杰克逊那时候不成熟，听了律师的庭外和解的建议，赔了两千多万美元，结果一下子就被认定说：那你就是犯了罪，不然你干吗庭外和解？其实他是因为不想再纠缠以及律师们逼他。

2003年那次他坚决不妥协，官司打到底，自己打掉半条命，他本来就很瘦，为此体重都快减一半儿了，最后七项指控全部Not guilty，就是无罪。即使在这种情况下，媒体依然在不停地羞辱他，把他包装成一个有着恋童癖的人。直到他死了以后，1993年那个告他的小孩，终于良心发现，站出来说“是我父母逼我的，他们是为了钱”，最后小孩的父亲在用迈克尔·杰克逊的钱买来的豪宅里开枪自杀。这个时候最不要脸的是，美国媒体突然间仿佛一直就在同情迈克尔·杰克逊一样，仿佛迈克尔·杰克逊去世以后媒体从来没有侮辱过他，从来没有颠倒黑白、指鹿为马地围攻过他一样，都纷纷报道那些人是怎么编造谎言，怎么陷害迈克尔·杰克逊，怎么天网恢恢自杀了。这种虚伪的同情，简直令人作呕，都是为了蹭他的热点。

迈克尔·杰克逊的葬礼是在凤凰卫视直播的，因为我是他的铁粉，所以我就去电视台直播他的葬礼，葬礼上讲话的人是他当时的经纪人——AEG live公司的总经理Randy Phillips（兰迪·菲利普斯），到现在还是我的好朋友，但是我从来不跟他聊迈克尔·杰克逊的事儿，因为我觉得他的律师、他的经纪人、他的医生全是坏人，所以我跟Randy后来包括现在还有业务往来，但是我从来不跟他谈一句迈克尔·杰克逊。

迈克尔·杰克逊没有恋童癖，而且他有三个亲生的孩子，他也没有真的扔那个孩子，只是媒体把动作放慢，欺骗大家说他要扔孩子，其实他只是把孩子抱出来三秒钟给歌迷看一看。我认识迈克尔·杰克逊的整容医生Steven Sen（史蒂文·森），一个犹太人。他没有真正漂白，他就是有白癜风，最后为了演出他只能把其他地方也变白。但是他自己承认整过容，整过鼻子等等。虽然有很多有关他的传说、诽谤等等，但是一切的一切都抵不过有这么多爱他的人，所以我还是很欣慰的，他去世以后还有这么多歌迷，追随了他这么多年，依然那么爱他。我跟宋柯都是他的铁粉，他去世那天我们正在长沙准备上台给2009年“快女”当评委，结果我们俩在湖南卫视餐厅里抱头痛哭。我看完*This Is It*那个纪录片出来，也是哭得面对媒体采访都说不出话，迈克尔·杰克逊是我们青春里最闪亮的灯塔，感谢他。

麦当娜在迈克尔·杰克逊去世那一年的MTV颁奖礼上，谈到迈克尔·杰克逊。麦当娜因为跟他同年，同时在那个年代辉煌，所以讲了一段话说得特别好：

迈克尔·杰克逊出生于1958年8月，我也是；迈克尔·杰克逊是在美国中西部的郊区长大的，而我也是；迈克尔·杰克逊有八个兄弟姐妹，我也是。迈克尔·杰克逊年仅六岁的时候，就成了一个超级巨星，或许是世界上受最多人钟爱的小孩，而我六岁的时候，母亲永远地抛弃了我，我从没有拥有过母爱，而他从来没有享受过童年。当一个人意识到永远得不到某种东西时，他就会对此着迷并念念不忘，我耗尽了童年寻找母亲的形象，有时我做到了，但当你的一生都被安置在放大镜下被人关注时，试问你又如何重新找回你的童年？

毫无疑问MJ是这世界上伟大的天才之一，当他还是个八岁的小孩时，他的歌声已经让人感觉像个饱经沧桑的成年人在诉说他的故事。

……

她说的意思就是，迈克尔·杰克逊建了那么大的乐园，请儿童们来玩儿等等，结果被污蔑为请儿童来是为了性侵，而且每年他请那么多儿童来他这里玩，如果真的是这样，他得性侵多少人？但是这么多年来只有两个人起诉他，而且动作还是这么快，自己承认是假的。

迈克尔·杰克逊12岁的时候就得了排行榜冠军，他的舞台魅力，有着歌舞之王的魔力。

所以我心中美男排行榜第二名，是我们永远的King of Pop，流行之王，我们的大神——迈克尔·杰克逊。有几个黑人我觉得长得非常好看，一个是他，还有两个是奥巴马、乔丹，都很端正，而且黑人的身材都特别好。

神秘冠军

冠军是谁呢？不得不仰天长啸，壮怀激烈。其实我小时候长得真的还行，以至于我一直都认为我自己没变，我每次照镜子都觉得，哎呀，岁月好可怕，但是不照的时候觉得仿佛自己还是那个青葱少年，那个文青翘楚、浪子班头。所以在我心里，我一直都觉得自己挺帅的，这个没办法，而且请不要打击我，因为只有这样，我才会成为一个不拧巴的人，我才会成为一个健康的人、愉快的人、能陪大家一起欢笑成长的人。

所以十大美男排行榜第一名，是我自己。

消失的名校

> 民国时期教会大学为了让自己融入中国，反而用中式的设计，中国人办的大学反而建得很西式。

金陵女子大学

电影《无问西东》大火，大家伙儿忽然对什么是大学、大学为何是国之重器等等有很多很多讨论，所以我就突然想到做一个民国时期的大学的排行榜。但民国时期的大学体系非常复杂，有国立大学、私立大学，还有教会大学，体制完全不一样，而且历史沿革非常不一样，所以放在一起很难排，想来想去，我先做一个这样的排行榜：消失的名校。就是今天已经没有了，其实从 1952 年以后就消失的、曾经在民国时期培养了大量优秀的中华民族脊梁的名校。

基本上这种类型的、已经没有了的大学主要是教会大学，也有一些私立大学。因为中华人民共和国成立以后，尤其是 1952 年院系调整后一些学校合并了，之后就没有教会大学，也没有私立大学了。大部分私立大学公立了，教会大学取消了名字，并进公立大学。因为教会大学是帝国主义侵略中国的产物，按照正统的历史解读，就是帝国主义侵略中国的重要证据之一。虽然客观上也为中国培养了大量的人才，但也可以说这些教会大学主要教授西方的文化，要以西方的思想改造中国的年轻人，当然也传播西方的文化价值观，所以是有负面意义的，但是积极的意义是培养了很多人才。民国时期的国立大学差不多就 20 多所，私立大学不是很多，像南开、复旦这样的私立大学是凤毛麟角，但是教会大学有 17 所之多，而且很多都是非常优秀的大学，比如说有“东方哈佛”之称的圣约翰大学、燕京大学（今天的北大用的就是燕京大学的校舍）、中国第一所女子大学金陵女子大学，等等。有一些当时的名校因为到台湾去复校了，所以至今仍在，大部分就湮没在历史中。所以我跟大家聊一聊消失的名校。

因为不好评估教育质量，所以我大概依据这些名校在我脑子里的知名度和规模来排名。

先讲金陵女子大学。

金陵女子大学的教学质量很高，但是规模不是很大，它是中国第一所女子大学，也是中国很长一段时间里唯一的一所女子大学。大家知道美国有很多文理学院是纯粹做女子教学的，比如说著名的宋氏三姐妹（宋霭龄、宋庆龄、宋美龄）上的威斯里安的女子文理学院，在波士顿，那儿名校云集，但是都不能湮没威斯里安的光芒。美国教会把这个传统也带到了中国来，很愿意办男女分开的学校。美国的教会分了很多很多种，一些教会，包括美北长老会、美以美会、浸礼会、监理会、基督会等等，决定联合创办一所女子大学，所以 1913 年的时候它们就建校了，请传教士德本康的夫人任校长。德本康是当时在华特活跃的一位美国人，在教育等方面做了很多事，他的夫人就出任了第一任校长。

金陵女子大学实际上不是一个真正的大学，是个文理学院。在美国，大学的文理学院分得比较清楚，波士顿著名的威斯理安学院是个文理学院，当然也是个女子学院，到现在为止依然是个女子文理学院。但北洋时代大学没有严格的注册制度，所以金陵女子学院就管自己叫“大学”了，一共招了 11 个学生，已经非常不容易了。当时北大招女生都面临那么多社会阻力和斗争，其他学校大部分都只招男生，所以能招来 11 位已经很好了。教职员工有 6 位，师生比例也很好，基本上属于一个私塾，但是租了一个很好的、漂亮的地方：李鸿章的故居——李鸿章在南京做两江总督时候的大帅府，100 多间厢房，教室、宿舍、食堂、办公室等等，搞得还是不错的。而且教育非常严格，修文科的必须选一门理科，修理科的必须选一门文科，而且不能都只 60 分，必须有特别长项的、特别优秀的科目才可以毕业。所以这 11 位女生到最后就只有 5 个人毕业了，剩下的 6 个人没毕业。5 位毕业生里就有后来著名的吴贻芳校长，就是金陵女子大学后来的校长。

总的来说，这个学校一直是小而精的规模，但后来规模也开始扩大了，校园扩大了很多，总不能永远在租来的地方上学吧，所以从 1921 年开始，德本康校长就去美国募款，募到了 60 万美元之多。60 万美元在民国时期相当于 180 万到 200 万大洋，严格说叫法币，这简直是一笔巨款。所以他在南京的宁海路买了 160 亩土地，建了一所真正的校园，就不租李鸿章故居了，而且请了一位在美国没那么著名，但在中国特别著名的美国建筑师亨利·墨菲（Henry Killam Murphy）来设计。亨利·墨菲这个人设计了很多大学，包括清华大学、金陵女子大学、沪江大学、雅礼大学、复旦大学，等等。他设计了一个古香古色的、非常有中国味道的校舍。

当时的中国很有意思：通常国立大学的校舍都是西式的，武汉大学的校舍、清华大学的校舍，尤其是后者，基本就跟美国 UIUC（伊利诺伊大学厄巴纳—香槟分校）的校园一模一样；而教会大学的校舍基本上都是中式的，虽然也是请美国设计师设计的，但是因为 1900 年八国联军侵华，中国人民都有爱国精神，教会大学为了传教时让大家觉得自己能融入中国文化，所以故意把自己装扮得很中式。所以大家今天看到北京大学中式的校园，其实是当年燕京大学的校园。北京大学原来的校舍红楼其实不是中式。

金陵女子大学的新校舍建成后——本来就很好，建得越来越好了。到了国民政府时期，1928 年，全国统一了，一切走上正轨，大学都要去教育部备案。备案的时候，才发现金陵女子大学只有文理科，没有工科、农科、医科等等，所以就改名为“金陵女子文理学院”。当时北伐刚胜利，爱国情绪高涨，大批的大学都要求中国人当校长，所以金陵女子文理学院的校长就由第一届毕业生之一——吴贻芳担任。

金陵女子大学除了是第一所女子大学以外，还有一个“第一”，就是学费第一贵。200 万块大洋建起来的校舍，一共就招那么几十个学生，学费肯定是贵的。清华大学和北京大学一年 40 块，国立大学基本都是 40 块，而且没有其他杂费。清华大学是如果你要上体育课就再交 4 块钱，一共 44 块，一个正常的中产阶级家庭是负担得起的，私立大学差不多 80 块一年，教会大学像圣约翰收 160 块。金陵女子大学收 200 块，而且其他的杂费也非常贵，校服就要 10 块，课本另收 20 块，实验费另收 24 块，图书馆借阅卡 10 块，七七八八加起来，妈呀！300 块！这已经不是一般的家庭能负担的，只有非常富有的家庭才能负担一年 300 块大洋的学费。这也导致它学生少，教育质量高，整个学校一直到中华人民共和国成立后停办，一共毕业了 999 个学生，号称“999 朵玫瑰”。她们成绩非常优秀，由于这所大学的毕业生到美国去留学成绩也很优异，所以后来美国专门下了规定，就是从金陵女子大学，后来叫金陵女子文理学院毕业的毕业生，到美国可以直接就读研究院，不用经过任何其他的插班或重读、补习。这也是金陵女子大学重要的光荣。

抗战时期，日本占领南京之后，金陵女子文理学院变成了南京当时重要的难民营。因为它是美国人开办的，当时日本跟美国还没宣战，所以学校在操场上铺了一面巨大的美国国旗，收容南京的难民。当时学校本部已经内迁，跟其他大学一样都迁到了四川去，但是当时留守的教务长明妮·魏特琳做了巨大的贡献，她最后一共收纳了13000名南京的难民，主要是妇孺。她自己的心灵也受了很大的伤害，因为她看到那么多绝望的丈夫、父亲、儿子把他们的女眷送进来，看到那么多南京大屠杀的惨状，最后她由于精神受到过度刺激和压力，在1941年自杀身亡。她的遗愿是“金陵永生”，就刻在她的墓碑上。魏特琳对南京、对金陵女子大学充满了感情，她生前也获得了国民政府授予外国人的最高荣誉——采玉勋章，但是是秘密授予她的，不能让日本人知道。这是她人生中浓墨重彩的一笔。

1951年，金陵女子文理学院和另一个著名的教会大学——金陵大学合并。到1952年，所有教会大学都拆分了，所以金陵大学也被撤销了。原来它们的校址在随园，特别美，后来就变成了南京师范学院，就是现在南京师范大学的校址。如果大家现在去南师大的话，还能看到当年金陵女子大学漂亮的中式建筑，它的校训只有两个字：“厚生”。“厚生”是西方圣经文化里的重要观念之一，所以这个教会大学的校训就用了这两个字。

曾经在民国历史上最著名的女子大学、女子文理学院消失在历史中，但是它为中国培养了人才；它的名字虽然消失了，但校舍还在，老师们还在，所以它给中国教育做下的贡献依然存在。

岭南大学

讲完南京的金陵女子大学，我们来讲讲广州的岭南大学。岭南大学今天依然存在，在香港，其实就是当年岭南大学的后身——相当不错的博雅大学。博雅大学是一个全球的大学联盟。韩国也有个岭南大学，但不是咱们这个岭南，是韩国前总统朴正熙时代创建的，跟咱没关系。我们讲一讲中国岭南大学的前世今生。

最开始岭南大学是由北美的长老会建的教会大学，是长老会倡议，也是长老会来管理的。在1888年就已经创建了，最开始叫“格致书院”，“格致”典出“格物致知”，是中国自古对科学追求的一个重要说法。后来几经改名，又叫“岭南学堂”“岭南学校”等等。到了1927年，代表革命力量、反帝反封建的国民政府胜利后，希望让中国人来办学校，1928年大家都来注册，学校的管理权交归中国人，当时岭南大学其实就停办了，但是校友们要一起努力把这个学校继续办下去，开始募款，海外华侨踊跃地为祖国办学捐款。所以，最后成立的岭南基金会实际上大部分钱都是在海外的华侨捐的。每当有人说在海外的华人华侨都是汉奸，我就非常不同意这个观点，有可能他们比在国内的人还要爱国。由于中国在海外的华侨强大的爱国精神和强大的财力支持，这所学校就由中国人接手，继续办下去，最后由国民政府批准，正式从教会学校改名叫“私立岭南大学”。

岭南大学在私立大学里算是相当有钱的，因为华侨的努力，陈嘉庚这样的华侨还办了厦门大学等学校，但是这些私立大学比其他的私立大学如南开、复旦要有钱得多。岭南大学就是今天广州的中山大学。在1952年院系调整时，岭南大学被并入了中山大学，校园也就归了中山大学，就相当于燕京大学并入了北京大学，校园也归了北大一样。原来的国立中山大学在民国时期的校园就归入了现在的华南理工、华南农大校址内。岭南大学的校园实在是太宏大了，占地3000多亩，就在珠江南岸，远眺白云山。它还有农学院和医学院。农学院不包括外面那些农场，有250多座建筑，有各种各样的实验室、运动场，球场有42个。这是一个非常先进的大学，所以现在大家去参观中山大学就知道，在之前它不是中山大学，叫作岭南大学；去参观华南理工大学的时候，知道这是原来国立中山大学的校舍。

因为华侨捐了大量的钱办校，岭南大学也招收大量的华侨生，而且附属了华侨学校。华侨回来得学学中文、学学预科。华侨学校曾经的毕业生里，最著名的就是《黄河大合唱》的作曲冼星海。冼星海从新加坡归国的时候，就到岭南大学的华侨学校来学习。在各地华侨的强烈建议下，岭南大学于1929年在新加坡办了分校，1938年在越南西贡办了分校，因为那里有大量的华侨，这也开创了中国大学到外国去办分校的历史。它还在中国香港等很多地方办了很多中学。

岭南大学还有一个历史创举，就是1906年第一次招收了女生，也是中国第一个男女合校招生的大学。因为广东一直就开风气之先，所以它就也开了风气之先。岭南大学命途多舛，遭遇了1900年的八国联军入侵，反洋人的怒火高涨，于是就搬到澳门去继续教书；抗战期间多次辗转，先是搬到香港，香港又被日本人占领了，最后一直搬到广东韶关一个叫仙人庙的村里复课，坚持教学。其实中国大学在整个抗战历史中发生的可歌可泣的故事有很多，不光有西南联大，还有西北联大，还有像岭南大学等各自想办法坚持教育而不投降日本的大学，它们的故事其实都非常值得传下去。这是我们中华民族的骄傲。

金陵女子大学的吴贻芳一生为了金陵女子大学奋斗，她是首届毕业生，然后做了金陵女子大学的第一个华人校长，一直坚持到1952年院校合并以后，80 年代的时候又呼吁恢复金陵女子学院，所以到现在南京还有金陵女子学院，但只是一个学院了。岭南大学也有一位像吴贻芳一样的人物——钟荣光。他也是最早期的一个毕业生，一开始已经在清朝中了举人，但是又努力学习现代知识，又读了岭南大学，当时叫格致书院，毕业以后开始当岭南学堂中文总教习，因为他是举人，后来由于必须由中国人做校长，他就做了校长，为奠定岭南大学的地位尽了很大努力。

岭南大学的毕业生也是豪杰如云，正好电影《无问西东》里还出现了这个人，叫陈香梅——飞虎队的司令陈纳德的妻子，陈纳德也出现在电影里，在那儿选飞行员，然后训练王力宏饰演的沈光耀，为中美的友谊、为中国的抗战做了很大的贡献。有人说陈香梅是香港大学毕业的，其实不是，当时因为日本占领广东，岭南大学迁到香港去，在香港大学里边上课，所以她虽然是在香港大学里上的课，但是学籍依然是岭南大学的。

还有著名的、所有武侠小说迷都知道的、武侠小说三位大侠（金庸、梁羽生、古龙）之一梁羽生，岭南大学的毕业生。我小的时候最喜欢的是梁羽生。看武侠小说和看所有的文学作品其实是一个路子，最开始都是喜欢美文啊、诗词歌赋等等，看爱情爱到死去活来、一塌糊涂，慢慢才能看金庸写的更博大的武功，以及金庸笔下更深厚的人物，最后才能看古龙。一开始觉得古龙“臭不要脸”，也不打，一群男男女女直接上床了……阅读就是这么一个过程。梁羽生是新武侠的开山鼻祖，他和金庸一样大，新派武侠小说《龙虎斗京华》是他第一部武侠小说，50 年代就写了，比金庸还早。他一辈子大概写了三十多部武侠小说，我大部分都看过，最喜欢的几部是大家最耳熟能详的《白发魔女传》《七剑下天山》，都是因为影视作品。我第一次看武侠电影是上小学的时候，大概 70 年代末，那个时候还没有正式引进，是内部的一个看片会，我们家人带着我就去看了《云海玉弓缘》，那个年代谁看过这样的电影？突然看到陈思思演的厉胜男美如天仙，回家单相思了好几天，哭得不行不行的。

梁羽生的武侠最接近历史，里面有大量的真实历史人物。最不真实的是古龙，金庸介于二者之间。所以梁羽生是开创，金庸集大成，古龙剑走偏锋。梁羽生去世的时候，金庸还专门给他写了一副挽联："同行同事同年大先辈，亦狂亦侠亦文好朋友。"这就是当年香港一批神奇的人，他们主要是从内地去的第一代人，学养深厚。

梁羽生出生在书香门第，饱读诗词歌赋，到广西读中学，由于日本侵略，好多大师跑到广西去，所以他能拜到太平天国史专家简又文大师以及其他大师，然后才去的岭南大学，毕业后去了香港，成为一代武侠宗师。在此纪念一下梁羽生大师，滋养过那么多代人，光《白发魔女传》就拍过十几版不同的电影、电视剧，是岭南大学的骄傲。

廖梦醒，岭南大学的毕业生，国民党元老廖仲恺、何香凝的长女，而且是中共党员，曾经当过宋庆龄的秘书，中华人民共和国成立以后做过全国政协委员。她的丈夫李少石是周恩来总理的秘书。

岭南大学毕业的杰出的人才院士我们就不一一来说了，总而言之，人才如云，是海外华侨的骄傲。中华人民共和国成立以后，很多大学在台湾复校，到 1967 年，因为岭南大学的基因，它在香港复校了，所以岭南大学今天依然存在，依然是香港一所非常优秀的大学。

聊这个系列我是很激动的，因为我对大学有深厚的感情，对大学的历史也从小都耳熟能详，所以跟大家分享这些觉得特别快乐。

扫码听岭南大学校歌
《散逐东风满穗城》

震旦大学

这篇文章我们讲讲上海的一所著名的大学——震旦大学。

震旦大学是中国第一所私立大学，后来变成了法国的天主教教会大学。有关中国到底有多少所教会大学的说法是有争议的，曾经正式在国民政府注册的有17所，但据说先后办过20多所，所以这个数字各有各的说法，其中正式的有13所是基督教教会大学，还有天主教大学等。基督教教会主要就是美国、英国的，因为它们是信基督教的国家。法国是天主教国家，震旦大学就是法国天主教办的，最开始并不是教会大学，最开始成立得非常有意思，校史太好玩儿了。完全就是“革命革命再革命”，不停地革命的过程。这里要从头开始说一下它的创始人，也是民国时期最伟大的教育家、爱国者以及大神父，既属于上帝也属于中华——马相伯。我还买过他和他弟弟编的一本著名文集，《马氏文通》。那时候我在四中的图书馆里做图书管理员，最大的幸福就是每当图书馆清仓的时候，我就可以捷足先登，一毛钱一本，买一麻袋书。有一次我回家特别高兴地跟我妈说：“我背了一麻袋书回来。”我妈说：“多少钱？”我说：“一共6块钱。”当时这一麻袋里面就有一本《马氏文通》，我就特别幸福。

马相伯最早进入天主教学校，学习了大量的东西：法文、拉丁文、希腊文、哲学、神学、数理、天文……这哥们儿有点儿全才的意思。但是他天生就是又爱上帝又爱国，家里又有钱，于是水灾的时候他自己出了2000两白银救灾。结果被教会给禁闭了，让他禁闭省过。教会认为他没通过教会捐款，虽然教会也捐了很多钱，募了很多钱，在中国建学校，但总的来说教会很贪婪，然后他就愤而脱教，其实也不是脱教，依然信仰天主教，但是不在教会工作了，还俗了。然后参加了各种洋务运动、外交。他什么语言都会，就跑到日本、朝鲜，经历了一大圈，眼界对他来说是非常非常重要的。看完世界，他觉得自强之道就是办学。所以到1900年的时候，他毁家兴学，把他家在松江、清浦的3000亩地——几乎就是他全部的家产，捐出来，给了法国天主教会，用来办学。虽然这钱不够办大学，但是他也立下字据，规定这钱用在未来办起大学后做助学金。他本来还得想很长时间怎么一步一步来实现规划，结果机会就来了，来自南洋公学爆发的著名的“墨水瓶事件”。

这件事特有意思。当时官办的大学在北方有北洋大学和国立京师大学堂，南方有上海的南洋公学。北洋大学就是后来的天津大学，国立京师大学堂就是后来的北京大学，南洋公学就是后来的上海交通大学。这些都是当时最好的公立学校。南洋公学当时配备了最强的师资，但是管理上依然是腐朽落后的清朝梳辫子式的管理。有一天，班主任突然发现座位上有一个洗干净的墨水瓶，就问谁干的，大家都说不知道。班主任就开始组织学生揭发，结果开除了一个学生。其实那个学生很冤枉，他完全没干，于是他们班的所有同学就说：“你要是开除他，不收回成命，我们就全班退学。”晚清官僚特别可怕，校长就说：“你还别说全班退学，我全班开除！”把人家一个班的学生全开除了。这下南洋公学可就炸了，1902年那已经是戊戌变法也经过了、洋务运动也经过了，“山雨欲来风满楼”，青年学生充满了革命的精神，所以全校学生一齐站出来罢课，要求全体退学。200多号学生啊，那时候有200多号学生就已经是很大的学校了，结果把学校搞得很为难，就把特班的班主任蔡元培请出场了。蔡元培劝大家说：“我去跟学校谈判，我去找盛宣怀。”当时是中国最大的财主盛宣怀办的南洋公学。结果盛宣怀还不见蔡元培，全体革命学生已经打好了包，站在操场上等着，如果校方不妥协，不把开除一个班的同学的成命收回，就全校退学。结果充满革命精神的蔡元培回来说：“那我也走。”愤而和同学一起离开了学校。于是全体学生高呼：“祖国万岁！”

齐步走出了南洋公学。

接下来怎么办呢？学生总得上学呀。大家都背着铺盖卷也不能散了就回家呀，蔡元培就找到了马相伯，说："哎，老马你不是要办中西大学吗？我这儿突然就有那么多优秀的南洋公学的学生，大家退学了，你就给接收了吧。"于是马相伯就接收了一部分南洋公学的退学生，马上就把学校办起来了，并为学校起了名叫"震旦"。"震旦"是梵文，古代印度管中国叫震旦。英文名字起得很好听，叫 Aurora。在美国我看到过很多学校叫 Aurora。Aurora 是古希腊神话中的一个神，大概就是黎明女神的意思。震旦也是黎明的意思。

震旦大学还是法国天主教出的钱，当时的教会大学很少，后来慢慢建起来了，当时马相伯可能是教会大学里唯　　个，不是唯一也是很少的之一——一上来就是中国人当校长。所以天主教会就觉得不太舒服，于是就派了个特别保守的法国天主教的神父南从周来代替了他担任校长，就是总教习，而且逼他去养病，把他给架空了，他就什么都干不了。但是他太受学生热爱了，于是全体学生又退学了。有时候我都想穿越去那个时代，看看会是什么样，天天革命，反正既要读书也要革命，要救国。那个时代的人们真的是眼前一点儿苟且都没有，全是诗和远方。

大家退学以后怎么办呢？大家都追随着马相伯，走出去的时候还把校牌儿都摘下来了，马相伯于是也坚决地率领学生，他一站出来，全体的中国教员也都辞职离校，跟着马相伯走。马相伯也不能辜负了大家呀，于是就搞了个校董会，说我们也别要外国人的钱了，就用中国人的钱。于是中国的大富人、大知识分子，如张謇、严复、熊希龄等等，弄了二三十个校董，说咱们成立私立大学，于是成立了当时中国很好很好的私立大学，到今天依然是中国大名校，所以不能算在"消失的名校"里——复旦大学。为什么叫"复旦"大学呢？首先典出《尚书》的名句"日月光华，旦复旦兮"，岁月日复一日；还有一层意思就是“恢复震旦”，复旦大学就脱胎于震旦大学。所以震旦大学消失了，复旦大学一直活到了今天。

民国时的震旦大学后来也接着办下去了，马相伯作为两校的 founding father（创建人）真是很好。他又把自己在上海所有的财产，包括 4 万大洋和 100 多亩地（当时每亩地 400 大洋）、租界地基等加起来 10 多万块钱全都捐给了震旦大学，所以教会最后也承认马相伯是震旦大学创始人，同时他也是复旦大学创始人。而且他是个人瑞，一直活到了 100 岁。他这一生过得简直是波澜壮阔，经历了清朝、民国时期。他还参与创办了北京公教大学，第二年改名叫辅仁大学。他办了很多很多的学校。后来到什么程度？马相伯的儿子病故了，学生们就筹集了万元为他儿子的孤儿寡母作教育经费，结果马相伯就托人把这笔款项移作了启明女子中学——就是现在的上海市四中——的教育经费。这个人简直太神奇了，不要钱，也不要其他什么，一心兴学。“九一八”事变以后他到处呼吁抗日救亡，一直到抗战的时候，最终去世了。听到湘北大捷的消息，就“家祭无忘告乃翁”，然后就去世了。马相伯去世以后葬在了越南，因为当时后方实在是太乱，一直到上海解放，陈毅元帅当时是市长，专门派人到越南去把马相伯的骨灰取回来。

他去世以后，他最疼爱的嫡传弟子于右任先生（因为于右任参加革命被通缉，逃到上海，马相伯曾亲自驾船迎接，给他改了个姓刘的名字，在学校里掩护他，于右任便成为他的嫡传弟子）给他写的挽联叫作“光荣归上帝，生死护中华”。这个对联对得太好了，“光荣”对“生死”就好了，又用“上帝”对“中华”，“上”对“中”，这个简直太有意思了。

讲完马相伯之后，觉得震旦大学就已经不用再多讲了。后来它跟所有民国学校一样，1927 年国民政府来了，被收回教育主权。在抗战期间，包括“一·二八”事变时，震旦大学的医学院非常好，学生奔赴前线救伤员，抗战期间受到很大损失，却是上海淞沪战役收容难民的重要地方。最后到了 1949 年，跟所有的教会大学一样，脱离了教会；1951 年，所有的外籍教师回家；1952 年，基本上震旦大学作为一个天主教教会大学的命运就结束了，被全部拆散，并入了复旦大学、交通大学、同济大学等等，比如说震旦大学的土木建筑系并入了同济大学，电机系并入了交通大学，中文系、化学系并入了复旦大学，教育系并入了华东师范大学。

所以，今天上海的各个高校的血液里都流着一点点震旦大学的血。

东吴大学

东吴大学今天依然存在着，名字也还存在着，但是是在台湾。

东吴大学是民国时期著名的基督教教会大学之一，创办得相当早（1900 年），而且尤以它的法学院最著名，应该算是中国当时最好的法学院。2000 年的时候苏州大学庆祝自己建校一百周年，因为苏州大学从校园的地址到整个的传承都是东吴大学的嫡系传承，这是没问题的。我国因为从民国到中华人民共和国成立以后，尤其是 1952 年院系调整，过去的很多名校被拆散了分到很多很多地方去，导致现在各个学校纪念自己校史的时候，出现很多很奇怪的纪念周年。我去过一个特别特别没名的学校，校方跟我说，我们建校一百多年，我们从某某某学校开始传承到现在。这就是因为高校不断调整拆散，导致校史非常混乱。

但是我觉得有一些嫡系传承是完全可以讲的，比如说苏州大学，完全继承了东吴大学的校址、东吴大学的师生，甚至毕业生，跨着级就过来了。东吴大学到台湾以后还复校了（1951 年），而且现在是台湾非常好的一所大学。它的名字最有意思，英文名字依然还叫 Soochow University（苏州大学），东吴大学的英文名字最开始在美国注册时叫 Central University in China（中国中央大学），后来就一直叫 Soochow University，所以从东吴大学到中华人民共和国成立以后变成苏州大学，完全是实至名归。

我在台湾的时候还去过东吴大学，里面的校史陈列也是继承了东吴大学在大陆时期的那些光荣。东吴大学的法学院厉害到什么程度？在远东军事法庭审判日本战犯的时候，中方派出的检察官、法官等，一大半都是东吴大学法律系毕业的，包括检察官向哲浚和他的秘书高文彬。高文彬在远东军事法庭的时候，在浩瀚的资料里找到了对中国人民犯下滔天罪行的“百人斩”罪犯，就是在南京保卫战的时候，两名日本军官在上海去南京的路上一路比赛砍头，先杀满 100 个中国人为胜，最后一个砍了 105 个，一个砍了 106 个。高文彬从浩瀚的文件里找出这俩人，这俩人居然都还活着，把他们从日本找出来，押到中国，判处死刑，在南京雨花台执行死刑。所以东吴大学法律系不仅为中国的法律建设做出了贡献，也为审判日本战犯做出了巨大的贡献。

东吴大学法律系还诞生了一位大师级的人物，就是金庸。东吴大学的校友群星璀璨，群星璀璨到什么程度呢？确实有小行星以其校友之名命名，而且不止一个人。国际天文组织每发现一颗小行星就用著名人物的名字去命名，其中一颗命名给了金庸，还有一颗命名给了著名的中国遗传学泰斗，也是东吴大学的著名校友谈家桢。

金庸先生的求学之路太有意思了，他是我的光辉榜样，就是活到老学到老。他一直是个很有意思的人，有侠之精神，所以他在学校里就各种路见不平见义勇为，然后各种被开除。他出身于大世家，海宁查家，是徐志摩的表弟。他在浙江上浙江省联合高中的时候，就写文章讽刺训育主任，批评他投降主义，结果被开除。开除后又去衢州中学读到毕业，抗战期间考到重庆去读中央政治学校外交系，所以金庸的英语非常好。结果大学里又因为不满校园内的（国民党）学生党员，那个时代学校里的贫富差距、地域歧视、小团伙……总而言之他对很多事非常不满，找校方投诉，又被开除，回到上海，读了东吴大学的法学院。东吴大学的文理学院是在苏州，即主要的校区在苏州；它的法学院是在上海，所以大量的法律精英人士是从上海的东吴大学法学院毕业的，金庸也是，他从法学院最后终于毕业了。

金庸先生的求学之路非常漫长，一直到了81岁，他已经获得了无数个名誉博士、名誉教授头衔，包括在浙江大学当院长，但是还是要求学。剑桥大学都给了他一个名誉的文学博士，他就觉得他不要名誉的，他要真正去读到博士。所以他又到剑桥大学去，以81岁高龄攻读硕士、博士，他的硕士博士论文一脉相承，硕士论文写的是《初唐皇位继承制度》，博士论文写的是《唐代盛世继承皇位制度》，真正得了博士学位。然后他又去北大读文学博士，最后拿没拿到这个博士学位说法有争议，反正是毕业了，好像是没查到论文。这给了我很大的鼓励，我也希望有一天——当然不一定要到81岁，能够继续攻读博士，做做学问。现在我在哈佛大学做合作研究员，实际上是没办法，因为在阿里有大量的工作，没办法全面地投入到学习中去，所以先以合作研究员的方式研究起来，等到有一天能够全心投入的时候，我也很想去攻读历史学博士。

再说说谈家桢先生，他是我小时候就见过的中国著名的泰斗级的科学家，是东吴大学毕业以后又到燕京大学读的硕士，然后去美国的加州理工——美国最顶尖的工学院获得博士学位。他翻译了“基因”这个词，把这个词带回了中国。“基因”这个词翻译得简直太好了，“基”“因”，完全就是形象的，你一看这词就明白它的意思了，而且它的音完全就是英文的gene，这简直太神奇。就像我读的专业“雷达”的翻译也很神奇，就是radar音译成“雷达”，但是完全就是那意思，无线电波就是雷，打到哪儿反射回来看见了你，就是雷达。

谈家桢先生也是民盟中央好几届的名誉主席，是中国科学界的重要泰斗之一。他读东吴大学的时候是东吴大学最好的时候。20 世纪 30 年代是中国教育大发展的时代，国立大学、私立大学、教会大学在那个时代都进入全盛时期。金庸先生读东吴大学的时候已经是比较飘摇的时代了，因为抗战，国立大学内迁，政府勒紧裤腰带也给钱办教育，所以还能有西南联大、西北联大这些学校。教会大学就比较惨，内迁的时候由于经费等各方面无着，所以搞得四分五裂，找着一个地儿、到一个村子就上学。东吴大学当时内迁的时候还有一大批教授没走，被扣在了租界，所以剩下的教授、学生辗转到了广东等地去上课。日本人来了，然后继续撤退，甚至一度停办了。留在上海的东吴大学教授们和其他在上海留下没走的教授，还办了“伪大学”，就是汪伪政府办的华东大学。

有关华东大学有两种说法，有的说是伪大学，因为确实是在沦陷区里；但也有说当时的教授、学生们坚决不低头，无论伪政府怎么施压，最终也没向日伪政府的教育机关登记。

东吴大学毕业生群星璀璨，再讲一位，赵朴初——中国佛教协会的会长，中国民主促进会的名誉会长、名誉主席，也是中国著名的书法家，中国书法协会的副会长，著名的爱国人士。东吴大学毕业以后，赵朴初一直从事佛教工作，抗战的时候领导宗教界坚决捍卫祖国，中华人民共和国成立以后也一直是佛教协会的副会长，后来任会长。他的书法非常漂亮，我小的时候家里就一直挂着一幅他的书法，我到现在还记得写的是什么，是叶剑英——叶帅的一首诗，而且是叶帅很晚期写的，叫“攻城不怕坚，攻书莫畏难。科学有险阻，苦战能过关”。因为我们家人都是搞科学的嘛，所以赵朴初先生就给写了这么一首诗，我从小看着他的书法长大。

1952 年院系调整的时候东吴大学就彻底拆散了，它的基因传到了四个地方：在苏州的部分就是现在的苏州大学，当时还不叫苏州大学，叫作江苏师范学院；上海的法学院，也是它最好的这一部分，并进了华东政法大学；台湾复校，就是现在台湾的东吴大学；在香港的一部分就并进了香港中文大学。

上海圣约翰大学

“消失的名校”系列我觉得就不要排行了，因为很多东西没法排，有的学校校友太杰出，有的学校名声太大，所以到前几名就不排名了。

这篇文章介绍一个名震中华数十年、创下无数中国纪录的教会大学，最后一届可能有 1200 名学生，长时间只有几百名学生的教会大学，它培养出的人才简直太吓人了：顾维钧——中国近现代史上最杰出的外交家；施肇基——政治家、外交家；宋子文——当过外交部部长、财政部部长、行政院院长；荣毅仁——前国家副主席；邹韬奋——出版家，大家看到的三联书店的创始人；林语堂——虽然我曾经讲到林先生晚节不保，但他依然是无可置疑的伟大文学家，我最近在哈佛大学看到很多他在美国时联合美国各界知识分子包括赛珍珠为了中国的抗战奔走，虽然最后在南洋大学问题上晚节不保，但依然值得尊敬；还有张爱玲——著名作家；贝聿铭——世界级的建筑大师；吴宓——清华国学院的院长（同时期清华国学院有四大导师：王国维、梁启超、赵元任、陈寅恪）；严家淦——曾经做过台湾所谓的“中华民国”总统；丁光训——全国政协前副主席；马约翰——创立中国体育教学事业，后来一直在清华教体育，现在清华里还有他的碑；周有光——汉语拼音创始人；鲁平——前国务院港澳事务办公室主任……工商界的各地首富就不说了，太多了，两院院士十几人，太多太多知名校友，我就不一一道来了。总而言之，这所大学创下了无数的中国的第一和中国历史的纪录。

这个学校就是著名的上海圣约翰大学。

首先，它是中国第一所全英文授课的大学，这是很罕见的。在晚清时代而且不是特别晚的晚清时代，1892 年就正式开设大学课程，而且全用英语教学，所以在圣约翰大学上学就跟在美国留学没啥区别。林语堂、宋子文等等，英文好得不得了。

其次，它是中国第一个开体育课的大学，中国第一个开运动会的大学，中国第一个有体育馆的大学，中国第一个有游泳馆的大学。它开始是免费教学，因为不光教会出钱，还有庚子赔款。《辛丑条约》规定清政府赔给美国的庚子赔款，超过实际损失的被退还给中国，主要办了清华大学，还有用作“庚款留美”，所以很多人说清华大学是美国人建的。这话就得两说：确实是美国人建的，但是用的钱是中国人的钱。美国人说那是中国赔给他的钱，是他的钱，他又不是上帝又不是仙女，干吗退给你？因为中国赔的钱确实没道理。当然美国比日本、俄国那些不退的还是强很多，美国说我也别退给你了，我就办个清华大学吧。圣约翰大学的建校费用中有相当一部分投资也是庚款的退赔款。

它还是第一个进行军训的大学，因为它实在是太著名了，所以 1898 年两江总督刘坤一赠给它 200 支枪。这学校一共一百多学生，有 200 支枪，他们搞军训，还阅兵，是校长和校友坚持的阅兵。他们有一个非常值得纪念的校长，中文名叫卜舫济，他是美国人，原名叫 Hawks Pott，他对圣约翰大学的影响，就跟司徒雷登对燕京大学的影响一样。其实应该这样说，当时中国最好的教会大学就是上海的圣约翰大学和北京的燕京大学。在圣约翰大学，这位卜舫济先生做了 53 年校长，最后又转任名誉校长，毕生都献给了圣约翰大学。司徒雷登也把大半辈子献给了燕京大学。

圣约翰大学因为杰出的教育质量就被叫作“东方哈佛”，当时的美国哈佛大学、耶鲁大学、哥伦比亚大学都同意，只要你是圣约翰大学本科毕业生可以直接就来读研究生，不用考。圣约翰大学的校友当时简直就是上海滩的精英，走到哪儿都说“我是约大毕业的”“兄弟我在约大的时候”……这就是身份的象征，所以它也是中国第一个成立校友会的大学。1900年就成立了校友会，非常早，应该算是中国最早的现代高等教会学府，它比其他的教会大学都老一点儿，也是中国最早授予医学博士学位的两所学校之一，而且它的医学院非常好。当时有几个好的医学院：山东的齐鲁大学医学院，还有其他的教会直接办的医学院如协和、湘雅、华西等。大学里的医学院，齐鲁、圣约翰就算最好的，而且圣约翰还比较进步，教会大学都比较保守，学费贵嘛，一年恨不能160、180、200大洋，这比国立大学贵了七八倍到十倍不止，所以它招来的学生非富即贵，通常比较保守，学校校长和管理层都是教会出身的。但是圣约翰大学还没那么保守，1913年的时候，卜舫济就曾经请孙中山到约大演讲，据说演讲受到师生们热烈欢迎，我猜也是。因为那个时候整个国家上下充满了激情。可是我猜也没几个人能听懂孙先生讲什么，因为不要说到上海来演讲，孙先生去广东的黄埔军校演讲，大部分人都没听懂，但是依然充满了革命热情。

圣约翰大学发生过非常感人的爱国事件，是什么呢？1925年“五卅惨案”的时候，上海各界爱国激情澎湃，上街抗议，约大的包括大学和附中两个部的师生也组织抗议，但是约大的以神学系为主的美籍主任、主教拼命阻挠，不让师生上街，因为教会天生畏惧革命，于是到6月3号那天就发生了“六三爱国壮举”，全校的华人师生，一共553名学生以及全体华籍教师19人，就等于全体中国师生吧，集体宣誓脱离圣约翰大学。这么好的名校、这么好的未来，不要了，为了祖国，十余名应届大学毕业生声明不接受约大颁发的文凭。于是一天之后，他们开会，自行决定自己设校，反正老师学生都有，我们自己教自己，我们不受你们西方教会的控制，我们就要爱国。让人非常感动的是学生的家长们，因为这个学校的学生非富即贵，所以家长们不是高官就是大款，家长们热烈支持他们孩子的爱国举动，于是全体有钱出钱，有力出力——家长当然都有钱，集体出钱出地——连地都有。当时二十几岁的张学良也充满爱国热情，张家当时是中国首富，张学良表示："事出爱国热忱，鄙人无不竭力援助。"

为什么这事跟张学良有关呢？他不是在东北吗？不是，1925 年是奉系最厉害的时候，因为那个时候直奉战争结束，奉系赢了，不但控制北京，奉系还南下，一直占领上海，除租界以外，当时已经扩张到半个中国都是奉系的了。于是张学良这个花花公子驻节在上海，不但发生了很多风流韵事，而且在上海还认识了宋美龄。那时候宋美龄还单身，两人互相"美龄""Peter"地叫着（张学良英文名叫 Peter），两个人都年轻嘛。张学良人在上海，所以也有钱出钱，有力出力。

三个月就建立了光华大学，"光华大学"听这名字就知道是爱国大学，校庆日就定为 6 月 3 日，就是圣约翰大学这些华人精英师生在那一天集体离开了圣约翰大学，而且再也没回去。光华大学办得相当不错，是私立大学，中华人民共和国成立以后，和另外一所私立大学大夏大学合并，组建成了今天的华东师范大学。

但圣约翰大学继续办了下去。大学就是这样，不要说华籍教师走了，你就是把这学校从看门的到校长全都挖走，大家报考还是要报这个学校。因为大学就是一个积淀下来的 IP，IP 比什么都重要。就像我开玩笑说：就算谁家有钱把清华大学从校长到看门的一起挖走，人家高中应届毕业生今年还是报清华大学，而不是你新办的一个什么有钱的大学。所以圣约翰大学后来依然办得非常好，而且还办了中国历史上第一个新闻系。因为中国过去就没有"新闻学"这个概念，也没有新闻系。很多系都是最新的。原来中国也没有建筑系，也是梁思成、林徽因回国以后办起来的。

圣约翰大学还有一个非常有意思的制度，叫 Honor system（荣誉制度）。

什么叫荣誉制度呢？就是由学生自己投票决定是否监考，这个事在今天想起来简直不可思议啊，但是那时候的人可能比今天的人更纯粹一点吧，每年都由学生投票，都决定不监考，考试的时候，学生必须在答完卷以后在卷末写上誓言："此番大考未曾助人，亦未曾求助于人。"这个太有意思了，这就是考验你的人品，因为在大学里，不光是学点儿知识文化，大学还有更重要的作用是树人。培养你自尊自爱的品德，和自我的约束力与荣誉感，这是非常重要的，这是圣约翰大学的一个重要特色。

圣约翰大学当然是在1952年的院系调整中，并入了各种大学：新闻系、外文系、中文系并进了复旦大学，建筑、土木系并入同济大学（同济大学原来是德国人办的，建筑系原来也很好，是中国三强之一，和圣约翰大学并列），机械工程系并入了上海交大，经济系并入了上海财大，政治系并入华东政法，理学院整个并进了华东师范大学，医学院并入了上海第二医科大学（现在已经改名为"上海交通大学医学院"），等等等等。圣约翰大学的附中变成了上海五四中学，上海一所很优秀的中学。

我听说圣约翰大学校友还打算复校。台湾的新埔工业专科学校，就是1965年的时候由原本打算在台湾复校的圣约翰校友建起的，但是没能成为大学；2003年更名为圣约翰技术学院，而且继承了圣约翰大学的校歌；2005年的时候改制为圣约翰科技大学，他们还要努力把它升格为圣约翰大学。海外的圣约翰校友是1997年的时候，在加拿大的UBC（University of British Columbia，英属哥伦比亚大学，又名卑诗大学）设立了圣约翰学院，所以看起来未来还是有复校的可能，尤其是很多原来的教会大学后来都在继承了它的大学下面成立二级学院，所以如果圣约翰大学能复校，就真是一个好消息，因为它确实培养了太多人才，不应该湮没在历史中。

金陵大学

“消失的名校”这个系列，大牛学校纷纷登场。这一篇就讲一讲中国最早的教会大学之一，金陵大学。

金陵大学在民国时期是长期跟燕京大学齐名的最强大的教会大学，美国加州大学曾给中国的所有教会大学评级，其中评成A级的就只有金陵大学，燕京大学都只评了B级，其他大学包括圣约翰大学都只评了C级。每个地方评级的标准不一样，就像现在到处是全世界大学排行榜，有的是学者们评的，有的是按照科研经费评的，有的是按照规模评的，都不一样，但是从这也可以看出金陵大学的厉害。

1888年在南京成立了汇文书院，虽然叫书院，英文名其实是大学，因为那时候中国没有大学注册备案制度，所以大家都管自己叫大学。汇文书院的英文叫Nanking University。Nanking就是南京，那时候它就叫“南京大学”，而且它后来的英文名字Private University of Nanking（私立南京大学）一直就叫这个名字，但实际上跟今天的南京大学应该说没有特别直接的传承。虽然南京大学校园一部分用了金陵大学的校园，但是南京大学主要传承的还是南京高师、东大、中央大学这一条线。南京大学等于有两边的血脉，中华人民共和国成立以后，最好的公立大学跟最好的教会大学合并成立了南京大学。

金陵大学因为最开始成立时还是清朝，没有办法备案，就在纽约州备的案，所以金陵大学的毕业生其实拿的是纽约大学的学位文凭。当然，金陵大学也发文凭，但是那时候中国没有一个统一的教育制度，所以主要拿纽约大学的文凭。拿了纽约大学的文凭相当于直接就可以在美国读研究院。但是金陵大学一直说，一旦中国有了教育制度立法，我们马上就在中国申请。之前由于拿纽大的毕业文凭，包括跟常春藤盟校康奈尔大学是姐妹大学，所以它的教育质量以及声誉都是极高的。所有校长、教务长、各系主任、教授，基本全是“老外”，除了国文课和经史课没办法用英文教——我在哈佛大学听过用英文讲的儒学，说实在的你再拿英文讲，那里面有一半也得是中文，因为那些人名、书名都是中文的。

金陵大学跟所有其他的教会大学一样，也是到了国民革命来了的时候，陷入反帝浪潮，那个时候很多教会大学都受到严重的冲击。教会大学一方面帮助了中国那个时代刚刚开始的草创的高等教育，当然是立了功，但是也确实有很多帝国主义的思想在里面，包括教会的、神学的，尤其是钱是那边出的，所以当然有很多帝国主义的思想了。革命的时候，北伐军打下南京以后，发生了严重的排外事件，导致了英美在长江上的军舰向南京城开炮，就是因为南京城里杀外国人。当时赛珍珠也在，赛珍珠曾经详细地写过那阵子南京的慌乱，所有的外国人都躲在教堂里，北伐军来，杀外国人，金陵大学的一位副校长也被北伐军的一位士兵给杀了，导致非常严重的后果。

国民政府成立以后，发起收回教育主权运动，要求所有外国人办的大学必须向国民政府教育部备案，由中国人担任校长。好多学校就用一个中国人当傀儡，其实还是这些传教士、外国人管理，最主要的原因是钱是从那儿来的嘛。美国人出钱那当然还是美国人实际管。各个教会大学都把神学变成了选修课，因为金陵大学的地位以及它被加州大学评为中国唯一一个 A 类的教会大学，所以虽然它后来不发纽大的毕业证书，但是金陵大学的学士、硕士学位也在国际上被完全承认。

讲到这段历史我觉得好有意思，抗战来了，所有大学其实都挺让人感动的，全都迁到大后方去，很少有留在沦陷区愿意做亡国奴的，包括美国人办的大学、英国人办的大学。金陵大学也就迁到了四川成都的华西坝，在那儿继续坚持，到抗战胜利以后又回来了。

1951 年，先是金陵女子大学（那时候已经叫金陵女子文理学院）和金陵大学合并成了公立大学，就是公立金陵大学。然后就是1952年院系调整，金陵大学所有的科目都并到各个大学去。其中文理学院并进了南京大学，校园也归了南京大学使用，金陵大学所有的校印、公章、档案、校名使用权等等都归了南京大学，所以说南京大学是金陵大学的继承者之一。它的教育系并入南京师范学院（就是后来的南京师范大学），农学院主体并入南京农业学院（就是现在的南京农业大学），农学院的林学系并入南京林学院（就是现在的南京林业大学），理学院化工系并入南京工学院（就是现在的南京工业大学）……这些系分了很多很多，就像当时清华、北大的各个系分出八大学院一样，分得一塌糊涂，因为那个时候学苏联嘛，一定要工科的大学是工科大学，文科的大学是文科大学，彻底分开而不做综合大学，所以分成了这么多个学校。最有意思的是电影与广播系迁到北京来了，就是今天的北京电影学院。所以金陵大学的继承者之一还有北京电影学院。还有许多小科系转到了一些其他学校。

这次大的院系调整导致我去南京时就经常糊涂，很多学校都说：我们学校有一百多年历史，我说你们怎么有一百多年历史？人家说你看我们继承了一点中央大学、一点金陵大学……那你要从金陵大学开始算，就太早了，因为中央大学的前身是东南大学，东南大学的前身是南京高等师范学校，“高师”这个系统就是北洋时代建的，有“六大高师”，但是金陵大学等教会大学都远比那时还早，清朝就成立了，1952年院系调整得太复杂，所以今天的一些学校说自己有一百多年的历史，其实说得也有道理。

很多学校在香港单独复校都做不了，上海圣约翰大学董事会主席和岭南大学等十几所基督教大学的校友们在香港组了崇基学院，1963年，崇基学院又跟钱穆先生创办的新亚学院，以及联合书店合并为香港中文大学，这就是著名的香港中大的三源头，所以金陵大学还有一点点血脉是流到香港去了。

接下来讲讲校友录，每个大学讲到校友录的时候都很兴奋。应该这样说，中国近现代史上大量的人才是这些大学培养的，当然国立大学也培养了很多人才。金陵大学校友因为太辉煌了，念出来要念好几十人，就说几个最最重要的吧。

首先是在金陵大学执教过的赛珍珠，世界上第一个得普利策奖的女性、第二个得诺贝尔文学奖的女性，中文、英文一样好，因为她先学的中文，然后才学的英文，她虽然在美国生的，但是几个月大就来中国了，在镇江长大。我第一次看有关赛珍珠的资料，看的是英文的，以至于我一直以为那个地方是重庆，因为英文里民国时期镇江译为 Chinkiang，我拼了半天没想起镇江，一直以为是重庆，后来看中文资料才知道她是在镇江长大。赛珍珠的学士和硕士学位是在美国获得的，但是她回来以后在金陵大学任教，所以她虽然不是金陵大学的校友，但是她是长时间的金陵大学的教师。她同时在东南大学，后来在中央大学兼职教英文。历经了中国的革命、中国的变迁，所以她写出长篇小说《大地》，最后震撼了世界。我是在哈佛大学的哈佛燕京图书馆里看了很多资料，就看到了赛珍珠和林语堂等几个人在抗战前后到处呼吁，实际上就连宋美龄去美国能在国会演讲，都有赛珍珠在前面奔走呼号的功劳。因为她 1938 年得诺贝尔奖，那个时候在美国地位简直崇高极了。因为她是唯一一个获诺贝尔文学奖和普利策奖的女性，美国很多男作家不服她。我还看到她跟林语堂一起要成立一个编委会办杂志，互相来往的信件也很有意思。但是后来她跟林语堂“掰”了，这俩人“掰”得也挺有意思。林语堂去发明中文打字机，结果破产了，没钱了，找赛珍珠借钱，赛珍珠有钱，在美国还别说你得普利策奖、诺贝尔奖，你只要一本书卖火了一辈子都够了。赛珍珠却没借给他，俩人就“掰”了，而且两人互相还打起了官司，诉讼起来。这俩人都是属于非常高傲、心眼特别小的人。赛珍珠得了奖以后又膨胀了好一阵子。她的第一个丈夫是在中国，一个美国农学家，第二个丈夫实际上是她的出版商，结果搞得家里鸡飞狗跳，大家都受不了她，连花园里种哪一种花都得她定，因为她觉得她的审美、品位是最好的，别人都得闭嘴，就属于这么一人。林语堂在南洋大学晚节不保。林语堂去南洋大学当校长之前还给赛珍珠写了一封信，赛珍珠根本没理他，林语堂就说："我从此认清了一个美国人的嘴脸。"俩人属于文人相轻。

金陵大学的著名校友录里，还有在今天中国人心中更著名的、比赛珍珠还著名的一个人，就是南怀瑾。因为各种心灵鸡汤、禅学等等闻名。南怀瑾是金陵大学研究生院肄业的，因为他读着读着就抗战了，愤而投笔从戎，到四川去当中央军校军官教育队的教员，文人就是不能上前线，但也要为抗战做贡献。在四川的时候他就开始清修了，还跑峨眉山待两年，所以他是大乘佛教、禅学等等的宗师之一。但我觉得他最有意思的贡献是，因为他的弟子遍天下，所以两岸之间最开始的破冰交流，他起了很重要的作用。因为他在两岸都有很好的人脉，而他本人又没有政治标签，所以大家就用他做通道，见面啊、谈啊，虽然最后还是两边直接谈的，但是最初的接触跟他有很大关系。他也很爱祖国，也很爱家乡，中国第一条内地与香港合资的铁路——从金华到温州的金温铁路，就是内地跟他在香港成立的公司合资的，他到处去募资，因为他是温州人，募了 4000 多美元。80 年代和 90 年代的时候这对中国还是很重要的。他募资募得艰难的时候，铁道部也有帮他出了部分资，他最后把他的那部分股份全部捐给了国家，还路于民。虽然今天关于他可能在学术界有点争议，但是他能做这些爱国的事情，我觉得很值得敬仰。

当然还有民国时期的教育大师、和蔡元培齐名的陶行知，他是因为王阳明提出的"知行合一"而改名"陶行知"的。他是金陵大学的毕业生，而且是汇文书院时期金陵大学的毕业生。他大概是最早的毕业生吧，后来金陵大学请他当校长，但是他拒绝了；武昌大学（当时还叫武昌高等师范学校，是“六大高师”之一）也请他当校长，他也拒绝了。因为他在美国深受杜威的教育理论的影响，就是大学即社会，所以他就比较反对原来那种象牙塔式大学，他老想办社会大学，就先后办了几个社会大学：重庆社会大学、上海社会大学等等，为中国教育事业做出了重大贡献。

当然还有我们中华人民共和国一位重要的妇女领袖，曾经做过全国妇联主席、红十字会会长，后来是人大常委会副委员长的彭佩云，也是金陵大学的著名校友之一，她实际上最开始是在西南联大，后来到南京读了金陵大学，中华人民共和国成立前到了清华大学，清华大学社会学系毕业。她也是党和国家领导人。

当然还有著名的汉学家牟复礼。牟复礼是一个美国人，他的名字其实是叫 Frederick Mote，我们翻成“菲列特”或者“弗雷德里希”，反正他就因为这名字谐音，叫了孔子“克己复礼”的“复礼”。牟复礼是美国著名的大汉学家，他先在哈佛大学读书，抗战以后他因为参军了，所以到了中国战场，在中国考进了金陵大学，所以是金陵大学著名的校友，他创办了普林斯顿大学东亚系，在美国汉学界是“瓢把子”之一。

之江大学

杭州，我的老家，我的户口本上写的籍贯杭州，从小每年暑假我都去，因为我爷爷的母亲，我们都管她叫阿太，一直活到一百岁，所以我作为长重孙，每年暑假都会去杭州。我对杭州熟悉极了，但是没想到最后还在那儿工作了，在阿里巴巴。如果是《矮大紧指北》三本书都看过的读者，会记得有一篇我讲过钱塘江大桥，讲到茅以升先生，钱塘江大桥的旁边就有另外一处杭州美景。杭州美景实在是太多了啊，数不胜数，包括阿里旁边的西溪湿地啦、良渚啦等等无数美景，就更不用说什么西湖啊这些。六和塔下，还有一处美景，就是一处极美极美的校园，应该是中国最美的大学校园之一，完全可以当一处风景，就是今天的浙江大学之江校区。

为什么叫“之江校区”呢？因为它原来是一所著名的民国大学，叫作“之江大学”，也是民国著名的教会大学之一。“消失的名校”系列中，有讲教会大学，和极少数的私立大学比如震旦大学，但大多数都是教会大学，因为教会大学在1952年的时候就全部消失了。之江大学稍微有一点点独特，就是因为它最开始是在宁波创办，为什么在宁波创办呢？因为《南京条约》，第一次鸦片战争之后，宁波是“五口通商”的口岸之一，就是五个开放口岸之一。宁波其实在中国明清时期，包括宋代，就是一个重要的对外贸易的商港，所以最开始开在那儿了。因为开放口岸，传教士也来了，传教士来了第一件事儿就是办学校。因为基督教传教，他们摸索出一整套传教的方法，原来上来就说：“这是上帝拯救你。”然后人家说：“我活得挺好谢谢！”所以上来得说：“哎呀，我教你点儿科学。”让你觉得，哎哟，这些东西好好。然后再告诉你：“这东西是谁创造的呢？上帝创造的，这个世界上的规律、科学等等，人类只是发现了而已，谁创造的呢？”这个时候再传教，所以学校后来变成他们传教的重要手段之一。这也无形中促进了中国当时向西方学习先进科学，所以之江大学开始建校是在宁波。

之后呢，由于血腥的战争，太平天国把整个中国东南最富庶的地区、中国最精华的地区，打得一塌糊涂，死亡了数千万人，搞得遍地残垣。被太平天国占领过的地方包括杭州，因为打了很多激烈的战役，就不多说了，慢慢在恢复中。杭州当然还是浙江的省会了，也是中国的古都，到1867年的时候，太平天国战争结束了。天津被攻占，用了四年时间慢慢恢复，所以大家就说，哎呀，我们把这个学校搬到杭州去吧。搬到杭州以后，大家说起个什么样的中国名字呢？那时候还不叫之江大学，叫育英书院，后来就扩充为大学，原来在杭州市内的校区没那么大地方，所以就把育英书院——当时浙江省唯一的一个高等教育机构，迁到了城外的二龙头，就是大家现在看到的地方。那个地方三面环山，面前是钱塘江，在六和塔的旁边，钱塘江在那地方正好拐了一个弯儿，拐的弯儿就像一个“之”字，所以大家就干脆说我们起名叫作“之江大学”吧。之江大学就是这么来的。

之江大学在科学方面非常先进，最早在中国拥有大量的科学仪器，它不光带来了帝国主义的腐朽，也带来了很多先进的仪器，从美国带来了 X 光机、无线电设备、引擎（发动机）、气压计、显微镜等等等等，包括自己建了工厂，由之江大学的教授们带领学生自己动手做了大量的科学实验仪器。而且它还在中国，不能说最早，但率先开始了奖学金制度，因为有很多清贫的学生，教会大学的学费是非常贵的，国内大学清华、北大 20 块钱，私立大学 80 块钱，教会大学 160、200 块，非常贵，为了给清贫的学生上学的机会，学校还制定了勤工俭学的制度，这个事在中国是非常非常早的，每天劳动两小时，打扫校舍，绿化环境，写文书，当图书管理员——很重要的职务，协助各种基建、实验室等等，可以减免学费报酬，所以是中国勤工俭学的先声。而且，1912 年的时候，不光是 X 光机，它还建起了一座天文台，是浙江省第一座现代的天文台，从美国进口的全套天文设备，叫作“费城观象台”。因为“天文”“天文台”这种科学术语是很晚才引进，中国古代都叫“观象台”，所以那时候也最早建起来，以至于成为全国领先的大学之一。1912 年，民国还是刚刚草创的阶段，所以 1912 年 12 月的时候，辞去临时大总统职务的孙中山先生把职务交给袁世凯，然后自己就变成全国铁路督办，他跟袁世凯说，国家你来治理，我来建铁路。就到全国去考察怎么建铁路，来到了浙江的时候，专门在上海都督陈其美——著名的民国大佬之一，后来被刺杀了，当年也是他提拔的蒋介石——陪同下来到校园参观，还对全校师生做了演讲，估计大家全都没听懂。

改名叫之江大学以后，它的校长有点儿意思。美国人司徒雷登创办燕京大学，而且当了数十年燕京大学的校长；司徒雷登的弟弟叫司徒华林，代理了之江大学的校长，然后又新增了一大堆科系：教育学、社会学、哲学、心理学，这都很早的啊，过去在中国没有心理学、高等物理这些学科。后面到抗战之间的事情，就和其他教会大学太像了，每个教会大学都是先在美国备案注册，成为一个美国注册大学，之江大学是在哥伦比亚特区注册的，董事会在美国。戴上了西方的学士帽，搬来了整套的西方模式。

北伐战争来了，革命来了，那时候各个大学，尤其是教会大学非常积极革命。之江大学的革命精神还有，就在北伐战争之前，它还举办了一场辩论赛，可见大学之间一直有辩论赛这个传统。它战胜了上海最好的教会大学圣约翰大学，最后输给了沪江大学。辩题叫“战争不再正义了吗？”辩完了以后战争就来了，战争来了以后，全校师生坚决拥护北伐，因为当时的孙传芳就是五省联军的总司令，就在之江大学旁的江边设立战线，北伐军进攻，所以这儿还变成了战场，变成了伤员救护所，积极支援了北伐战争。北伐的时候，国共合作北伐嘛，是全国进步青年的希望所在，1927年的时候，北伐军终于攻占了上海，之江大学就像所有教会大学一样，去政府注册，校长改成中国人，校董会中国人占多数；当然也和所有教会大学一样，这都是暂时的，因为其实还是谁出钱谁管事儿。

有两件事儿很值得一提：1931 年 5 月，全国运动会——“全运会”在哪儿举行呢？就在之江大学体育馆，因为这些大学的体育馆，当时领风气之先，大学都是象牙塔嘛，在中国那么贫穷的情况下，一直处于战争中，政府入不敷出，而这些教会大学都很有钱，所以它们体育设施非常好，以至于全运会在这儿召开。另一件值得说的事儿就是钱塘江大桥，是中国第一个自己设计建造的公路、铁路双用途大铁桥，由茅以升先生主持。因为正好就在之江大学旁边建起来了，所以之江大学的土木系、机械系等各个系的学生都参与了大桥的建设和施行。

抗战中，关于之江大学的颠沛流离有一个特别感人的故事。它到了各种地方，先是迁到浙江南部，然后又被日军占领，最后迁到上海租界，因为那个时候太平洋战争还没有爆发，所以租界还在西方帝国主义手里，日军不敢入侵租界。在那儿又坚持教学，然后和上海的那些教会大学共用各种教学楼，大家同舟共济，一直到太平洋战争爆发，上海租界也被占领了，然后又解散，跑到福建去复学。感人的是，当时撤离的时候，留下了一个美籍教授马尔济和他的夫人，以及他们的教务主任，就是管后勤的，叫殷太素。太平洋战争以后，殷太素被日本宪兵逮捕了，然后就再也没有消息，直到日本战败也找不到他。马尔济教授和夫人就被遣返回美国了，大家想想，遣返美国就挺好，从战区回到安全的美国，安全了嘛，但是不行，这马尔济教授惦记着大学，因为大学是大家的心血。大家知道那些做教育的人、教育家对学校和学生的感情。马尔济先生1942年夏天被遣返美国以后，历经周折穿过了大半个地球，在1944年复活节那天，就是春天的一天，居然又找回到了在福建邵武的之江大学。他是怎么找来的呢？因为当时太平洋战争到处在打仗，他的行程是从美国先到南美，然后从南美坐船到南非，在南非耽误了很久以后，终于搭船又到了印度，到印度以后又飞越驼峰航线——那时候美国空军开设了驼峰航线，就是为了支援中国抗战，又飞越高山抵达昆明，然后从昆明又开始搭各种客车、卡车，走路等等，各种颠沛流离，沿山间小道最后走到了邵武，这太让人感动了。

这位美国人，就像那位加拿大人白求恩一样。但白求恩是在前线牺牲了，这位马尔济先生，一位美国人，不远万里来到中国，支援中国人民的教育事业，中国陷入战乱，他被遣返美国以后，居然用了一年半的时间穿过大半个地球，最后在福建的山区里，又回到这个大学，继续教书。其实就是因为抗战期间所有的师生们的坚持，逃难的时候校长一句话说，去哪儿哪儿集合，学生们、老师们就背着仪器，用各种各样的方法，最后赶到那里集合，集合以后找个地方继续教学。之江大学换了很多个地方，最后终于迎来了抗战结束，回到杭州复校。

当时叫作“中国教会大学联合会”的机构，把大家都团结起来，把有限的精力分配给大家。因此之江大学分配到了大量的美元、大量的实物捐赠，包括当时最先进的材料测试机，还分来了一辆新款的福特车，最后终于复校。复校以后值得一提的还有一件事儿，有点儿意思。

因为是教会大学联合会出的钱，尤其联合会在华东的华东差会，就是直属联合会的一个组织提出，既然钱是大家出的，干脆就把华东地区的五所教会大学合并成一所，就叫“华东联合大学”吧。参考曾经有个西南联合大学，于是就五个大学各派一名代表，决定文理怎么分开：文理科集中于圣约翰大学，因为圣约翰这方面最好；工科集中在之江大学；圣约翰和东吴的高中就都并给东吴的校园等等。结果几个大学谈来谈去，有的是因为觉得都去圣约翰校园太小，想要有更大的校园；有的是因为互相有成见吧，大学的荣誉感实在是太重要了，结果谈了半天也没谈成，之江大学、东吴大学、圣约翰大学都觉得自己在当地发展得很好，根深叶茂，就算了。最后东吴大学在苏州、之江大学在杭州、圣约翰大学在上海，于是各自又单独招生，这变成一个小插曲。

1952 年院系调整，之大的各个学院与其他学校合并：建筑工程系并入同济大学，好几个教会大学的建筑工程系并入同济大学。所以同济大学建筑系那么好，一直在中国排前三名——清华大学、天津大学（原来的北洋大学）、同济大学。建筑系最好，同济并进了好几个优秀的教会大学的建筑系；商学院、工商管理学院都并进了上海财经大学，那时候叫上海财经学院；文学院的各个系、数理化，并入杭州师范学院，就是后来的杭州大学，还在之江大学校园。所以之江大学校园后来变成杭州大学，后来又并进浙江大学，变成了浙大的之江校区。

著名的校友，首先是历史学家吴晗先生，吴晗先生是在之江大学的预科读完了，读了清华大学，成为清华大学教授，后来成为清华大学的文学院院长、历史系主任，中华人民共和国成立以后成为北京市的副市长，在那个时候是少见的做了高官的知识分子。后来因为写了《海瑞罢官》，先是受到了大量的赞扬，后来又被批判，最后死于狱中。

还有著名的翻译家朱生豪，朱生豪的莎士比亚作品翻译得非常优雅，但是有点儿不像莎士比亚式的各种荤段子，朱生豪先生翻译的是那种："给我引道到芬芳的花丛，相思在花荫下格外情浓。"（莎士比亚《第十二夜》）我从小看莎士比亚，其实看的都是朱生豪先生的译本。朱先生由于缺少体育分，所以毕业的时候受特殊照顾，其实体育成绩不及格应该毕不了业，但是还是让他毕业了，可见那时候大学就很重视体育。但是他就一直没敢戴那个学士帽照张相，以至于后来到档案馆查资料，朱先生说他毕业的时候就死活找不到他戴学士帽的毕业照，因为他自己觉得不太好意思。

第三位之江大学校友，他比前两位还著名，他没毕业。因为参加学运被校方给开除了，成为一代文学大家，郁达夫，结局也很悲惨。

这就是著名的之江大学，杭州最早的大学，今天也是浙江以及中国非常美的大学校园之一，大家有机会去杭州的话，可以去看看六和塔、钱塘江大桥以及之江大学的校园。

齐鲁大学

咱们讲的名校啊，越来越往北来了，从最南边的广东开始讲，然后讲到上海、浙江、南京，现在我们来到了山东，著名的齐鲁大学。当时号称华北第一学府，和燕京大学并称“南齐北燕”。这俩名字挺有意思啊，“齐”“燕”都曾经是国家的名字。齐鲁大学的医学院尤其好，当时齐鲁的医学院是和协和、华西、湘雅齐名的四大医学院之一，所以齐鲁大学是当时华北地区的明珠。我就不讲特别具体的教会怎么成立这个大学的了，这些教会开始都是成立书院啊，在登州建校，然后慢慢变成大学。所以大家比历史的时候，通常都从最开始成立书院，或者叫会馆、学堂的时候开始算。所以齐鲁大学也经常说自己是中国最老的大学，它的一位著名的校长刘世传说：“我的母校，哈佛大学是美国最老的大学，我们的齐大是中国最老的大学。”当然很多其他大学也都说自己最老，我们就不一一讲了。先是晚清的时候是学堂，然后北洋时代变成齐鲁大学。

讲一些我觉得特别值得分享的事情。一个是齐鲁大学也一样，国民政府来了以后，就向国民政府登记申请注册成为私立大学，当然其实还是教会出钱，国民政府要求中国人当校长嘛。它这个级别可太高了，在所有的教会大学转到国民政府注册以后，齐鲁大学校董会的董事长兼名誉校长是孔祥熙。首任的真正的校长，是直接由国民政府的教育部部长朱经农来做的。之江大学曾经也想聘请朱经农，但是他还是来了齐鲁当校长。在 20 世纪 30 年代的时候这太厉害了，大概只有中华人民共和国成立以后的清华大学，高教部部长兼清华大学校长的时候能有这个级别。

当时齐鲁大学进入顶峰时期，来了很多优秀的人才，当时南迁之后，抗战期间，曾经有最大的大师顾颉刚跟钱穆先后来学校教课，“顾颉刚”的“颉”字，很多人会念 xié ，但是我从小听家里人就叫顾 jí 刚，所以我也改不了，我也查过，大家说你也可以叫顾jí 刚。老一代的知识分子都叫他顾jí 刚，那就顾jí 刚吧。就像陈寅恪，当时清华都叫他陈寅 què，虽然那个字其实念 kè，那我们就还是按照传统。顾颉刚大师，中国历史学、民俗学的大师。后来齐大还请来了钱穆，我是特别推崇钱穆。

我要说的是来教中文的老舍先生。老舍先生到齐鲁大学来，应该说是老舍先生人生中特别值得纪念的一段时光。因为他就在齐鲁大学教课的时候结了婚，当然是利用一个暑假。1930 年来的，1931 年暑假回北京与北师大的学生胡洁青结婚，两个人相守一生。结完婚以后胡洁青一直跟着他到济南来了，两个人在这安家，他在这儿写了很多优秀的作品，包括《猫城记》《离婚》，尤其是《牛天赐传》《月牙儿》《黑白李》《断魂枪》，这都是他著名的小说，还有他的优美的散文《济南的秋天》《济南的冬天》《趵突泉》等等，堪称他的散文里最好的那一部分，是在这里创作的。而且他还在学校里说相声，好多老校友回忆说，他讲过著名的一个相声段子就是《票友》，单口啊。这个段子之经典，一直到 2006 年的时候，中央电视台“春晚”侯耀华和郭达演了个小品叫“戏迷”，其实“戏迷”就是“票友”，从前叫“票友”现在叫“戏迷”，包袱基本就是从《票友》来的。

老舍大概这辈子写的，如果不是唯一的话也是极少的，我猜是唯一的爱情小说叫“微神”，因为老舍先生不太写爱情小说，可能是因为爱情这个东西在老舍先生或者很多大作家心里没那么重要吧，和时代比起来，和一个民族的精神比起来可能没那么重要。所以老舍先生就写了这么一个爱情小说，就是在齐鲁大学教课的时候写的。

齐鲁大学还有各种著名的段子。其中有韩复榘在山东省当主席的时候，山东省乃至整个华北最好的大学就是齐鲁大学嘛，所以韩复榘也跑来这儿演讲，那几个著名的段子都是在这儿发生的。有人考据说其实韩复榘没那么大老粗。韩复榘也是秀才，在西北军里算是有文化的，但是当时大家就是觉得军伐嘛，都是“土鳖”，然后就扣他脑袋上了。有关他来学校演讲的著名的段子说：蒋委员长说新生活运动，兄弟我举双手赞成。但是有一条啊，行人靠右走（因为以前中国没规定过，后来就跟着欧洲大陆和美国学行人车辆靠右走），这个我就想不通，大家想想看，这行人都靠右走那左边谁走呀？这是我从小我们家人就给我讲过的段子，说韩复榘是大老粗。另一个段子也是从小就听过的，就是他看齐鲁大学篮球赛，看完以后痛斥了一通总务长：“你是不是贪污了？你们学校为什么这样穷酸？你们十来个人穿着裤衩儿，拼命抢一个球，像什么样子？明天到我这来领一笔钱多买几个球，一人发一个。”

另一个有意思的事和明义士有关。我讲过在加拿大多伦多的皇家安大略博物馆里，看到那么多甲骨文、那么多的中国文物，当时感叹明义士这个加拿大人怎么在中国收集了 5 万多片甲骨文。明义士也被请到齐鲁大学来任教，在国学研究所，因为他有大量的甲骨文以及有大量的研究，所以也被请来了。到 1937 年日寇来的时候，整个学校搬迁，经过各种艰辛，设备运到上海、香港再辗转陆路，最后到了四川，和好几所内迁的好学校一起办学。抗战以后又运回来。

解放战争时期，济南战役之前国民政府要求他们南迁。迁到杭州云栖寺这个大庙，现在离阿里的总部不远，在那里头上课；精华的一部分医学院迁到福州。后来杭州解放的时候，大部分都回到了济南，解放军解放了福州后才都回来。所以 1937 年大家全部开始撤退的时候，明义士带不走 5 万多片甲骨，就在齐鲁大学校园里到处埋，埋完了以后绘了一个图，交给英籍校长林仰山保管。所以 1952 年院系合并调整的时候，齐鲁大学并进了山东大学、山东医学院等等，就不细讲了。林仰山要回国了，都是国立大学了嘛，外国人都回去，他就把那个图交给了当时的文物管理委员会。他交的图有四处，从这四处一共挖出来八大箱的甲骨，有 8000 多片。林仰山挺有意思的，他没交给国民政府，1937 年他就有这个图，一直到 1952 年他走的时候才把这个图交出来。结果到了 1980 年的时候，可能就是当时负责具体埋的那位年轻大夫，他早就回英国了，又向国家文物局献了一个图，这个图大部分跟林仰山献的是差不多的，但是他的图多了一处，就是五处，但是这一处去找已经找不到了。所以有相当一部分甲骨去了哪里？到现在也是个谜。

下一个，我觉得最有意思的故事来了。就是著名的林徽因、徐志摩的故事。怎么跟齐鲁大学有关呢？是这样的，齐鲁大学非常著名嘛，所以各种各样的西方的大师级人物到中国来，不光是西方，印度的都要到齐鲁大学来演讲什么的，包括罗素大师。《围城》里专门写“罗素大师曾经问过我三个问题，我一一回答了他”这个著名的梗，三个问题是：你叫什么名字？你从哪儿来？你啥时候回去？

然后就是杜威大师，是大哲学家、教育家、实用主义的集大成者，而且他不光是哲学家，今天的世界已经没有这样的知识分子了。因为今天的科学进步，有互联网等等，但是那个时代正好是知识分子大师辈出，照耀世界的时代。那个时代的知识分子对世界的影响是巨大的。所以今天的知识分子经常怀念那个时代。杜威的学养是全面的，哲学、历史、社会学、教育学，他是个全面的大师。1919 年的时候他跑到日本待了一阵子，又到中国待了一阵子。我还看过他的书信集。在日本跟中国给他的孩子们写信，隔三岔五地写，写了一大本信。他又是胡适的老师、陶行知的老师。胡适和陶行知留学哥伦比亚大学的时候都师从他。胡适在他那儿到底得没得到博士学位有争议，反正胡适自己说得着了。杜威访华的时候也来齐鲁大学演讲过，他在中国待了一两年的时间。

然后就是泰戈尔，1913 年泰戈尔得了诺贝尔奖，他那时候是世界级的大师。来中国访问的时候，林徽因跟徐志摩陪着他到齐鲁大学访问。这有点儿意思了啊，因为那个时候实际上林徽因跟徐志摩的爱情故事早已经结束了，在剑桥的时候就结束了。那个时候林徽因跟徐志摩已经转成了挚友，跟梁思成基本上已经定了。她跟梁思成当然是青梅竹马、门当户对喽。两人的爸爸一个是梁启超，一个是林长民。访问齐鲁大学的时候，实际上林徽因已经决定跟梁思成出国到美国去留学，两个人在美国结婚。这是出国前两个月，1924 年 6 月份，林徽因就跟着梁思成出国了。

林徽因跟徐志摩两个人陪着泰戈尔来到了齐鲁大学，当时报纸头版头条的大标题叫“东方师神协同金童玉女抵济”。幸亏咱们这梁思成——梁先生是一个没有吃醋基因的人，要搁别人早急了。这金童玉女，有的时候是林徽因为泰戈尔翻译，有的时候是徐志摩翻译。而且徐志摩翻译的时候林徽因负责监督。他一翻译得稍有不对马上在旁边纠正。这个很厉害，当时林徽因还没有出国留学，她从小读教会学校。教会的中学一直用英文讲课，所以她英文非常好。去剑桥那时候她才十几岁，她在剑桥待过一小阵儿，跟徐志摩在那儿发生了爱情故事。徐志摩是游学，他其实没得过什么学位，但是他家里有钱，所以就到处游学，英文也很好。那个时代的人都是童子功，今天的人很难比拟的。每次林徽因一纠正他，徐志摩马上就特别听话地改。有一次泰戈尔讲完，徐志摩有名嘛，徐志摩翻译完后听众热烈要求说，不听泰戈尔朗诵，徐志摩你来朗诵一首你的诗吧！徐志摩当众朗诵一首他给林徽因写的情诗，《你去》：“你去，我也走，我们再次分手；你上哪一条大路，你放心走，你看那街灯一直亮到天边，你只消跟从这光明的直线！你先走，我站在此地望着你……”哎呀，好感动的。因为那个时候林徽因已经准备跟未婚夫踏上轮船，那个时候不像现在啊，那时候踏上轮船就远走高飞了，徐志摩对林徽因一直有那种感情，林徽因当然是一个很理性的人。结果这济南之行倒一语成谶。

徐志摩最后去世，就是乘坐叫“济南号”的飞机，从南京飞北京，济南号飞机是架邮政机，其实他就是为了去听林徽因的演讲，那时候林徽因跟梁思成已经回国了，孩子都已经有了。当然林徽因那时候要给各国使馆做演讲，他坚决要参加林徽因的演讲，听她讲建筑，讲中国的工事建筑艺术，就从南京飞回北京。天气不好，他搭了一架邮政机起飞，结果正好“济南号”飞机就在济南失事了。而且他上飞机之前拍了封电报给林徽因，说你到南苑机场接我，林徽因派老公梁思成去接他，结果梁思成开着车到那儿，等了半天也没等来。所有北京的朋友们都疯了，就都聚在胡适家，最后得知飞机失事了，林徽因非常想去，但是大家说你别去了。是梁思成和金岳霖这俩情敌去给林徽因的初恋男友收尸。到了济南，看到徐志摩已经被当地的百姓装殓好了，穿着小褂儿，戴着瓜皮帽儿，头上有一个洞。林徽因坚决要求梁思成把一块飞机皮捡回来，这块飞机皮就一直挂在林徽因的卧室里，当时在济南是他俩最后的时光了，结果整个的人生居然是这么安排的，最后结束也在济南。

讲了齐鲁大学这么多故事，提一句康生，他也是齐鲁大学的，可能是没毕业就继续参加革命去了。

齐鲁大学太庞大，所以当1952年院系调整时被分到很多很多学校里去，泰山医学院改名为齐鲁医科大学，后来大家就争议很多，很多学校都想恢复“齐鲁”这个名字，因为它确实分进了很多大学，很多山东的大学跟它都有过交集。2017年齐鲁医学院建校一百周年的时候，教育部决定，还是让山东大学的齐鲁医学部更名为山东大学齐鲁医学院，虽然从直系传承上来说还有很多争议，但是山东大学也确实是目前那边的著名大学嘛。山东大学其实比较怪，原来在青岛，后来搬到济南，所以跟齐鲁大学的交集其实没有那么多。山东大学齐鲁医学院，就算是继承了齐鲁大学的衣钵。

燕京大学

“消失的名校”系列，终于到了最后一所，来到了北京，来到了大名鼎鼎的燕京大学。这所大学已经不能用“著名”来形容了，因为大家都耳熟能详，它是近代中国规模大、质量好、环境优美的大学之一，对我们这个国家近代高等教育的发展产生了深刻的影响。现在大家说去北大，去看北大的未名湖，北大的“一塔湖图”，就是博雅塔、未名湖和北大图书馆。那么多漂亮的建筑飞檐斗拱。其实那都不是北大的校园，那是燕京大学的校园，是中华人民共和国成立以后北大搬到燕京大学校园去了。原来北大是在城里，是红楼。

跟咱们之前讲的大多数消失的大学一样，燕大也是由教会创办的，前身是美国基督教教会创办的汇文大学堂，他们还创办了汇文中学，现在中学还在，曾经改叫二十六中，现在又改回叫汇文中学，我舅舅就是在汇文毕业的。1916 年的时候汇文大学和通州的华北协和大学，还有几个别的学校合并了，但是当时还没定校名。

然后到了1919年的时候，美国传教士司徒雷登——他不光是个传教士，同时还是教会的特别特别能干的募款人，出任了燕大的第一任校长。司徒雷登大家都很熟悉了，毛主席写过《别了，司徒雷登》。1927 年，南京国民政府成立，燕大就和所有教会大学一样，都要去备案，收回教育主权，由中国人任校长，所以 1929 年的时候就由一位中国人叫吴雷川出任燕大校长。司徒雷登就自己改当校务长，但是其实还是由司徒雷登掌管。实际上他一直当真正的燕京大学的校长当了几十年。燕京大学是那个时代规模非常大、水平非常高的大学之一。20 年代的时候就已经有文学院、理学院、法学院等等，18 个学系。燕京大学一共办了大概 30 年，毕业了近 1 万学生，这在民国时期大学里是非常非常大的规模了，而且在近 1 万毕业生里后来成为著名学者的就超过 100 人。其中，中科院院士和中国工程院院士就超过 50 人，而且燕大还是中国的新闻学、社会学的开创者，培养的校友就太多了，包括著名的冰心、费孝通、侯仁之、黄华等等。老师就更多了，因为司徒雷登是一个非常自由派的知识分子，虽然它是教会大学，但是不像有些教会大学有那种那么浓的教会气氛。燕大的学术气氛非常自由，它的校训就叫“Freedom Through Truth For Service”。翻译成中文：“因真理，得自由，以服务”。真理和自由、服务是重要的校训和理想，所以整个教师团队一点不像好多教会大学一样歧视中国教员。司徒雷登使燕京大学非常世俗化、中国化，中国教员跟外籍教师一视同仁，他甚至自筹经费，不是教会给的钱，聘请了好多知名学者来任教，著名的比如洪业、闻一多、吴宓、冯友兰、萧公权、周作人、郑振铎、钱穆、钱玄同、俞平伯、顾颉刚等等，大师云集。因为它在民国时期的中国地位这么重要，以及老师学生中间出了这么多精英，以至于它是中国近代史上一个没法绕开的大学；因为它对政治各方面的介入非常深，“五四运动”“西安事变”等等都跟他没法脱开关系。

1952 年院系调整的时候，燕京大学的民族学系、社会学系、语文系（民族语文系）、历史系并入了中央民族学院（今天的中央民族大学）；法学院并入北京政法学院（今天的中国政法大学）；经济系并入中央财经学院（今天的中财大）；工科并入清华大学；最最重要的文理科并入了北京大学。所以北京大学实际上继承了原来的北大跟燕大最强的文理科，成为中国最好的文理大学，北大的校园也迁到了燕京大学，为什么到北大的校园说这是燕园？就是因为这个。

下面讲一些有意思的故事。要讲燕京大学的故事，首先要讲的，无论如何要讲的就是司徒雷登，因为这个大学跟司徒雷登整个的生命都捆在一起，他生命中最美好的年华，以及他的最好的所有的一切，都献给了燕京大学。司徒雷登的墓现在就在杭州。他临去世的时候是想葬回来，最后葬回了他出生的地方——杭州，我的老家。他是美国传教士的后裔，他的父母就在杭州传教，所以他就生在杭州，他自己也做了传教士，做过美国驻华大使，那个时候已经是国民党马上就要失败的时候了，用他个人的威望去做大事，那只是他很小的一段时光。他最主要的工作就是燕京大学的校长，最开始的时候他还没想来，1919 年汇文大学和华北协和大学合并时，他还在南京的金陵神学院任教，开始他拒绝了，后来几经周折才来，来了以后他起了这个学校的名字——燕京大学。第二年，1920 年华北协和女子大学也并入燕大，所以燕大成为中国最早实行男女合并授课的大学之一，比北大还要早一点。最开始的时候燕大可没有这么有钱，校园也没这么漂亮啊，冰心的老师，叫包贵思夫人，也是个外国人，那时候都起个中国名字，她回忆说当时的燕大一无可取，大家很局促地住在城里，那时候还没有建这个校园，也没有设备，学生不到一百人，教员中只有两位中国人，而且西方教员大多数都不符合大学教授的条件。我觉得传教士有个好处，就是为了传教能不畏艰险远渡重洋，所以他们都有那种基督教的入世精神，司徒雷登就费尽周折，到处去筹集资金，然后骑着毛驴儿、自行车转遍了北京四郊，就是为了给燕大寻找一个新校址。直到去颐和园的路上，离城有好几公里的地方，有一块地映入他眼帘。他看到了那个漂亮的，其实是一个王府式的建筑，清华那里原来也是个王府。北大最开始那块地方有一小片建筑，就是现在北大的勺园，是北大后来接待留学生的地方，我是特别熟，从小没事儿就去勺园玩儿。

我记得《闲情偶寄》里我曾经讲过，我在洛杉矶的博物馆里看到了一幅 20 年没有面世的一个长卷，画的是明代的一个大名士米万钟创建的勺园。米万钟是大书法家，宋朝米芾的后代。他请人画的这幅长卷，画的是一块石头（他有收集石头癖）。他建了勺园，但是到清朝的时候，勺园就被收入清廷，叫淑春园，乾隆皇帝宠爱和珅嘛，就把这个淑春园赏给了和珅。和珅死了以后呢，就收进了内务府，然后道光又把它赏给了多尔衮的后人睿亲王，变成了睿王园，其实就是王府啊。后来清朝没有了，变成了民国，所以这个园子就转到了陕西督军陈树藩的手里，当然，历史上你可以说陈树藩是北洋军阀，但是北洋军阀这些人，个人的道德很多都很好。所以司徒雷登准备了当时募来的 20 万美元的巨款，到西安去跟陈树藩协商：这个园子能不能我买过来？我要办大学，为中国。结果让司徒雷登特别惊喜的是，陈树藩这个军阀说没问题，我也不要 20 万美元。就仅仅收了 6 万大洋——很低很低了啊，把这块地让出来，不仅如此，他还把收到的 6 万大洋里的 1/3 当作奖学金，鼓励办学。北洋政府的北洋军阀们都特别鼓励办学，包括张作霖。实际上中国到今天为止最好的大学体系在北洋时期就建立了。到国民政府时期，其实没有新建什么更多的好大学，主要大学都是北洋时期建立的，当然包括用北洋命名的北洋大学，就是今天的天津大学。

有了这块校址，又一位咱们熟悉的人物，亨利・墨非，前文所述的岭南大学、金陵女子学院都是他设计的。这哥们儿一美国人啊，设计了好多非常中国式的校园。民国时期教会大学为了让自己融入中国，反而用中式的设计，中国人办的大学反而建得很西式，这个很有意思。一直到 1926 年，燕京大学正式迁入了美丽的燕园，司徒雷登自己的庭院就在未名湖边，叫临湖轩。但是他没有把它当作一个完全个人享受的庭院，传教士，尤其是美国那些清教徒，都特别不贪图享受。这个庭院其实是他的朋友捐给他建的。他就把它当作校长办公室。他的妻子 1926 年去世的时候，他就把她葬在燕园里。他后来垂垂老矣在美国去世时遗嘱里说想葬回燕园，因为他妻子也在那儿。但是最后还是葬回了杭州。

当时燕大教授月薪 360 大洋。当时各个大学的教授差不多都挣这么多钱，非常有钱，校长定的月薪是500大洋，但是司徒雷登不拿，他只拿教授的月薪，而且燕大的月薪从来没有出现过拖欠，当然也是因为教会大学有钱。国立大学当时经常拖欠，因为国民政府要打仗等等，而且国民政府从来没有真正从财政上统一过中国，所以实际上好长时间里，国民政府一直用有权控制财政的四个省的收入供所有的开销。四省就是南京周围的四个省：江苏、浙江、安徽、江西。最惨的时候，只有两省的收入。所以当时国立大学经常欠薪。但是教会大学有钱，尤其是燕京大学，从来没有拖欠过教授的工资。

司徒雷登干了一件特别牛的事儿，他说服了哈佛大学，和燕京大学在1928年成立了哈佛燕京学社，用了一位叫霍尔的美国富豪的巨额遗产，哈佛燕京学社一成立，当时燕京大学就跻身世界一流大学。哈佛燕京学社到现在还在，但是不在这儿了，当然是在哈佛大学里面。到现在还有很多访问学者。哈佛燕京图书馆就是我现在在哈佛一天到晚在里面泡着的地方，也是全世界非常好的图书馆之一，有中文古籍以及各种中文的珍贵档案，因为有大量的大师去世前把自己的档案书信捐给哈佛燕京图书馆。我在微博上发过照片，我在那里看到大量的孙中山的书信、林语堂的书信、赛珍珠的书信等等，所以哈佛燕京学社、哈佛燕京图书馆到今天还存在在哈佛大学里，这就是司徒雷登的重要遗产之一。

他的本事之大啊，他在燕大的时候早期能够准确说出每位学生的名字，1931年“九一八”事变的时候，他亲自带领数百名师生上街游行。1934年，燕大学生参与南下抗日请愿，当时学校催促在美国募款，他正在美国募款（教会大学很像美国大学，美国的标准大学就是校长到处去募款。当然其他老师也要募款，所有教授都要募款，私立大学、教会大学都是这样），学校就催他赶快回国阻止，他回来当天，就对南下请愿的学生说：“我在上海下船，一登岸，首先问来接我的人，我们燕大的学生到南京请愿了吗？

他们回答我说：燕大学生大部分都来了。我听了以后才放下心，特别高兴。如果燕大学生没有来参加抗日请愿，说明我办教育这几十年完全失败了。”这多么感人啊，一位美国人，坚决支持中国学生的爱国行动，不像咱们之前讲的很多教会大学，坚决不许人们参加政治啊等等。所以抗日战争爆发的时候，他聘请反对日本侵略的日籍考古大师鸟居龙藏任教。当燕京大学被日寇一度关闭的时候，师生被赶出燕园。他曾经站在学校门口，向每一个师生鞠躬道歉，日本人因此对他实行一年的软禁。那时候还没敢抓他，他也曾经答应日本说招收日本学生，但是规定他们必须通过燕大的入学考试。所以在北京沦陷的日子里，因为他的坚持，确实也没有一名日本学生能通过考试，所以一个日本学生也没招进来。

从 1937 年“七七事变”到 1941 年日本偷袭珍珠港，太平洋战争爆发，他一直保持燕大正常的办学状态。太平洋战争一爆发，日本宪兵冲进燕园，逮捕了 18 名师生，又在天津逮捕了正在为学校募款的司徒雷登，把他押回北京。其他的燕大师生都被营救走了以后，就只剩他一个人。日本人就把他关了四年，所以他为了坚持办燕大，还在日本的监狱里关了四年。不过他在那四年里完成了自传，也是一本著名的书《在华五十年》的大部分内容。

他本人其实没有什么特别的政治观点，他不认同左派，当时的共产党他也不了解，但是在燕大抗日宣传马克思主义的刊物都不被禁止。他是一个自由派知识分子，以至于毛主席重庆谈判的时候到了重庆，第一次见到他，满脸笑容地说：“久仰，久仰，你们燕大的同学在我们那边工作得很好。”因为很多燕大的学生到了延安。到了 1947 年，国民党已经摇摇欲坠了，因为他在中国的威望非常高，美国就请他担任美国驻华大使，他离开燕大的时候就说，我去当大使就是为了谋求和平，因为只有在那种环境下燕大才能生存和发展。

南京国民政府南撤到广州的时候，连苏联大使馆都跟着搬到广州去了，只有他坚决不撤，就留在南京，其他大使馆都撤到广州，他说我要留在南京谈判。当时发生了很多意外的事故，大的环境也不允许中美有任何的谈判，因为苏联东欧社会主义都已经成功了嘛，中国当然是加入那边，所以到了1949年8月，在中国生活了45年的司徒雷登黯然离开。他走了5天以后，毛主席那篇著名的《别了，司徒雷登》发表了，那时候他已经很老了，73岁的他就中风了，从此再也没有踏上过中国的土地。到了1962年，他在华盛顿病故，那时候他86岁，死前留下遗嘱说：一定要葬回燕园。46年之后的2008年，他的骨灰才返回中国，但是只是葬在了杭州。

燕京大学有太多值得讲的事情，比如周作人怎么投敌、怎么被刺杀、怎么跟他的学生反目，冰心和吴文藻怎么在司徒雷登家里结的婚、当天晚上新房没地儿住跑大觉寺去开房，大觉寺是一个寺庙，就变成新婚洞房……好多好多好玩的事儿，但是我想来想去，最值得在这最后一章跟大家讲的，是五位燕京大学的外籍教师，他们怎么投身中国的抗战、怎么帮助中国人民，怎么怀着对中国人民深厚的感情、冒着生命的危险投身抗战。这些故事都非常值得保留下来。

首先一位要讲的是大名鼎鼎的斯诺。斯诺应该是这五位里最有名的，也是那个时代在中国最著名的外国记者，我小的时候就知道斯诺，因为他的作品《红星照耀中国》《西行漫记》。斯诺原来是《纽约时报》的驻华记者，那是世界著名报纸，所以燕大创办新闻系的时候就请他来当讲师。新闻系当时的六七个教员，一半儿都是英美德通讯社的或者驻华报纸的记者。后来他的一半骨灰就安葬在未名湖畔。

另一位是著名的林迈可，英国人，牛津大学毕业，1937年12月才来到燕京大学，受聘于司徒雷登，当经济学导师，但是他文理都很好。最有意思的是他来中国的时候，跟白求恩同船，而且俩人还成了好朋友。到了

1938 年 4 月，抗战期间燕大一直在上课，林迈可就利用复活节的假期跟燕大的另外两名教师坐火车去保定，又骑车到了游击区，接触到了游击队；到了夏天暑假的时候，他带着他的蔡司伊康相机，跟他同事一块儿到冀中根据地，见到了吕正操司令员，见到了整个晋察冀根据地司令员聂荣臻聂帅，然后又被聂帅介绍到山西去，见到了八路军的总司令朱德朱老总。最有意思的是，虽然他是教经济的，但是对无线电也很了解，他用自己的无线电技术为八路军总部检修了无线电设备。看到八路军在这么艰苦的条件下坚持敌后抗日，他还参加了游击队破袭平汉路的战斗。

让他特别高兴的是，他在五台山还遇见了白求恩，当时白求恩正在非常忙碌地用骡子驮着他那简陋的医院手术设备，在流动的手术台上给伤兵做手术，每天工作十几个小时。大家看到白求恩著名的在前线抢救伤员的珍贵照片就是林迈可拍的。临别的时候，林迈可还给了白求恩 18 美元，那时候美元还挺值钱啊，他塞给白求恩，约他到北平去休养，白求恩本来都答应了，但是这一分别，就成了永诀——白求恩牺牲了。他在遗嘱中说：用林迈可送给我的那 18 美元当作邮寄费，把我的所有东西寄回加拿大。

林迈可回燕大以后就真的参加了八路军，是八路军的地下工作者。他用自己的英籍身份为八路军到处购买药品，不但购买药品，还让他的学生把说明书都翻译成中文，他的学生一听说这事儿都觉得非常值得，包括他的女学生，跟随着他冒风险。他的一个女学生叫李效黎，就是帮他翻译药品说明书的，还跟着他一起去冒险送药，最后两人结成了夫妻，后来就开始为八路军买手术器材、通信器材、机油等等，因为他可以随便通过日军的哨卡，所以每个周末都以旅游为名，骑着摩托车带着这些物资，一次次交给平西游击队的地下联络站，再送到抗日根据地。他还曾经借过校长司徒雷登的汽车，把当时驻守北平的国民革命军二十九军（“七七事变”就是二十九军在抗日）留给八路军的六皮箱枪和地雷还有发报机，分三次送到西山的一个庙里，交给八路军接头人，这完全就是八路军的一员。

珍珠港事件爆发，他从电台里听到美国正式对日本宣战，他觉得日本人马上就会找上门来，他就开着司徒雷登提供的汽车，带着他的老婆、他的好朋友班威廉夫妇，也是五位加入抗战的外籍教师之一，一起冲出燕大东门。刚走十分钟日军就包围了校园。他开车出门根本就没想过要回国，而是义无反顾地去找八路军，最后终于来到了平西八路军总部。当时平西八路军的司令员萧克让炊事员把一条狗给宰了，慰劳他。他的作用已经完全不是经济学教授，穿上八路军军服就开始检修电台，和班威廉全面地帮八路军组装各种便携式小电台等等，然后他就被聂荣臻聘为晋察冀军区通信技术顾问，完全变成一个理科生。两年多的时间里，他们为晋察冀根据地做了上百部无线电台的维护修理、升级改造，甚至还开了无线电训练班。林迈可讲授无线电技术原理，听课的那些人后来很多都成了中国通信电子航空事业的领导。

1944 年他到了延安，设计建造了一个 600 瓦的大型发报机和定向天线，就为了把延安的消息传出去，而且准确地算出了美国旧金山的方位，测出了延安的地理方位，把那个天线架起来，准确地对着旧金山方向。后来美军观察组来到延安，他一问才证实了，他架的那个天线以及发报机让美国的西岸都能收到新华社的新闻。他自己撰写了很多新闻，在《泰晤士报》《卫报》等各种主流的媒体上宣传中国的抗日。

抗战胜利以后，林迈可夫妇才带着他们分别在晋察冀根据地和延安生的一对儿女回到英国。他是贵族，从父亲那里继承了勋爵的爵位，成了英国上议院议员。大家知道英国议会分两个院啊，上议院全是贵族，下议院才是人民选的。当然权力主要在下议院，上议院是荣誉的地位。林迈可是一个贵族，却一直投身中国的抗战，中华人民共和国成立以后，他也多次访华，1994 年去世。

当然除了这三位之外，还有夏仁德、赖朴吾。其实不止他们几个，当时不光是燕大的外籍教授，还有在北京和上海的西方来的朋友对中国也充满了感情，帮助中国抗战。所以我经常讲，不管中美关系到了什么地步，曾经帮助过我们的这些美国人、英国人、加拿大人等等，都是中国人民不能忘记的，包括美国政府在中国抗战时期对中国的帮助，飞虎队、驼峰航线牺牲了的那么多美军飞行员。我们讲四川的建川博物馆时讲到很多当年的事情。

夏仁德、赖朴吾等教授的大部分事迹都是差不多的，就是在北平掩护学生。夏仁德掩护许德珩这些人，送他们到延安去，自己又到了大后方。这两位教授去的大后方是成都，在最艰难的情况下，帮助燕大继续在那儿复校、教课。

燕京大学著名的五位外籍教授，三位去了解放区，两位去了大后方。我们重点讲的是去解放区的三位。后两位就不多介绍了。

“消失的名校”至此就全部讲完了。

传奇爱侣

> 排行榜中这七对传奇伴侣，有的是惊世骇俗，有的是蜚声世界，有的是一起贡献了辉煌的科学，有的是一起改变了世界，有的是一起改变了历史，有的是一起革命……反正他们一起干了各种各样的事。

邦妮与克莱德

第一对爱侣是一起去犯罪、一起杀人越货。他们是历史上的一对鸳鸯大盗，当然《水浒传》里面的张青、孙二娘也是一对鸳鸯大盗，但他们是小说里的文学人物，而邦妮与克莱德是真正的雌雄大盗，已经非常著名，被拍成了电影、电视剧等等。电影 *Bonnie and Clyde*（《邦妮与克莱德》），被翻译成《鸳鸯大盗》，也被翻译成《雌雄大盗》。

他俩之所以非常有名，首先一个原因就是他们的故事发生在美国大萧条时期，特别惨的时候。1929 年美国开始大萧条，陷入一片失业、饥饿、凄风苦雨之中。这个时候突然冒出一对年轻人，男的长得帅，女的长得美。而且女的还是才貌双全，她在高中的时候曾经代表学校得到过写诗歌的冠军，她的文章、诗歌写得相当好。我看她的文字的时候都觉得如果她不死，哪怕关她几十年，没准都能关出一个文学家来。在那个悲惨的时代里，有这样的一对男女，他们杀警察、杀执法人员，最开始大家当然认为他们是反抗者，但其实大家都觉得挺痛快的，所以后来他们的故事在全美传为英雄美谈。

邦妮与克莱德都是得州人，得州就是个民风彪悍的地方。人人有枪，很有牛仔精神，所以邦妮16岁的时候先是爱上了一位凶悍的牛仔罗伊·索顿。他俩都是小镇农村孩子，邦妮16岁退学后就嫁给了罗伊。但由于罗伊脾气暴躁，俩人过不到一块儿去。后来罗伊因为斗殴杀人被关进监狱，他俩就再也没见过面，但是邦妮一直到死手上都还戴着与罗伊的婚戒，所以她跟克莱德其实并没有结婚。

克莱德是那种坏孩子，从小打打杀杀，借了车不还，后来又因为抢劫等等事情十几岁就坐了牢。他俩相遇的时候邦妮差不多19岁，克莱德21岁。当时邦妮因为失业到一个朋友家去住着，他们就在朋友家遇见了。电影里拍的情节是克莱德想去偷邦妮妈妈的车，俩人因此认识了，电影必须把人弄得更戏剧性一点。其实这俩人真实的故事就已经很有戏剧性了。

他俩在1930年相识，正好是大萧条刚到高潮的时候，克莱德就又去坐牢了，关在一个叫伊斯森劳改农场（Eastham Prison Farm）里面。通过禁酒令时代、大萧条时代的黑帮电影《美国往事》等等，就能看出来那个时代的监狱是非常残酷的，克莱德在农场里面遭到警察不停的毒打，而且还被一个犯人性侵，使得克莱德种下了仇恨的种子，他原来其实只是小偷小摸，但在监狱里就发誓要报仇。1932年，克莱德被他妈妈捞出来后，找到了邦妮，两个人从此直到死亡都在一起。

克莱德的目的其实很简单，首先是想抢抢钱，但主要抢的不是银行，而是加油站、杂货店、中西部地区那些小店。等攒够了钱和军火就准备去他充满仇恨的伊斯森农场劫狱。他第一次杀人其实是走火，在抢劫的时候意外打死了一个店主，俩人从此一发不可收拾，干起了各种犯罪的勾当。人只要开始杀了一个人就收不住了。紧接着在Oklahoma（俄克拉荷马州）杀死了警官，这个时候他们是三个人——邦妮、克莱德、Raymond（雷蒙），雷蒙是克莱德的狱友，出来以后一起结成了一个小帮派。但是没干多久，雷蒙又被抓起来重新进了伊斯森农场。克莱德为了救出雷蒙就更要到农场劫狱。就在这俩人到处杀人越货的时候，克莱德的哥哥 Buck（巴克）也在坐牢假释后带着他的妻子 Blanche（布兰奇）回来了。他们就一起去度假，每天彻夜饮酒作乐。据邦妮说他们每天要喝一箱啤酒。这时候还有一个他们从小就认识的 16 岁小孩，叫 Jones（琼斯）。青春期的小孩就崇拜黑帮大哥，但他们其实也不是什么大哥，他们那黑帮也很小，雷蒙已经在监狱里，只有克莱德兄弟俩加上小跟班琼斯，以及邦妮妯娌俩。这妯娌俩还特别不对付，因为邦妮是文艺青年，特别喜欢这种刺激的生活，而嫂子布兰奇根本就不是干这个的料，每次他们作案开枪，布兰奇就在旁边尖叫，每个电影里都有这么一个角色。

结果有一次他们在喧哗之中，开枪走火，邻居就报警了。那个时候是禁酒令时代，不能卖酒，来了五个警察围住他们，原本以为他们是贩私酒的，结果围住了才发现，他们是大名鼎鼎的雌雄杀手。经过一番枪战，他们把警察打得伤亡惨重，成功逃跑了。邦妮在这次枪战中第一次打伤了人，还是名警察，邦妮之前从没有伤害过人，等于手上也沾了鲜血。他们虽然跑了，可是留下了一堆东西没来得及带走，包括他们的相机以及大量的照片，还有克莱德哥哥巴克的结婚证书、假释证明，所以他们全暴露了。

铺天盖地的通缉照片让全美国人民特别兴奋，因为那些照片太浪漫了。其中一张著名的照片就是邦妮在一辆车前头，手提一支左轮枪，嘴里叼着大雪茄，以及克莱德抱着邦妮等等照片，导致他们名声大作，蜚声全国。但是有一点不好，出了名以后谁都认识他们，他们没地去了，不能进城市，不能进城镇，只能在野外一路上打劫，抢银行、抢汽车，穿州过市。因为当时还没有成立 FBI（Federal Bureau of Investigation，联邦调查局），州里面的警察、县里面的警察都没有越州界去执法的权力。所以他们就打一枪换一个地。在好多个州，在 Louisiana（路易斯安那州）、Indiana（印第安纳州），最北一直跑到 Minnesota（明尼苏达州）、Illinois（伊利诺伊州）等等，在这些地方一路抢劫。不敢进饭馆，只敢野炊。洗澡都得在小溪里，其实很苦。而且这妯娌俩越艰苦越吵架，吵得特别厉害。

有一天克莱德开车的时候，经过一个桥，没看到正在施工的警示牌，结果车就掉河里了，而且起了火，邦妮的一条腿也烧伤了。从此以后大家能看到的照片都是克莱德抱着邦妮，因为她没法走路了，这其实是个很不好的预兆，一个重要的人没法走路了，未来逃亡的生活就更惨了。他们原本打算跑到 Kansas（堪萨斯州）——中西部的一个穷州休养，结果又在打劫商店的时候因为逃脱不及，把镇上的警长打死了，只好继续逃亡。

但是他们其实就是小镇青年，并不像《教父》以及电影里演的那么彪悍，他们也不聪明。有一回他们五个人住店的时候，非要登记三个人，但是买了五份饭，店主很警觉，看出是通缉犯，于是就报了警。他们虽然不是很聪明，但是带着步枪等等武器，所以特别能打。警察带着长枪短炮来了一大堆，经过一通交火，他们居然又逃脱了。可是哥哥巴克头部中弹，差点去世，嫂子布兰奇也被弹片打瞎了一只眼睛。所以在又一次被围攻的时候，他哥哥中了枪，没办法，他们只好把哥哥、嫂子留下自己跑了。巴克被捕后没几天就死了，布兰奇后来被判了十几年，出来以后又嫁了人，活了很久，1967 年拍电影的时候，还专门找过布兰奇聊，请她授权等等。于是就剩下三个了，邦妮和克莱德这对雌雄大盗带着 16 岁的琼斯。

美国南部的人是很恋家的，所以他们隔一阵就得回家看看。结果他们回 Dallas（达拉斯）去看家人的时候又被警察包围，这回琼斯被捕了，被关到了伊斯森农场里，只剩邦妮和克莱德了，但是他们最终成功地劫了狱，实现了自己的梦想，攻进了伊斯森劳改农场，救出了雷蒙、琼斯这帮哥们儿，还放出一堆囚犯，囚犯出来时还打死了狱警，引起了更大规模的追捕。大规模追捕的时候警察发现自己不够行，就开始请赏金猎人，一名已经退休的老警察 Frank Hamer（弗兰克·海默），就揭榜当了赏金猎人。他们本身的故事就特别像电影。

赏金猎人是西部的一个传统，有关他们的故事在美国西部片中也有很多。

赏金猎人海默自己组了警队，一直在车里吃住，追着他们。海默原来是骑警的头，他特别厉害，仔细地分析了他们所有的行踪以后，发现这帮人每隔一阵子就会去一个同伙的家里看家人，达拉斯去过了，这边去过了，那边去过了，只有一个地方他们没去过，于是他准确地判断出了他们接下来要去的地方，是他们劫狱时救出来的一个叫 Henry（亨利）的老同伙在路易斯安那的家。海默带着警队率先赶到那边，买通了亨利的父亲，发现他们确实已经在来的路上了。

他们也挺傻的，作为江洋大盗就不要去看家人了，但是南部的人民就是比较纯朴。于是海默就在那儿设了埋伏。邦妮和克莱德正好跟亨利先分开了，约好在亨利家见。于是海默就带着五个人全拿着步枪、机关枪等等埋伏在去海默家的一条小路上，等邦妮和克莱德的车经过的时候，毫不犹豫地一通扫射，两个人连还手的机会都没有，车上一共中了 130 多枪，俩人各中了 50 多枪，据说克莱德先被打死，邦妮尖叫两声也被打死了。

这件事立即轰动了周围所有地方。验尸官最后回忆，邦妮和克莱德的车和尸体被运到医院的时候，两万多人争相来看这对雌雄大盗，还有坐火车、坐飞机来的。邦妮是位非常白皙娇小的美女，大概只有一米五几，所有人都冲出来把他俩身上的东西拿走当纪念。本来他俩是要葬在一起的，但是邦妮母亲觉得克莱德害了自己的女儿，坚决不允许他们葬在一起，所以他俩分别葬在了各自的家乡。

这就是当年轰动全美国的雌雄大盗。1967 年根据他们的故事改编的电影非常著名，前两年好像还被拍成了迷你电视剧。

约翰·列侬与小野洋子

他们是 20 世纪最著名的一对儿乐坛最闪耀的或者说最具争议的、最令人难忘的伴侣——约翰·列侬与小野洋子。

Beatles（披头士乐队）是我的心头至爱，也是世界上亿万歌迷的至爱。很长时间在我的车内除了十几张 Beatles 的唱片就没别的，来回来去地听。我和郑钧年轻时闲得没事一起开车去遥远的地方，路上一边听 Beatles 一边各种长吁短叹，跟着一起高声歌唱。

约翰·列侬不光是 Beatles 的灵魂人物，而且也是那个风起云涌的时代——反战时代、革命时代、摇滚时代，简称“光芒万丈的时代”里最大的偶像之一。所以约翰·列侬跟小野洋子的事儿我从小就很熟悉，只不过我小时候知道的是她叫大野洋子，后来不知道为什么叫小野洋子了（我也不太懂日语）。但是后来看到一个我很喜欢的日裔的巴西出生的女艺人叫小野丽莎，Lisa Ono，那既然 Lisa Ono 是小野丽莎，那她就应该叫小野洋子了，因为她的英文名叫 Yoko Ono。

按照我们东方人的审美，小野洋子算不上长得好看的女性，但西方男人所喜欢的东方女人，通常是长得比较硬朗的，骨骼比较清奇的，就是我们东方人看着比较厉害的女人，而我们东方男人喜欢比较温柔的。当然了，小野洋子整个人的能量密度已经远远不能用相貌来衡量了，约翰·列侬如果要找好看的女人太容易了，这世界上有多少美女是他们的粉丝呀！

那时的粉丝比现在的粉丝疯狂，现在的粉丝在网上应援，去机场接机。那会儿甚至都跟他们到酒店里，夜里偷偷匍匐前进到酒店里去把他脚踩过的地毯割下来，拿一块带脚印的地毯回家就高兴死了。

所以约翰·列侬娶了小野洋子导致了大量粉丝的愤怒，粉丝永远都希望偶像是属于自己的。西方还好，东方更严重一点，所以东方的偶像经常隐瞒恋情，敢于公布的我觉得都挺勇敢的，西方这方面倒没有那么严重。但是，如果作为一个乐队的灵魂人物，因为娶了一个女人，而导致这个乐队解散了，那事儿可就大了。Beatles 就出现了这个问题，因为 Beatles 的大量粉丝都是崇拜整个乐队，有更喜欢约翰·列侬的，也有更喜欢 Paul McCartney（保罗·麦卡特尼）的，当然也有喜欢 Harrison（哈利森）的，他们各有各的粉丝，但是总的来说，大家都希望这个乐队永不解散。当然这是不可能的，所以一旦解散了就会找出各种理由。

找出的第一个理由，也是全世界最爱找的理由就是赖到女人身上。小野洋子确实能量非常大，应该这么说，她的能量其实超过了约翰·列侬，所以他俩才能在一起分分合合，最后走到底，当然这个“底”是个悲惨的“底”。约翰·列侬最后被一个歌迷给刺杀了。但是她毕竟同他一起走过十几年的道路，一直陪他到终点。

到现在，大家纪念起约翰·列侬时，小野洋子依然是必定会出现的。关于他俩的相识有好多种说法，有一种说法是小野洋子坐在台上表演行为艺术，请观众上台来剪她的衣服，全剪成碎片，每个人剪一片带回去送给自己的爱人，最后把她剪得赤身裸体，而约翰·列侬就是观众之一。

小野洋子是相当有影响力的当代艺术家，包括装饰艺术、行为艺术等等，她都做。

另外一个我听到的说法是小野洋子做一个展览，其中有一幅画特别特别小，而且放在一个很高的地方，下面有个梯子，梯子顶上有一个放大镜，小野洋子就想，谁会爬上去拿放大镜看这个苹果呢？没想到的就是来看这个展览的约翰·列侬爬上去了，拿这个放大镜去看那个小苹果，于是两个人就这样一见钟情。当然还有别的说法，但基本不管什么说法，都是在小野洋子艺术展上或者表演时，两个人认识的。

小野洋子大概要比约翰·列侬大七岁，是姐弟恋。照中国的话说，“要想发，女大八”。列侬从小没有得到过父母的爱，原生家庭带来的心理上的窟窿是很难填补的。因为他父亲是个海员，常年不回家，他母亲靠他父亲寄回来的支票度日，结果有一次他父亲大概半年没有寄支票回来，他母亲为了生活直接就跟了别人。列侬生在 1940 年，正值战争年代。战争期间及战后的年代，都是英国非常艰难的岁月。那个时候有千百万的妇女不是丈夫没寄支票，就是丈夫在战场上没了等等，所以他母亲跟了别人也正常。

他从小养在姨妈家，导致他对父母的爱是极度缺失的，这样长大的一个男孩子，又是艺术家，多愁善感，非常敏感，所以他和小野洋子在一起，好多人分析说（我也这么认为），其实他就是在找一个母亲，想要在母亲的怀里。所以他俩照的最后一张照片就是约翰·列侬赤身裸体，像婴儿一样，蜷伏在一身黑衣的小野洋子的怀里，这大概也是他一直以来对小野洋子的感情的样子吧，照完这张照片他就被刺杀了。

约翰·列侬跟小野洋子先是如胶似漆地恋爱了三年，结婚后 Beatles 就解散了。解散当天简直是太伤感了，四个人在楼顶上进行最后一次排练，楼下所有的街区全都大塞车，所有人都在楼下看他们四个在楼顶上表演，壮观极了。

世界上有史以来最伟大的乐队解散了，约翰·列侬被骂死，但他跟小野洋子都无所谓，两位大艺术家对这些事儿根本不屑一顾。到今天也一样，凡是在乎在微博上或是网络上被骂的那种人，那都是完全还在乎流量的人，真正到了一定程度，根本就不在乎这事儿。他俩其实不在乎这事儿，但是后来因为其他的事情而分居了。

两个艺术家在一起，尤其是两个纯粹的艺术家在一起，是非常难合拍的，因为艺术家都倔强，都有自己的自信、自负，刚愎自用，尤其两个人又都是很成功的艺术家，一个东方人，一个西方人。小野洋子是日本贵族家庭出身，玩当代艺术的人，大部分是有钱人家的孩子，因为当代艺术真不挣钱，不像搞音乐，出唱片，能演出挣钱，小野洋子纯粹就是思想展示，是一种真正的行为艺术。而列侬出生在海员家庭，两个人出身有很大差距，再加上约翰·列侬和小野洋子一个是西方人，一个是东方人，所以两个人出现了严重的问题，后来就分居了。

分居以后列侬在洛杉矶还跟一个姓庞的华裔女性在一起。庞小姐一直当他俩的助理。两位分居以后小野洋子就派庞小姐到那边照顾列侬。结果列侬跟小野洋子分居期间，一直跟庞小姐在一起。

其实列侬找的最好看的是他第一任妻子，第一任妻子是个典型的英国美女，两个人还有个儿子，但是最后他不辞而别。实在是没办法，艺术家没有心灵相通的伴侣和冲击是不行的。

列侬这个人就是一个没有刹车的火车头，如果没有像小野洋子这么强的人按住他，他就会像脱缰野马一样又酗酒，又吸毒……经过了一阵子放纵的日子，最终他还是回到了小野洋子的身边。这中间可能有一小段时间，列侬、小野洋子和庞小姐还三角恋了一阵子。但最终他回到了小野洋子身边，而且他们有了自己的儿子，儿子后来还出了唱片，两人进入了一段最美好的时光。

经过了分分合合，两个人开始相敬如宾，也不出门了，就一起在家里养植物、修房子、养猫，一起做音乐、一起抚养孩子等等，过了一些特别美好的日子。整个世界上那个奔腾、号叫、摇滚、泥泞的时代也过去了。所以两个人其实过了几年很平静的好日子，而且两个人本来想一起过到老，到 2004 年 64 岁时退休。那时列侬和小野洋子的孩子六七岁了，列侬又重新出山，签了唱片约，准备好好地做唱片，就在一切都特别美好的时候，列侬被一个叫查普曼的男粉丝给刺杀了，导致全世界陷入巨大的悲痛和纪念。

后来小野洋子为普及列侬以及列侬的所有思想和音乐做了很大的贡献，每年都会出版关于列侬各种各样的东西，办纪念音乐会。2004 年时，还专门为计划中的 64 岁的退休办了盛大的纪念活动。他俩拍过一个特别美好的 music video（音乐短片），那时候看得我热泪盈眶。MV 中列侬在弹着一架钢琴，小野洋子在白色房子里，将白窗帘一扇一扇地拉上，列侬在唱他最著名的歌之一，*Imagine*（《想象》），这是两个人的梦想。

两个人最向往的天堂，最后就结束在那纯洁的白色的天堂一样的房间里，那就是他们最后的影像。应该说，在各种各样的不成功的或者成功的、神奇的或者奇怪的艺术家之间，比如说萨特和波伏娃，这些知识分子之间的恋情中，约翰·列侬和小野洋子的恋情还是非常让人怀念的，他俩确实互相改变了很多。

原来列侬是一个天天吃垃圾食品的英国人——fish and chips（炸鱼和炸薯条），但是在小野洋子的影响下，他跟着小野洋子一起吃素、喝茶、吃糙米，不吃任何奶制品，也不吃肉。小野洋子本来不抽烟，但是她让列侬戒烟未成，最后她也跟着列侬一起抽烟。两个人互相融进了对方的血液里，在艺术上也给了对方很大的激励，尤其是东西方带来的不同元素跟思想的碰撞，包括小野洋子对音乐的想法，她虽然不是个音乐家，但她是一个当代艺术家，她对所有东西都有一种自己一以贯之的艺术观念，这对列侬后期的音乐也有很大的影响。

所以这一对伴侣，还是非常让人感叹的。

扫码听列侬歌曲
Imagine

亨利八世与安妮·博林

英国历史上因为爱情而成为传奇的国王、王子有一大堆，因为欧洲宫廷有很多情种以及乱七八糟的传统，但是所有这些国王加起来都没有亨利八世一个人厉害。爱德华八世因为爱上了一位美国离异女士而退位；现在的查尔斯王子也是娶了小三。但是一辈子结过六回婚的国王还依然是国王，这是整个欧洲宫廷里绝无仅有的故事，这位国王就是著名的亨利八世。传奇爱侣系列中要记录的这一对英国历史上的爱侣，就是亨利八世和安妮·博林。

按说国王可以有无数的情妇，其实没必要结那么多回婚。虽然他们因为宗教规定实行一夫一妻制，不可以像中国的皇帝或者东方的皇帝一样妻妾成群，但是可以有很多情妇。像法国国王、西班牙国王，包括哈布斯堡王朝，乱伦都可以。但亨利八世有结婚瘾，他不停地离婚、结婚，有六次之多。而且其中有两位被他斩首，有两位病死。

在这六位中最传奇的一位就是安妮·博林。她是英国著名的戏剧源泉之一，关于她有各种各样的话剧、电影、电视剧，包括《都铎王朝》，主要都是讲他俩的事。《都铎王朝》里还有他俩的女儿伊丽莎白一世，就是把英国从一个二三流国家带向主要强国的著名的伊丽莎白一世。

安妮·博林的故事，就像我们电视上、报纸上看见过的很多人的故事一样。例如，肯尼迪娶的杰奎琳和她妹妹就是从小被教育一定要出人头地，所以杰奎琳姐妹俩拼了命地要找权贵、富翁。最后杰奎琳嫁给了肯尼迪。肯尼迪死后，杰奎琳又抢了她妹妹的情人、未婚夫——希腊船王，并嫁给了他。这在西方包括在全世界都是经常会发生的故事，漂亮却出身不够好的、聪明的女生被灌输了充满野心的家庭教育后，攀附权贵的故事。

安妮·博林的出身且不要说与亨利八世不够门当户对，她是连伯爵都配不上的普通家庭的孩子。她的爷爷是一位绸布店老板，在贵族横行的欧洲，这地位简直太低了。在中国也一样，“商人重利轻别离，前月浮梁买茶去”，商人只能娶年老的青楼女。在欧洲也是。但是她的家族充满了向上的野心，所以她的父亲就娶了一位诺福克家族的女子，诺福克家族是英国著名的贵族家族，也就是说安妮·博林的母亲是一位贵族，相当于她父亲拼了命地奋斗成功了，她爷爷也由于跟贵族联姻当上了伦敦市的市长。她爸也继承了家族不断进取的精神，成了一名外交家。到此他们都还只是行政的官员，不是真的贵族，她父亲深知人脉的重要，赶快趁机把两位女儿送进各种各样的宫廷里当侍从女官，那个时候很流行这样，能去宫廷里当侍从女官，就已经走出了第一步，机会也就随之而来。而且也可以学习到很多贵族的东西，跳舞、礼仪、服装，尤其是风情，贵族之间的风情是非常重要的。

安妮·博林的姐姐叫玛丽，而且比她还漂亮，她姐姐属于“大肉弹”女孩，又白又丰满，留着一头金发，其实她姐姐比她更吸引人。她俩先是去到当时的尼德兰（以荷兰本土为核心、四个构成国组成的复合国），那时荷兰还不是一个独立的国家，比利时那时都还属于西班牙，所以她们到尼德兰成了女摄政、女大公的侍从女官，接受了好的教育。一年以后，正好亨利八世（安妮·博林未来的丈夫）把自己的妹妹嫁给了路易十二，去了法国。因为大家的目标都是转一圈最后还是要回到英国攀高枝，于是她父亲趁着这个机会赶快又把安妮·博林和玛丽送到了法国宫廷，做了法国的王后玛丽·都铎（安妮·博林未来的小姑子）的侍从女官。但是年老的路易十二刚结婚仨月就死了。玛丽·都铎王后拼了命地想要自由恋爱，后来就嫁给了一位英国大臣，回到了英国。于是安妮·博林姐俩就被留在了法国宫廷，一直到长大成人都在接受法国教育。那个时代的英国是很土很土的，也不是什么一流的国家，跟西班牙完全没法比，跟法国、跟哈布斯堡王朝都没法比，所以她俩在高级的法国的迷人的文化下熏陶成了非常貌美的情场高手。她爸因此特别高兴，到安妮·博林 20 岁的时候，把她俩弄回了英国，成为英国凯瑟琳王后的侍从女官。

接下来亨利八世先看上了安妮·博林的姐姐，因为她姐丰满性感有着国王情妇的外貌，而且又傻傻的，是最符合所谓情妇标准的女性。但傻傻的女孩很容易被抛弃，因为肉体带来的欢愉很快就会腻了。她姐被抛弃以后亨利八世就看上了安妮·博林。

安妮·博林是个完全会玩儿的女性。她跟她姐以及所有那些想当国王情妇的女人不一样，她不想当情妇，她有一个在当时看起来完全实现不了的梦想就是当王后。但是安妮·博林出身卑微，而且当时的凯瑟琳王后深受英国人民爱戴。凯瑟琳王后是西班牙公主，当时西班牙是那么大一国家，16 世纪就是西班牙的世纪，他们发现了美洲，发现了银矿、金矿，西班牙是日不落帝国。凯瑟琳王后既是西班牙公主，又是非常端庄贤惠、不争风吃醋的英国王后。所以安妮·博林得想一个特别好的办法才可以实现梦想。

她的办法其实也挺简单，威廉王子跟凯特王妃的故事其实就是亨利八世和安妮·博林的翻版。威廉王子和凯特王妃大学时谈恋爱，在威廉王子大学毕业时就分手了，然后凯特王妃那时候还不是王妃，坚决地不争不抢地回到了自己的故乡小镇，然后把自己搞得非常憔悴，让媒体各种拍，直到威廉王子实在看不下去了又来找她复合，这故事几百年前就上演过。就是安妮·博林坚决不同意当亨利八世的情妇，而且离开了宫廷，回到自己的老家。亨利八世作为国王可没见过这样的女人，于是就急了，开始给她疯狂地写信追求她，到现在能看到的就有十几二十封信。而安妮·博林的回信永远冷冷的，模棱两可，不拒绝但也不答应。直到最后亨利八世被她完全地俘虏了，就说："你到底要怎样吧？你说吧！"她就说："我就是要当王后"。

这一下可厉害了。亨利八世本身就是一个大情种，再加上凯瑟琳王后原本是嫁给他哥的，结果他哥很年轻就死了，相当于凯瑟琳王后是亨利八世的寡嫂，本来他是二王子，为了保持西班牙跟英国的政治关系，亨利八世他爸软磨硬泡最后让他嫂子嫁给了他。凯瑟琳王后比他还大，而且生的儿子都夭折了，只有一个女儿活了下来，就是后来著名的"血腥玛丽"——他们家这套故事简直太精彩了。亨利八世就跟安妮·博林说："你能生儿子你就可以当王后。"她说："我保证能生儿子。"于是亨利八世就想尽办法去离婚。那时候离婚还得找教皇同意，但是教皇死活不同意。教皇背后最大的金主就是西班牙国王，娘家怎么能同意离婚呢？所以离婚拖了八年之久。

别看这安妮·博林折腾半天，但是她给英国起到了一个自己都没想到的好作用，就是亨利八世最后为了离婚，坚决地跟天主教的罗马教廷决裂了，英国从此走上了新教国家的道路。作为新教国家就不用听天主教的教皇的话了，新教国家没有一个统一的教皇，只有自己国家的大主教，比如英国是坎特伯雷大主教。当然到现在英国国王自己就是英国教会的领袖。英国脱离罗马天主教会，其中也有反复，后来“血腥玛丽”又反复过。但是总而言之，亨利八世成为英国教会的领袖，而且议会还通过了。最终他离了婚，娶了安妮·博林。

安妮·博林被娶了以后，犯了很多错误。很多野心膨胀的甭管女人男人，一旦上位都会犯这些错误。她犯的小错误就是过于奢华，因为她在法国待惯了，见惯了法国宫廷的奢华，但是英国宫廷都土了吧唧的没法跟法国宫廷比，所以她一上位之后，有各种奢华的要求，需要 250 个仆人，各种各样的铺排，服装也引领了英国的时尚，把英国从土了吧唧的国家变成了一个时尚的国家，变成跟法国一样，穿着华丽的衣服等等，她这种奢华引起了大批人的反对。再加上她又没生出儿子，那个时代的科技也没法造出一个儿子。她在生了一个女儿之后就一直小产，这唯一的女儿就是后来著名的伊丽莎白一世，也是使英国走向富强的伟大女王。

但是安妮·博林心眼儿小，她怎么看前王后凯瑟琳生的玛丽都觉得不顺眼，觉得是在跟她的女儿争夺未来的继承权。她居然下令让玛丽公主来给她自己的两岁的女儿当侍从女官，这个事情又激起了很多人的愤怒，但玛丽公主还是来了。玛丽公主的心态就是你让我干什么都可以，但是剥夺我公主的权力不可以。安妮·博林撺掇各种各样的办法，想剥夺玛丽公主的权力，都没成功，而且她什么都敢干，英国坎特伯雷大主教去世，她居然撺掇亨利八世把她自己家的牧师任命成英国坎特伯雷大主教。

安妮·博林的种种恶行导致英国上下对她非常不满。尤其是像克伦威尔这种强势的人对她更加不满。于是克伦威尔就开始反扑，把她身边的那些艺术家、诗人都抓起来（她在法国长大，特别喜欢和这些人在一起），挨个严刑拷打，结果大家都承认和她通奸，其实可能并没有，只是为了获得罪证，就像当年为了废除前王后凯瑟琳时找到一个人证明她不是处女之类的“罪证”。最后在这么多人要废除安妮·博林的情况下，她不但被废，而且还被判了死刑。

安妮·博林被判死刑有很多原因。其一就是凯瑟琳王后正好那年去世了，举国上下对安妮·博林的不满达到了高潮。亨利八世就跟她分居了，把她给关起来，据说是给了她一封信，要求她签署同意离婚。但是如果她离了婚，她的女儿伊丽莎白就会变成私生女，再也没机会继承王位了。于是她坚决不签，最后就被判了死刑，两天以后就被斩首了。因为她热爱法国，还专门从法国请了一个刽子手，不用英国那种土了吧唧的斧子，而用法国的锋利的长剑将其斩首。斩首以后由于国会连棺材都不给她批，只得将她的尸体放在一个柜子里便草草埋了，连个墓碑都没有。

她刚一死没两天，亨利八世就娶了她的侍从女官，亨利八世这六个妻子里有三个都是侍从女官。据说这位是亨利八世一生最爱，因为她很快就死了，导致亨利八世唯一的一次落泪。他这位第三任王后给他生了一个儿子，于是传位给了这位王子，但是当时有一个继承权法，如果王子没有后代就要传给凯瑟琳王后的大女儿，就是“血腥玛丽”，如果“血腥玛丽”没有后代，就再按照顺位传给安妮·博林的女儿伊丽莎白一世。结果正好也巧了，虽然安妮·博林死了，但是最后三任英国王后都没有后代，所以爱德华传位给了“血腥玛丽”。“血腥玛丽”跟伊丽莎白两个人一生恩怨情仇，最后“血腥玛丽”被关起来了，她也没有后代，于是传位给了伊丽莎白一世。伊丽莎白一世终生未婚，也没有后代，所以整个都铎王朝在伊丽莎白一世以后就结束了，就传给了另外一个姓的人，都铎王朝也因为这一通折腾只持续了一百多年。

这就是欧洲历史上最风流的亨利八世，以及应该说如果不是唯一也是极少数之一的在那个时代能从一个普普通通的商人之女最后爬到英国王后位子的安妮·博林，给英国贡献了伊丽莎白一世女王这样伟大的君主。

居里夫妇

居里夫妇应该是人类科学史上最伟大的一对夫妇。他们对科学的贡献、对人类的贡献，他们对爱情的奉献，他们的生活、他们的理想、他们对居里夫人的祖国——波兰的贡献，都是名垂青史。

居里夫人有一段特别典型的艰苦且励志的成长历程。这不是一个人成功了以后才编的一点年少时的故事，现在很多人在自己写传的时候都搞这种事。居里夫人确实是背负着国家、民族、家庭的悲怆成长起来的。居里夫人是生在华沙的，但是她已经没有祖国了，很多人说当他们听到肖邦、居里夫人如何热爱自己已经亡了那么久的祖国的时候，都热泪盈眶，对这种亡国之恨感同身受。

居里夫人生在一个爱国的波兰家庭。波兰当时被三个帝国瓜分，其中华沙是在俄国的境内，所以从她爷爷辈开始就参加游击队抗击沙俄，为祖国的独立而奋斗。她的父亲也是一位爱国者，是一位中学数学和物理老师，所以居里夫人从小受到的科学教育跟她父亲有很大的关系。

本来她家家境还可以，她母亲经营一所著名的寄宿学校，但是家里生了几个孩子之后，她母亲就辞职回家照顾孩子了。她父亲很爱国，当时学校里不许教波兰语，不许教波兰的历史文化，但是老师们还是会偷偷地教，学生们在写作文的时候就能用一点波兰语，但是被沙俄派来的学督发现后要开除学生，居里夫人的父亲挺身而出保护学生，最后被学校撤销了副学监的职务，减少了他的薪水，并且把他们从学校分配给教师的宿舍里赶了出去。他们全家只好搬到一个廉价的地方生活。

为了能养家糊口，他父亲招了十多名寄宿生，除了照顾他们还给他们补课，但是其中一位寄宿生得了严重的伤寒病，传染给了玛丽·居里的大姐和二姐。最后大姐身体不行就去世了，她母亲也因为肺痨病去世了。此时家里非常艰苦，为了让自己和二姐两个人都能去读书，她主动提出来："我先去打工养你，你去巴黎读书。"她是非常有牺牲精神的一个人，她二姐非常想学医，"等你毕业了以后做了医生，你再养我，我再去巴黎读书。"因为那时候波兰的大学不招女生，所以她们只能去法国读书。

居里夫人就到乡下一个糖厂的老板家里做家庭教师，那时候家庭教师同时也要做很多别的事，做家务等等，相当于一个高级的用人。她在这儿产生了非常苦涩的初恋，幸亏初恋是苦涩的没有成功，不然的话就没有"居里夫人"这个名字了，她是嫁给了居里后才改姓居里的。其实糖厂的老板对她非常好，支持她一直坚持研究物理，允许她在家里搞研究，还帮她找机会去找些器材，到处给他的亲友介绍说这个女孩有教养、有学问还得过金质奖章，同时允许她继续在家里学习，因为她学习一直非常好，父亲也是知识分子。当老板的儿子从大学回到乡下休息的时候，就爱上了家庭教师。但是遭到家里人的坚决反对，糖厂老板夫妻说："我们再喜欢她，她也是一个用人，你绝对不可以跟用人在一起，要门当户对。"富二代都很柔弱，斗不过家里，最后只好跟居里夫人（当时还不是居里夫人）分了手。

居里夫人一直在糖厂老板家干了四年，最后终于逃离了这个家庭，因为这里有她初恋的伤痛。正好这时她的姐姐毕业了，而且嫁给了一个医生，经济有所好转，于是就把居里夫人接到了巴黎。居里夫人是不愿意接受别人的馈赠的，她一生都是这样。所以她在她姐姐家坚持住在一个条件特别艰苦的小阁楼里，一边做家庭教师养活自己，一边读书。因为她每天只吃很少的东西，她还曾经因为营养不良昏倒过，然后被送到了她姐夫的医院里抢救。但是她的学业很好，最后以第一名的成绩毕业考取硕士，开始了她真正的科学之旅。

那个时代是大师辈出的时代，伦琴发现了 X 射线，其他人发现了铀的放射性等等，所以激励了居里夫人的科学研究。她在科学研究的过程中认识了居里。居里当时是一名讲师，两个人相爱后因为共同拥有对科学的热爱，就结婚了。因为他们不信教，结婚时没有在任何教堂举行婚礼，也没有戒指。两个人住在一个阁楼里，里面都是做实验的仪器。有人想给居里的家里送家具他们俩都不要，因为没有时间去打理。家里就一块板儿，晚上点一盏油灯，各自搞各自的研究。

她的科学成就众所周知，这是所有标准教材中都会讲到的内容。她得过两次诺贝尔奖，她发现了两种元素，一种根据她的祖国波兰，命名为钋（Po），另一种镭（Ra）—— radium，是射线的意思。她不是简单地发现了化学元素，她发现的镭其实对整个人类科学都有巨大的推动，甚至对神学都有推动。因为镭是一种神奇的元素，从那开始才有了后来的所有的原子能等等东西。她发明了 X 光机并且亲自操作，在“一战”中拯救了成千上万的生命。

居里夫妇一直都特别勤俭，居里夫人那时候因为没有钱实在读不下去书了，最后波兰的科学院给了她亚历山大奖学金。她居然在后来得了奖金之后把钱还给了科学院，大家都傻了，奖学金不是贷款，从来没有一个学生把奖学金归还的。她一生都是秉持着自己高洁的品性。

但是她在爱情的道路上就不太顺了。她跟丈夫一起在 1903 年得了诺贝尔奖，她的丈夫 1906 年的时候因为在雨天过马路时摔倒，结果被马车轧过去，当天就去世了。她之后没有再婚，但是她跟她丈夫之前的博士学生关系不错，他也是一位伟大的科学家，叫郎之万。居里夫人的丈夫在世时，郎之万作为其博士学生就经常去他们家，后来她丈夫去世以后，郎之万也会经常来照顾师母，结果两个人产生了爱情。但是郎之万此时和妻子只是分居，还没有真正离婚，而且郎之万的妻子还拿到了居里夫人给郎之万写的情书，并且这封情书里还写到了性的需求。在那个时代的西方，包括全世界，都是非常保守的，是坚决不认同女性可以有性需求的，所以居里夫人就被法国人群起攻之，有人管她叫“波兰荡妇”等等。

居里夫人非常痛苦，精神差点崩溃，郎之万与之分手后又回到了妻子身边。居里夫人到了修道院里疗伤，幸亏有爱因斯坦支持她，其实爱因斯坦比她“花”多了，不但结过几回婚，而且婚内也一直不老实。但是大家觉得爱因斯坦没事，因为他是个男的，但是作为一名女性，在那个时代就会有很多这种压力。

郎之万也是个伟大的科学家，郎之万后来不但坚决反对纳粹，而且还到中国来，在“九一八”之后他坚决支持中国人民的抗日事业，还在中国认识了一名学生，将学生带到法国成了他的博士生，这位博士生就是汪德昭先生。

汪先生是科学院的声学所所长，中国声学界著名的泰斗，也是我母亲的干爹。汪先生全家在法国巴黎留学时，我的外公外婆在德国留学。德国不幸遭到轰炸，所以我母亲出生之后就先被送到法国，在汪先生家里养了些日子，所以一直管汪先生叫干爹。我小的时候每年都得跟着我妈去汪先生家里拜年，两家的关系非常好。后来汪先生的孙子汪延当了新浪总裁的时候，我正在搜狐工作，他还跟我说：“咱们两家说起来你应该是我干哥哥，你怎么能在我对手公司呢，你来新浪吧。”我因此在 2001 年又从搜狐到新浪去了。

居里夫人最后一生也未再婚，坚强地为科学做出了伟大的贡献。德国占领巴黎的时候，居里夫人在战乱中带着两个女儿到处逃难，自己的细软都不带，带了一个巨重巨重的铅盒子，里面是一颗镭。因为她最开始发现镭以后，镭是属于巴黎大学实验室的。后来有一个记者采访她：“这个世界上有什么东西是你最愿意得到的？”她说：“我想有一颗镭。”这个记者都傻了，说：“镭不是你发现的吗？”她说：“那是属于巴黎大学实验室的，那不是我的。”记者听完了以后感慨万千，因为当时一颗镭价值百万法郎，她自己绝对无法拥有，但是她如果没有一颗镭，就研究不出来后来的 X 光机这些东西。

有赖于这位美国记者回去以后，到处写文章宣传居里夫人，号召美国人民捐献，赠给居里夫人一颗镭，最后美国总统专门亲自把这一颗镭赠给了居里夫人。而居里夫人在捐赠仪式上坚定地说，一定要修改捐赠证书，这不能赠给我，这个东西永远属于科学。她是法国科学院第一位女院士，是法国第一位女博士，也是第一位两次获得诺贝尔奖的科学家。并且她所得的诺贝尔奖分为两个门类：一个是物理，一个是化学。

最神奇的是她的大女儿也成了核物理学家，她的大女婿是著名的科学家约里奥，他们俩发现了人工放射物质，夫妻俩共同获得诺贝尔化学奖。她的二女儿更神奇，不是科学家，是音乐家，是传记作家，她嫁给了联合国儿童基金组织的总干事，她的丈夫 1956 年获得了诺贝尔和平奖。两个女儿，两个女婿，其中三个人获得了诺贝尔奖，这是诺贝尔奖之家呀。

居里夫人后来因为长期研究放射性物质，自己也受到了放射性沾染，在六十几岁的时候就去世了。她留给人类的科学遗产以及伟大的人格遗产永远都值得我们纪念。

Loving 夫妇

这一篇介绍一对非常普通的但是改变了美国历史、美国政治的爱侣。他们在很大程度上改变了美国 20 世纪最根深蒂固的种族歧视、种族隔离等等问题。

这是个特别著名的案子，叫 Loving v.Virginia（爱诉弗吉尼亚）。美国只要到最高法院去判的案子都是“× v. ×”，“v.America”就是直接诉美国这个国家。这个案子是对一个州的起诉，由最高法院判下来的。Loving 是这对爱侣中丈夫的名字，太神奇，他的名字就叫“爱”，当然后来也是他们全家的名字，所以这个案子就是：爱起诉弗吉尼亚州。

这是一对普通的情侣，女孩儿叫 Jeter（杰特），是一名黑人，她 11 岁时就爱上了 17 岁的白人男孩儿 Loving。弗吉尼亚州是美国当时最最保守的南部州之一，当时的法律不允许白人和黑人结婚。

美国南北战争期间参加邦联的州都很保守。其中南卡州、北卡州、密西西比州、亚拉巴马州、弗吉尼亚州，比得克萨斯州、路易斯安那州要保守更多。弗吉尼亚州不但保守，而且还特别骄傲，它觉得这里是美国最最重要的发源地，因为这大概是英国最早的殖民地，弗吉尼亚公司就在这里登陆，所以它觉得自己这儿是最老牌儿也是最精英的地区。美国前五个总统里有四位都是弗吉尼亚州出生的，包括开国总统 George Washington（乔治·华盛顿）、Thomas Jefferson（托马斯·杰斐逊）、James Monroe（詹姆斯·门罗）总统等等。南北战争期间南军总司令 Robert Edward Lee（罗伯特·爱德华·李）将军也是弗吉尼亚的骄傲，虽然弗吉尼亚战败了，但是他们不服气，南卡州挂着邦联的“血痕旗”一直到 2015 年才摘下来，简直是顽固得一塌糊涂。

虽然南北战争结束以后废除了奴隶制，但是还是存在大量的种族歧视。

因为美国是一个联邦制的国家，在联邦制的国家里，联邦的权力是有限的，联邦可以废除黑奴制，联邦最高法院可以下一些原则性的立法，但是大量的权力是在州，比如说婚姻法，到现在美国每个州的婚姻法都不一样。在拉斯维加斯的州法中结婚就很容易，离婚也容易，加州就是结也不容易离也不容易，每个地方的州法都有很多地方不一样，就像前几年开始美国有几个州可以同性结婚，后来才慢慢全国都统一，所以婚姻法是明显的州权。

弗吉尼亚州的规定就是不同种族不能通婚，而且南部当时十几个州都这么规定的，虽然它是这么规定的，但还不是指所有的不同种族之间不能通婚，只是白人不许跟有色人种通婚，这个法本身立的时候就是一个恶法。如果真的是想要设立一个平等的种族隔离法，那就是说如果黄种人和黑人结婚也应该违法，为了保持各个种族的完整性，所有的种族都不能互相通婚，但其实不是。它的立法中就是白人不可以和其他有色人种结婚，其他人种你爱结不结，跟我没关系。种族完整主要保护的是白人的种族完整。

到了 1958 年的时候 Jeter 已经怀了第一个孩子，那个时候美国还不像现在这么开放，不可以不结婚就同居。两个人没办法，只得去别的州结婚，正好离弗吉尼亚 100 多公里就是美国的首都 Washington D.C.（华盛顿哥伦比亚特区，英文全称为 Washington District of Columbia，简称华盛顿），那里是北方，在南北战争期间黑人和白人就已经可以在那结婚，所以他俩就跑到 Washington D.C.。结果结完婚刚回到家乡，夜里就被警察上门逮捕了。警察就说他们违反了法律，州刑法专门有一条规定就是去别的州结婚回来也一样要判一年以上五年以下的徒刑。他俩就被起诉到法院，而且检察官坚决要求判刑，最后陪审团全部都是由白人组成，这是很典型的南方州做派。

其实弗吉尼亚的地理位置还不算是特南方，它是南方里最北边的一个州。所以南北战争期间弗吉尼亚是最前线，南方联盟的首都 Richmond

（里士满）就在弗吉尼亚州。但无论如何它还是南方的标准，所以陪审团全是白人，全都羞辱他俩，判定他俩有罪，这对爱侣最后只好被迫认罪请求从轻发落。在美国就是这样，如果不认罪就要受到重判。他们俩虽然不做实刑，但是判了缓期一年，前提条件是他俩要接受流放 25 年不能回乡，非常惨。

俩人只好离开家乡到 Washington D.C. 去工作。他们十几岁就在一起，也没受过什么教育，Loving 就去当砖瓦匠，砌砖、搬砖，真的是在搬砖养家，妻子 Jeter 先后生下了 3 个孩子。普通的人民想要工作赚钱还是得依靠家乡的父老乡亲，所以他们经常偷偷回去，而且在 Washington D.C. 医院很贵，也生不起孩子，她只好偷偷潜回家，让妈妈帮着生，结果刚生了孩子又被警察抓起来。俩人只好再次背井离乡，Jeter 甚至说她不希望孩子们长大，因为他们仿佛是被囚禁的囚徒，也没办法回故乡看孩子。

自 1959 年他们被判刑后几年过去了，到了 60 年代美国民权运动风起云涌，原来规定公共汽车上、公共场所里必须将黑人、白人隔离开，而且黑人永远要给白人让座。后来就发生了著名的“不让座事件”，一位黑人因为不给白人让座被抓起来，也是著名的蒙哥马利巴士抵制事件，全体黑人在一年多的时间内坚决拒绝坐公交车，组织者就是后来大名鼎鼎的马丁·路德·金，整个民权运动风起云涌到 1964 年，国会正式通过了《民权法案》，规定在全国每个地方的公共场所内都不可以设置种族隔离。这时 Loving 和 Jeter 一下子燃起了回家乡的热情，在外面漂泊了那么多年，现在有了民权法，是不是就可以回家乡了呢？于是他们就斗胆给当时的司法部部长写了信。

这时约翰·肯尼迪总统已经被刺杀了，林登·约翰逊是当时的总统。约翰·肯尼迪的弟弟 Robert Kennedy 是当时的司法部部长（后来 Robert 因为竞选总统也被刺杀了），大家都叫他 Bobby。Loving 和 Jeter 就给

Bobby 写了封信，问他能不能助他俩一臂之力。JFK 作为民主党总统本来就是更“左倾”一些，作为 JFK 的弟弟当然要支持他们了，于是小肯尼迪 Bobby 专门把他们的信转给了美国著名的公民自由联盟 ACLU（American Civil Liberties Union 的缩写），ACLU 到现在为止都是美国著名的很强大的组织，并且指派了一个叫科恩的律师免费给他们提供法律援助。

科恩找 Loving 和 Jeter 仔细地谈过之后，最后决定直接起诉弗吉尼亚州政府，这个案子就是著名的 Loving v.Virginia。当然了，弗吉尼亚州一直让他们败诉，因为要起诉到联邦最高法院（Supreme Court），必须要从最基层法院开始起诉。他们一直败诉，败诉再上诉，起诉到州法院、到联邦巡回法院，最后一直起诉到联邦最高法院。这个事情的影响力越来越大，《华盛顿晚星报》等各大报纸都来采访他们，他们又很纯朴，采访时 Jeter 就说：“我们相爱结婚，又不是跟州政府结婚，他们干吗要为难我们？”

弗吉尼亚州先上诉到最高法院，坚称他们符合宪法，他们说的最关键的就是这是平等的，因为白人和黑人受到了同样的判刑。但其实是非常不平等，就像他们只保护白人，别的种族都不管，而且他们违反了宪法里的很多原则，他们给最高法院的解释中甚至搬出了上帝和《圣经》。结果连教会都站出来批评他们，教会说：“《圣经》里没有说种族间不能通婚，结婚是每一个人的自由，是上帝给的自由，上帝从来不区隔种族。”从法律界到宗教界、到知识分子都对这件事有所关注，最后处在风口浪尖上。

其实美国最高法院在之前接到过这样的案子，而那个时候美国的民权运动还没有那么高涨，所以他们还不敢那么去判，基本上就是回避或者不接，甚至在更久远以前，最高法院还判过支持州法中种族隔离的案子。然而到了 20 世纪 60 年代，一切都改变了，从最高法院院长开始就很支持这对爱侣，院长要求亲自撰写判词，因为美国是没有成文法的，最高法院的判词其实就是美国的法律，最高法院一直是九个法官，院长说服了其他八位法官，以 9：0 通过 Loving 胜诉、弗吉尼亚州败。这个法案一通过，全美国剩下的十几个不许种族通婚的州，全部废除这条规定。就像前几年奥巴马时期，最高法院一通过同性恋平权法案，全国所有的州都必须执行。所以 Loving v.Virginia 是震撼美国、震撼世界的一个著名的案子。

在这个案子里，Loving 和 Jeter 自己也说“其实我们只做了一点点”，但是他们为美国千千万万的恋人争取来了平等的权利，而且“高法”判词写得非常清楚：婚姻法是属于州权，按说“高法”不应干涉，但是婚姻是个人的权利，个人权利超过州权。“高法”这次不是剥夺州的婚姻法立法权，而是要判令在婚姻当中的个人权利，个人的自由要超越州的法律，所以判定弗吉尼亚州败诉。

Loving 和 Jeter 胜诉之后虽然成了名人，依然还是靠辛苦地打工赚取微薄的工资，生活虽然清贫但是过得很幸福。结果胜诉八年以后，他俩被醉酒的司机驾车撞了，丈夫 Loving 被撞死，妻子 Jeter 也瞎了一只眼睛，但是她一直活到 2008 年。最后她在清贫中去世的时候，40 年前帮他们打赢官司的律师科恩也垂垂老矣，还来看了她，给她送行。这是一段很感人的故事。

今天的年轻人听到这个故事都不敢相信，仅仅几十年前，号称人权自由的美国居然是那样的。但其实种族歧视在美国人内心深处依然没有解决，尤其是特朗普上台以后，明显地感觉到种族歧视有所回潮。当然，种族通婚已经在法律上没有问题，大家还认为在科学上这对于优化种族可能更好，人家可能都感觉人种相隔越远的，结婚生出来的孩子越聪明。

美国近几年的婚姻里，大概 17% 都是不同种族通婚，比例也不是那么高，因为毕竟和自己种族的人结婚更舒服，华人就愿意跟华人在一起，日本人就愿意跟日本人在一起。在美国这么多年，我看到的婚姻中，跨种族的婚姻差不多能占到10%，大部分都是犹太人跟犹太人、韩国人跟韩国人、白人跟白人、黑人跟黑人，白人里面还分了爱尔兰人、犹太人等等，这就不是歧视的问题了，是文化的问题。歧视的问题已经比半个世纪前好了太多，但是美国作为一个移民国家，现在可能不歧视黑人了，转而歧视墨西哥人，歧视其他的贫困国家来的移民，特朗普称之为shithole country（屎坑国家），他这样公开歧视，让我觉得要解决歧视问题仍然任重道远。

埃及艳后与安东尼

埃及艳后（克利奥帕特拉七世）和马克·安东尼应该是世界历史上被拍过无数次电影的最著名的传奇爱侣，甚至在电影里演他们的演员也爆发了传奇的爱情故事，传奇套传奇，应该很少有能跟他俩媲美的故事了。伊丽莎白·泰勒虽然不是第一位饰演埃及艳后的演员，但却是最著名的，前两年安吉丽娜·朱莉也饰演过埃及艳后，有意思的是这两位演员也各自爆发了传奇爱侣的故事。

在好莱坞一百多年的历史上，有两对儿最最著名的以及最吸引小报记者、狗仔队的情侣，其中一对儿就是在1962年演《埃及艳后》的大美女伊丽莎白·泰勒和理查德·伯顿。我小的时候，在墙上挂好莱坞女星相片的时候，挂得最多的就是玛丽莲·梦露和伊丽莎白·泰勒，尤其是伊丽莎白·泰勒穿着金色裙子在17岁拍的那张照片，我一直挂在墙上，恨不能都带到大学宿舍里去。她是好莱坞巨星时代非常美的女性之一，她实际上长得比玛丽莲·梦露还性感，只是她没有玛丽莲·梦露看上去那么风流。实际上她一辈子可能结了七八回婚，到很老的时候还和一个年轻的建筑工人结婚了。但是在她一生中这么多次的婚姻里最相爱的、也是最著名的伴侣，就是在《埃及艳后》里跟她演传奇爱侣的理查德·伯顿。

伊丽莎白·泰勒和理查德·伯顿演《埃及艳后》的时候分别都有家庭，那时的理查德·伯顿是和自己的发妻在一起，而伊丽莎白·泰勒在理查德·伯顿之前已经结过四次婚了，但是俩人金风玉露一相逢就干柴烈火压不住，剧组里开始沸沸扬扬。那个时代还挺保守的，这俩人表面上迫于剧组的压力，在片场假装不说话，但是俩人拍吻戏的时候一次比一次时间长，以至于有一次俩人就吻得没完没了分不开了。导演喊：“停！”俩人没听见，导演就又喊：“我喊停，你们听不见吗？”但是俩人继续接吻，最后导演说：“放饭。”拍戏的时候一放饭大家就都散了，机器也关了，灯也关了，吃午饭时间到了，意思是今天不拍了，这时俩人才停下来。他们俩在那个保守的时代引起了巨大的争议，因为双方都有家庭。甚至两家聚会，四个人吃饭的时候这两位还在桌子底下手拉着手，爱得一塌糊涂，于是就分别离婚了。

俩人举办了全世界媒体疯狂追逐的婚礼，以至于梵蒂冈都发了声明谴责这两位通奸。那个时候梵蒂冈管得挺宽，教会的权力还挺大。但是如果梵蒂冈今天回想起来就知道自己干了多少肮脏的事，这些年为了那些性侵、鸡奸等等道了多少歉，赔了多少钱？当年人家真心相爱而且结婚了梵蒂冈还去谴责人家，美国国会都沸腾了，这很少见。

那时候他俩实在是太著名了，整个20世纪60年代他俩就是好莱坞最大的俩巨星。曾经有人开玩笑说好莱坞近一半收入都是他俩带来的，他俩一起演了十来部电影，部部大卖座，所以俩人奢侈得一塌糊涂。理查德·伯顿恨不得把全世界最贵的钻石买给泰勒，称为泰勒伯顿钻石。他们拥有大批的用人、自己的飞机，到哪儿去都包下一层酒店，全世界的美食空运给他们。过了好几年幸福而狂热的生活。

伊丽莎白·泰勒和理查德·伯顿两个人给好莱坞贡献了两亿美元，那个时候的两亿美元，现在就没法数了，恨不能两年的总票房都是他们了。理查德·伯顿被六次提名奥斯卡最佳男主角奖，但是始终也没得着奖，伊丽莎白·泰勒得了两回奥斯卡最佳女主角奖。

但这么炙热的爱情，这么燃烧的爱情通常都是有问题的，细水长流反而可能会更久远。后来两人开始各种争吵，再加上慢慢地出现了新的巨星，不能永远都是他们俩头牌，而且理查德·伯顿总是被提名但得不到真正的奥斯卡奖，迫于各种压力，他开始酗酒，最后俩人互相折磨得实在不行了就离婚了。那时候他们俩离婚也是大新闻。但是离完婚过了两年这俩人遇见了，又开始干柴烈火，复婚了，俩人互相折磨了二十二年。

1984 年理查德·伯顿去世的时候五十八岁。我相信如果他不是那个时候去世，他们可能还有第三次婚姻。理查德·伯顿在去世之前给伊丽莎白·泰勒写了很多信。他死之前最后一封信写给伊丽莎白·泰勒，说："和你在一起的时光是我一生中最幸福的时光，我想回家。"非常感动，他把他们在一起的时光认为是家，伊丽莎白·泰勒一直把这封信留在身边。

理查德·伯顿跟伊丽莎白·泰勒离婚以后就更疯了，娶了各种奇怪的女人，比如南斯拉夫前国王的女儿。那时的南斯拉夫都是社会主义国家了，有各种已经过气的贵族。理查德·伯顿是英国威尔士人，他自己出身贫寒但是他特别热衷王室、贵族。他还曾经和温莎公爵（前爱德华八世，退位以后叫温莎公爵）俩人把酒言欢，他很喜欢这种奢侈的生活。他跟伊丽莎白·泰勒在一起的时候曾经同时养着 42 位亲戚朋友等等，完全是一个疯狂的人。所以他跟伊丽莎白·泰勒的故事，非常令人唏嘘。

后来安吉丽娜·朱莉也演了《埃及艳后》。是不是演埃及艳后的人都会陷入这种传奇爱侣的宿命中呢？她和 Brad Pitt（布拉德·皮特）曾经把孩子的一张小照片以四百万美元卖给八卦杂志，可想而知他们受到的关注度。看来"埃及艳后"这个名字以及她的故事会产生一种神奇的魔力。

埃及艳后的名字翻译成中文叫克利奥帕特拉·提亚·菲洛帕托尔，她本人确实是有神奇的魔力，虽然现在有很多人质疑她的长相。有人找出一枚当年的银币来，看到上面印着埃及艳后的头像，那个印在银币上的确实看着不太好看，很丰满，据说身高不到一米五，但是这之前对她的所有历史记载全都是溢美之词。当时她在埃及，虽然她去过罗马，但是因为她穿着华服坐在盛大的船上、花车上，没有人近身看过她，所以当时的人都把她记载得无比美丽。也因为确实在当时罗马非常重要的几个男人之一恺撒与她有过感情，她差一点就成了罗马的第一夫人，结果在两个人要结婚之前，恺撒被刺杀了。反正谁来埃及艳后就能征服谁，恺撒在征服埃及的时候被她的美丽征服了，所以埃及一直保持独立二十几年。在埃及艳后之前，恺撒有过三个老婆，其中有一个难产死了，有一个离婚了。恺撒唯一的儿子就是跟埃及艳后生的，而且因为这个儿子后来还爆发了战争。恺撒死后，埃及艳后就和安东尼在一起了，也有了著名的故事。

根据历史的记载，埃及艳后跟安东尼两个人应该是有真的爱情。两个人在一起十几年，而且安东尼不爱江山爱美人，为了她一切都可以放弃。

埃及艳后先跟恺撒生了一个儿子，然后跟安东尼生了两儿一女。安东尼还挺大方，不但把自己的两个儿子任命为北非和中亚的国王，还把埃及艳后跟恺撒生的儿子任命为罗马的国王。安东尼宣布埃及艳后跟恺撒生的儿子是恺撒的唯一继承人，才导致了屋大维的愤怒。恺撒确实是只有这么一个亲生儿子，但是在没有亲生儿子之前，恺撒将屋大维收为养子并指定为第一继承人，因为屋大维以恺撒养子的身份才有继承的合法性，才可以被元老院和军团支持。这种故事在中国多了，但是当安东尼在远方又立了一个真正的恺撒继承人的时候，屋大维要不惜一切代价跟他开战。

在阿克提姆海战中，安东尼跟屋大维决战的时候，安东尼跟埃及联合海军被打败，一个重要原因就是打到最激烈的时候埃及艳后跑了。安东尼打遍欧亚非身经百战，但是他一看自己心爱的老婆跑了，于是他也跑了，他们被屋大维追到埃及，安东尼伏剑自刎，埃及艳后也用一条毒蛇结束了自己的生命。今天的科学家对此产生了质疑，一条毒蛇怎么能让人在几分钟之内就死掉呢？因为埃及艳后死之前给屋大维写了一封信说要自杀。据说也有记载，她曾经企图勾引过屋大维，但是那个时候她已经三十七八岁了。

她继位的时候十七岁，和她的同父异母的弟弟一起继位，弟弟比她小七岁。她先后嫁过的两个丈夫都是她弟弟，那是埃及托勒密王朝的传统，就是得跟自己的弟弟结婚，然后共同执政，因为她是老大。埃及艳后其实不是埃及人，她是希腊人，整个托勒密王族都是希腊人。

托勒密王朝的历史，简单来说，开始是亚历山大大帝征服了欧亚非创造了亚历山大帝国，结果他自己远征印度，回来以后到波斯就去世了。亚历山大大帝去世的时候才三十出头，由于这个帝国太大，又没有合法继承人，所以当时亚历山大大帝创造的大帝国——希腊时代最大的大帝国，就分裂成三个部分，其中他的一个重要的将领正好驻守在埃及，就在那创立了托勒密王朝，所以托勒密王朝实际上是希腊血统，埃及艳后也是一个希腊美女。

埃及艳后虽然最后在战败中自杀了，但是从她十七岁继位到她去世这二十二年间，正处于罗马共和国最强盛时代——恺撒、安东尼、屋大维的时代，埃及都保持了独立，她死了以后埃及就成了罗马的一个行省，被彻底地征服了。

格蕾丝·凯利与雷尼尔三世

在查尔斯王子和戴安娜王妃之前的这几十年,大家谈论到公主和王子、美女明星与王子、灰姑娘等等，谈的全都是格蕾丝·凯利与雷尼尔。格蕾丝是 1982 年去世的，同年戴安娜王妃嫁给了查尔斯王子。在之后等到戴安娜王妃这俩儿子威廉王子大婚以及哈里王子大婚，都跟格蕾丝与雷尼尔、戴安娜与查尔斯不能比，婚礼实在是太震撼世界了，尤其是格蕾丝与雷尼尔的婚礼。格蕾丝跟戴安娜王妃不一样，戴安娜王妃真的是灰姑娘，格蕾丝在嫁给雷尼尔的时候，是当时世界上好莱坞巨星时代的巨星之一，是和同时代的玛丽莲·梦露、奥黛丽·赫本、伊丽莎白·泰勒等等齐名的奥斯卡影后。

年轻一代可能对格蕾丝与雷尼尔不太熟悉。格蕾丝·凯利出生在美国大城市——费城一个很富有的家庭。她爸爸叫杰克·凯利，原来是个泥瓦匠，后来成为三届奥运会的赛艇金牌得主，之后白手起家贷款 7000 美元创业，打造出了一家 1800 万美元资产的建筑公司，在那个时代 1800 万美元非常厉害了。1935 年的时候还竞选过费城的市长。

不知道赛艇运动员是不是有经商的天赋？阿里巴巴现在的总裁、原高盛的副董事长、美国著名的金融大亨迈克尔·埃文斯，也是奥运会赛艇金牌获得者。他加入阿里以后有个中文名字叫白求恩，因为他长得很像白求恩，又是加拿大人，而且不远万里来到中国，帮助中国人民开创新事业。他从赛艇金牌获得者一路自己做生意，成为高盛的副董事长。

格蕾丝的母亲是德国的一名游泳冠军，而且是费城很好的大学——宾州大学（University of Pennsylvania，宾夕法尼亚大学）体育系第一位女性系主任，在那年代属于前卫女性，长得还特漂亮，是一位成功的杂志封面模特。她母亲具有德国人的性格，对孩子的教育非常严格。她的叔叔们都特有意思，她的一位叔叔是当时杂技剧场的明星，另一位叔叔得过普利策戏剧奖，普利策奖是美国文学的最高奖项。所以格蕾丝出生于这样一个家庭，其实是富二代。这样的家庭如果在美国西岸，那肯定是上流社会成员了，但是在美国东岸他们家就算不上上流社会成员，因为美国东岸特别传统，要论资排辈，根据姓氏断定处于社会哪个阶层。尤其在费城，上流社会的标准之一是家族史要追溯到独立战争之前。独立战争、《独立宣言》、美国宪法都是在费城签署的，所以到现在费城的篮球队叫“76 人队”，其含义就是 1776 年签署《独立宣言》。

他们奋斗一生，这么有钱了，却还没进入上流社会，对格蕾丝父亲、他们家族来说，进入真正的上流社会非常重要。格蕾丝跟所有的灰姑娘一样，从小就是家里最不受宠的孩子，她有一个哥哥、一个姐姐和一个妹妹，她的父母想把孩子都培养成运动员，因为她父母就是运动员。其他几个兄弟姐妹都生龙活虎，唯独她不行，而且她又腼腆，还一直戴着眼镜（她长大也戴眼镜），是家里唯一没有任何竞技运动天赋的人，再加上不外向，没活力，还经常得各种病，不够健康，她父亲对她就很失望。她成了大明星，在还没有成为王妃的时候，她父亲在接受媒体采访时说：“在好莱坞当女演员，大概只比做妓女强一点。”就这样讽刺自己的女儿。在她成为王妃之后，她父亲也说：“啊，那谁能预料到在我的四个孩子里，最有出息的，居然是格蕾丝。”他无论如何难以相信。

格蕾丝从小的性格就特别逆来顺受。有一次她被暴躁的妹妹锁在柜子里好几个小时，她又不哭又不闹，大家都担心她怎么了，结果打开柜子一看，她跟自己的玩具玩儿得倍儿高兴。可能是家族基因的缘故吧，她唯一喜欢的就是舞台，她的两个叔叔要么是舞台上的明星要么是编剧，所以她对演戏抱有非常大的愿望。在她高考的时候，她本来想考本宁顿大学，一个很好的大学，但是因为数学不及格就没有考上，最后就考了一个戏剧的专科学校。但是在这之前她 12 岁的时候就已经登台表演了，在她叔叔编剧的著名的百老汇保留剧目《禁止饲养动物》中演了重要角色，当地报纸因为她父亲有名有钱，还报道说：杰克·凯利的女儿——格蕾丝小姐受到了舞台照明灯的洗礼。

格蕾丝最终一个人去了纽约，读了纽约戏剧专科学院。为了不依赖家里，不住她爸给她订的女子旅馆，她到处做洗发水、香烟的广告，去赚生活费。那时候香烟还是很流行的，所以做香烟广告也挺光荣，她的第一部广告就是香烟广告。其实她后来成了王妃、成为大的时尚偶像等等，都跟这时期脱不开关系。但是她自己一直都没自信，她还跟人说："任何人看到我代言的老金牌香烟广告，都会恨不得马上改抽骆驼牌香烟。"

她在学校的时候虽然学习成绩很出色，但是在百老汇试镜屡次失败。大家觉得她的声音太高而太平。她特别地努力，为了让自己的声音能降低一个音域而且清晰，专门用一个夹子夹着自己的鼻子这么练，导致她后来的发音以及她的台词非常有特点，被形容成像银勺子一般精致，因为要演戏剧，她还带点英国口音，再加上她小的时候练过芭蕾舞，所以她不但台词很好，体形也特别好，她那种练芭蕾舞出身的体形，像天鹅一样飘着在地上走，非常优雅。终于在百老汇成功了，演了著名的 August Strindberg（奥古斯特·斯特林堡）的《父亲》，《父亲》是 Strindberg 著名的戏剧，当时只有 20 岁的格蕾丝在其中脱颖而出，受到《纽约时报》的盛赞，紧接着又演另一个百老汇的戏，于是成功地从百老汇去了好莱坞。只不过到好莱坞之后有那么几年的时间演不上主角儿，受了点挫折，所有的明星大概都会经过这些道路。之后就遇见了伯乐——著名的约翰·福特。约翰·福特在拍《红尘》这部电影的时候，看了格蕾丝以前那些被拒绝的试镜的资料，当即决定"就是这个人，我要找她演"。当时还没有经纪、制片、院线分开的法律，所以赶快就派米高梅公司跟她签了一份 6 年的合约。她因为《红尘》这部电影一炮而红，因为这部戏她得了金球奖最佳女配角，以及奥斯卡最佳女配角提名。她马上又被导演阿尔弗雷德·希区柯克看上了，紧接着就连续演了3部希区柯克的著名的电影：1953年的《电话谋杀案》、1954年的《后窗》、1955年的《捉贼记》，尤其是《后窗》，由格蕾丝和格利高里·派克一起出演的《后窗》是希区柯克最重要的代表作。她的好莱坞生涯这么短暂，却一举成为好莱坞巨星时代中非常重要的巨星之一。

跟同时代的其他巨星对比，大家还说她出身好，不像玛丽莲·梦露那么惨，8岁被强奸，出身最底层。她在整个百老汇、好莱坞的生涯一直都特别特别端庄，虽然其实她也传过不少绯闻，而且还承认了跟克拉克·盖博的绯闻。她和克拉克·盖博在非洲拍摄*Mogambo*（《红尘》），别人问到她跟克拉克·盖博的绯闻，她说："嗯，如果把你扔在非洲，和克拉克·盖博这么帅的男人在一个帐篷里你会做什么呢？"但是克拉克·盖博否认了，很尴尬。她还跟另外一位有妇之夫传过绯闻，但是总的来说她的形象是非常端庄正面的，出席所有的活动、派对、颁奖礼，她都戴着眼镜，不说话，穿得特别保守。包括戛纳电影节的时候，大家都是盛装长裙出席，从来没有人穿过裤子，她是唯一一个穿着蕾丝上衣和裤子的女星，结果一下子成为大流行。大家都说巨星居然这么穿，戴着眼镜，行事低调，得体知性，跟别人拉开了非常大的距离。

格蕾丝得奥斯卡影后的影片居然不是米高梅的电影，而是派拉蒙的电影。她当时签给了米高梅六年，所以派拉蒙想要借她来演《乡下姑娘》的时候，米高梅还拒绝了，但是她自己看到这个角色的潜力特别想演，她就威胁说，如果不把自己借给派拉蒙她就退休。最后只好将格蕾丝借给派拉蒙演了《乡下姑娘》，她因此获得了奥斯卡影后的荣誉。

1955年，就在她26岁事业最高峰的时候，她因为《捉贼记》这部电影跟导演希区柯克一同参加戛纳电影节。戛纳离摩纳哥非常近，戛纳过去是尼斯，尼斯过去就是摩纳哥，我有好几次从戛纳开车去摩纳哥，开一会儿就到了。现在摩纳哥因为赌博、免税等等原因是全世界最富的国家，跟格蕾丝奠定的基础也有很大的关系。

格蕾丝到了戛纳离摩纳哥就很近了，正好她要给杂志拍封面，编辑就想半天这封面的主题，突然想到一个大噱头。

摩纳哥大公执政之后叫雷尼尔三世。雷尼尔三世认识格蕾丝的时候三十二岁，已经执政七年，当年是著名的花花公子，全世界的人都想嫁给他，因为他急需一个王子。摩纳哥是个小国，才不到两平方公里，而且是在填海造地了之后还这么点小。摩纳哥大公国在法国境内，它是国中国，三面被法国包着，一面对着地中海。摩纳哥跟法国的协议中说，一旦摩纳哥大公国的大公没有男性后代，这个国家就归法国了。所以雷尼尔三世大公一定得有一个王子，不然这国家就没了。所以当时谁都想嫁给他，他风度翩翩，长得也帅，花名在外又有钱，是位大型“钻石王老五”。这杂志的噱头就是雷尼尔三世与好莱坞女神的会面，一定会引起轰动。

格蕾丝和雷尼尔的日程其实都排得特别满，格蕾丝这边儿是给希区柯克做电影宣传，发布会一个接一个，那边是雷尼尔大公不停地接见外宾等等。结果导致全体拍摄团队在王宫里等很久，雷尼尔才匆匆赶来，两个人一见钟情。雷尼尔马上风度翩翩地带格蕾丝去王宫各个地方，给她做讲解等等，让格蕾丝对雷尼尔的印象还不错。后来她才跟人说，其实她特别不喜欢她那天穿的衣服。因为法国人最爱罢工——到现在法航都特爱罢工——她住的酒店也突然罢工，电梯没电，导致她来参加这么重要的活动的时候，没来得及换衣服，身着一件普通的衣服就来见王子了。金风玉露一相逢，永远就是这样的。

拍完这套杂志封面，格蕾丝就回国了，于是王子开始给她写信，她也给王子写信，俩人同时写感谢信，从此开始联络。同年 12 月，王子专程飞到美国，和她父母见了面，而且当面向她求婚，实际上这俩人就只在摩纳哥那一次见过一面，毫无意外地，王子得到了格蕾丝的同意。底层出身的奋斗起来的运动员、资本家，在费城还进入不了上流社会，这回女儿直接嫁给摩纳哥大公，成为一个真正的欧洲贵族、变成了格蕾丝王妃，全家能不同意吗？

转年雷尼尔三世就用一枚重达 10.47 克拉的大型卡地亚钻戒和她订了婚，虽然不如理查德・伯顿给伊丽莎白・泰勒买的 60 多克拉的搁现在值上亿美元的钻戒。那个时候摩纳哥还是一个很一般的小国，没有今天这么富裕，雷尼尔也没钱，10 克拉大钻戒也不小了。两个人的世纪婚礼之庞大，全世界 3000 多万人通过电视看直播，1600 名新闻记者涌进摩纳哥。摩纳哥一共就俩小城，一个叫摩纳哥，一个叫蒙特卡罗，蒙特卡罗是一个赌城，一个小国涌进来全世界的新闻记者。作为米高梅公司旗下的大明星，米高梅公司给格蕾丝定制了无与伦比的豪华婚纱。这身婚纱由 36 位女裁缝，耗时三个礼拜缝制而成，花了 36000 英镑。她戴的卡地亚王冠上面镶满了各种红宝石，三颗大钻石，毕竟公司还专门出钱为她拍了纪录片，当然也是为了宣传啊，毕竟她也替公司挣了那么多钱，拍了那么多戏。后来威廉王子娶凯特王妃的时候，专门请 Alexander McQueen（亚历山大・麦昆）的掌门人，叫 Sarah Burton（莎拉・伯顿），为凯特王妃设计一件与格蕾丝王妃几乎一模一样的婚纱，依然大获成功，说明当年的婚纱到后来也并没有过时。格蕾丝在结婚时戴的卡地亚钻石的头冠，2000 年被麦当娜结婚的时候戴在头上，惹得当时媒体一通热议。总而言之，格蕾丝王妃和雷尼尔三世在世人面前营造了一个公主王子的梦幻婚礼。

格蕾丝的电影生涯也随之结束，好莱坞一位巨星退出了影坛，息影了。她之后生出了王子，挽救了这个国家，深受小国寡民的热爱，她与雷尼尔三世也成为全世界最受瞩目的一对儿王室夫妻。格蕾丝陪着丈夫一起致力于到处宣传摩纳哥、包装摩纳哥、改善国家形象。雷尼尔三世原本相当于一个独裁者，后来他削弱自己权力，把这个国家变得更民主，宣布解散自己的卫队，和人民越来越拉近距离，甚至他出门的时候还打出租车，在大街上跟老百姓打招呼，深受人民的喜爱，致力于振兴摩纳哥的戏剧、芭蕾舞、演出产业，当时的那个小国什么资源都没有，而今天这个国家已经成为欧洲的文化会展会议中心，一级方程式最著名的赛道就在蒙特卡罗。还建立了到现在为止都特别著名的格蕾丝王妃基金会，扶持本地的艺术家，还大力提倡亲自践行母乳喂养，每年为孤儿院举办圣诞派对等等，获得了全世界的尊重。说实在的，格蕾丝对摩洛哥这个小国家的推广以及今天的富强起到了重大的作用。

但是这两个人的感情基础实际上是不牢固的，这段婚姻与其说是因为爱情，其实更多的是各取所需。一方面当然是格蕾丝家族非常想进入上流社会，想成为贵族。格蕾丝自己其实是一个非常冷静的人，她不是那种一会儿充满爱情，一会儿又变心的人。追她的人很多，包括 JFK，当时他还不是总统，格蕾丝结婚的时候，他还说：“站在她身边和她结婚的本来有可能是我。”所以她本来还有可能成为美国第一夫人，但是那个时候她不知道肯尼迪会当选总统。她曾经还被伊朗国王求过婚，有可能成为伊朗的王妃，那个时候的伊朗是中东最富强的国家，可比摩纳哥要富足强大得多，但是她最终选择了真正的欧洲贵族，这对她来说比嫁给一个参议员或者是嫁给中东国王要好得多，中东国王还不止一个老婆。摩洛哥其实是世界第二小的国家，所以对所谓的大公雷尼尔来说，娶一个能把国家推广出去、让国家一举成名、同时还能带来更多利益的人，再好不过。他们结婚的时候，格蕾丝的父亲给了 200 万美元，那个时候的 200 万美元是一笔巨款，对国家来说都很管用。所以娶格蕾丝，对雷尼尔来说是最好的选择，因为他虽然是大公，但是摩纳哥在欧洲只是一个弹丸小地，在欧洲的贵族里实际上属于二三流，雷尼尔如果跟真正的贵族去联姻，联不上，比如他想跟英国的贵族、跟德国的贵族联姻，人家也不嫁给他。他娶不着贵族就想娶明星，他还曾经托人介绍玛丽莲·梦露，也是想给国家造成巨大的关注度。再加上雷尼尔自己内心还是有点自卑，不光是因为摩洛哥在欧洲的地位，还因为他自己的出身。他的外曾祖父也是摩纳哥大公，叫阿尔贝一世，就曾经蒙过羞。他为了能帮助这个小小的国家，也是想娶个有钱的女人，于是到蒙特卡罗他们家开的赌城里，见到一位绝色佳人，出手阔绰，赌得千金散尽。阿尔贝一世觉得能娶到一个这么漂亮又有钱的女人该多好啊！于是专门邀请她到王宫来，让她成为贵客自由出入，结果这位女士其实是个骗子，她来这住了几天，偷了一堆古董珠宝跑了。后来阿尔贝一世的儿子——路易二世继承了王位，他从小因为跟父母不和，特别叛逆。在当兵期间，结识了一个已经有两个孩子的酒吧驻唱歌手，两个人相爱，生了个女儿，这个女儿就是雷尼尔的母亲。雷尼尔的母亲觉得自己不是男性，而且没有资格做继承人，就放弃了继承人的资格，传给了自己儿子，所以他母亲这边儿出身非常低。对雷尼尔来说能娶到好莱坞大明星，还有娘家的 200 万美元，这简直太值得了。

婚后格蕾丝生了两个女儿、一个儿子，摩纳哥也因为她成了世界的焦点，大批明星到这来聚会，欧洲上流社会人士争相出席每年 3 月份举办的舞会，觉得自己被邀请就已经是荣耀，但是实际上他俩的婚姻有很大问题。刚结婚没多久，雷尼尔就习惯性地出轨，雷尼尔出轨格蕾丝也出轨，没事儿去法国找找乐子，但在媒体面前两个人依旧保持恩爱，那时候没有互联网，两个人维持得还不错。他们在一起二十几年，包括格蕾丝去世以后，雷尼尔统治了摩纳哥 56 年，一手把摩纳哥打造成了今天的富人天堂，明珠一样的国家，灯红酒绿，声色犬马。其实国家蒸蒸日上的时候，他俩就已经分居了，但是对外还维持着夫妻关系，很像查尔斯王子与戴安娜王妃。格蕾丝很不快乐，她的精神方面也出现了很多问题，她的原生家庭也是这样，她的父亲就经常出轨，所以她从小就目睹了母亲的屈辱，最后她也完全接受了这个家庭模式。在 1982 年的时候，她因为长期的压抑，其实已经有中风的前兆，去世当天她和女儿发生激烈的争吵，结果在开车时发生了车祸，跟戴安娜王妃一模一样，只是大家都认为戴安娜王妃有司机在隧道里开车，是被谋杀的。格蕾丝是自己开车，冲出了悬崖。开始是重伤，在医生说她重伤可能生还希望不大的时候，她的丈夫雷尼尔，居然没有和任何人商量，也没有经过任何人的同意，直接亲手把她的氧气管拔了，但她丈夫本身就有权利。这简直太让人伤感了。后来披露出来的资料显示，格蕾丝一方面是因为中风发作才出的车祸，另一方面是由于头部受到撞击，导致了去世。

摩纳哥人民还是无比热爱格蕾丝的，雷尼尔也给她办了隆重的葬礼，说她作为妻子和母亲都做到了完美。还用她的名字命名了大道，包括雷尼尔晚年去世时所在的医院，也叫格蕾丝医院。现在去摩纳哥，在蒙特卡罗到处都能看到和格蕾丝王妃有关的东西，她的影响无处不在。

这就是传奇爱侣的最后一对，令人非常唏嘘的故事。

图书在版编目（CIP）数据

矮大紧指北 .3，指北排行榜 / 高晓松著 .– 武汉：长江文艺出版社，2019.10

ISBN 978-7-5702-1124-1

I. ①矮… II. ①高… III. ①随笔–作品集–中国–当代 IV. ① I267.1

中国版本图书馆 CIP 数据核字 (2019) 第 133222 号

矮大紧指北 .3，指北排行榜

高晓松　著

选题产品策划生产机构 | 北京长江新世纪文化传媒有限公司

总 策 划 | 金丽红　黎　波　安波舜

责任编辑 | 张　维　　装帧设计 | 郭　璐　　媒体运营 | 刘　冲　刘　峥　洪振宇

责任编辑 | 白进荣　赵晨阳　　内文制作 | 张景莹　　责任印制 | 张志杰　王会利

法律顾问 | 梁　飞

总 发 行 | 北京长江新世纪文化传媒有限公司

电　　话 | 010–58678881　　传　　真 | 010–58677346

地　　址 | 北京市朝阳区曙光西里甲 6 号时间国际大厦 A 座 1905 室　　邮　　编 | 100028

出　　版 | 长江出版传媒 | 长江文艺出版社

地　　址 | 湖北省武汉市雄楚大街 268 号湖北出版文化城 B 座 9–11 楼　邮　　编 | 430070

印　　刷 | 三河市百盛印装有限公司

开　　本 | 710 毫米 × 1000 毫米　1/16　　印　　张 | 17.5

版　　次 | 2019 年 10 月第 1 版　　印　　次 | 2019 年 10 月第 1 次印刷

字　　数 | 197 千字

定　　价 | 45.00 元